DROEMER

Von Judith W. Taschler sind bereits folgende Titel erschienen:
Die Deutschlehrerin
Apaniens Perlen
Roman ohne U
David

Über die Autorin:
Judith W. Taschler, 1970 in Linz geboren, ist im Mühlviertel aufgewachsen. Nach einem Auslandsaufenthalt und verschiedenen Jobs studierte sie Germanistik und Geschichte. Die renommierte und preisgekrönte Autorin arbeitete einige Jahre als Lehrerin, bevor sie sich ganz dem Schreiben widmete. Mit »Die Deutschlehrerin« und »bleiben« eroberte Judith W. Taschler die *Spiegel*-Bestsellerliste. Die freie Schriftstellerin lebt mit ihrer Familie in Innsbruck.

Weitere Informationen unter: www.jwtaschler.at

Judith W. Taschler

bleiben

Roman

DROEMER

Der Abdruck des Sándor-Márai-Zitats erfolgt mit freundlicher
Genehmigung des Piper Verlags. Sándor Márai:
Die Fremde © 2005 Piper Verlag GmbH, München

Besuchen Sie uns im Internet:
www.droemer.de

Vollständige Taschenbuchausgabe November 2017
Droemer Taschenbuch
© 2016 Droemer Verlag
Ein Imprint der Verlagsgruppe
Droemer Knaur GmbH & Co. KG, München
Alle Rechte vorbehalten. Das Werk darf – auch teilweise –
nur mit Genehmigung des Verlags wiedergegeben werden.
Covergestaltung: Lübbeke Naumann Thoben, Köln
Coverabbildung: plainpicture / Cristopher Civitillo
Satz: Adobe InDesign im Verlag
Druck und Bindung: CPI books GmbH, Leck
ISBN 978-3-426-30479-2

2 4 5 3 1

So *schön* ist also die Welt, dachte er nach einigen Minuten aufmerksamen Prüfens in kindlich aufwallender, fast jubelnder Verzückung.
Was für eine Pracht! Wie viele Farben sie hat, welch wunderbare Winkel und Linien …
Wie schön das alles ist!

SÁNDOR MÁRAI, *Die Fremde*

Juni 2015
PAUL

Lass uns noch ein bisschen bleiben.

Mich würde es freuen, wenn ich heute Nacht nicht alleine sein muss.

Ob meine Frau nicht auf mich wartet? Nein, das tut sie nicht, sie ist bei jemand anderem. Jetzt hast du aber überrascht geschaut! Wenn du willst, erzähle ich dir, wo sie ist und was sie dort macht. Es ist vielleicht gar nicht schlecht, wenn ich einmal darüber rede. Bevor es mich ganz auffrisst. Und du bist der einzige Mensch, dem ich es erzählen möchte. Bei dir habe ich keine Bedenken, dir alles, wirklich alles anzuvertrauen. Du bist immer noch mein bester Freund, obwohl wir uns so selten sehen, seitdem du in Sydney wohnst.

Ich finde es schön, hier mit dir zu sitzen und zu reden, so wie in alten Zeiten. Hat sich kaum verändert, das *Kosmos*, nicht wahr? Meine Güte, wie viel Zeit haben wir hier als Studenten verbracht, haben diskutiert, philosophiert und viel geschwafelt. Ich weiß nicht, wie es dir geht, aber ich denke gerne an diese Zeit zurück. Ich freue mich, dass du es bist, der mir heute gegenübersitzt, und das ausgerechnet hier in dieser Bar. Ich war eine Ewigkeit nicht mehr hier! Und dann vor einem halben Jahr zum ersten Mal wieder. Mit dem Mann, bei dem meine Frau jetzt gerade ist.

In jener Nacht fand ich heraus, dass die beiden eine Affäre haben. Wie ich das herausgefunden habe? Durch ein besonderes Dessert. Es stimmt! Aufgrund von Eiskugeln erfuhr ich von der Affäre meiner Frau.

Möchtest du auch noch ein Bier? Ja?

Es wird mir guttun, wenn ich mir alles von der Seele rede. Eigentlich bräuchte ich eine Beichte. Du lachst? Ich weiß, es klingt seltsam, meine Frau hat eine Affäre, und ich bin derjenige, der eine Beichte nötig hat.

Und zwar eine ehrliche Beichte, vor einem Priester und vor allem vor Gott!

Erinnerst du dich an unsere erste Beichte in der Schule? Der Religionslehrer marschierte geschlossen mit uns hinüber in die kalte Kirche, wo wir in den Bankreihen warteten, nervös und mit Bauchkrämpfen, und uns Sätze zurechtlegten, die wir im engen, finsteren Beichtstuhl dem alten Pfarrer aufsagen würden. Wir wussten nicht, was wir sagen sollten! Wir waren Kinder, und angestellt hatten wir im Grunde nichts. Die meisten plapperten einfach ein paar Sätze nach, die uns der Lehrer gesagt hatte, um uns unsere Angst ein bisschen zu nehmen: Ich habe meine Eltern angelogen, ihnen nicht gehorcht, mit meinen Geschwistern gestritten. Auch ich sagte zitternd solche Sätze auf, obwohl sie nicht stimmten. Ich folgte meinen Eltern immer, hätte mich nie getraut, sie anzulügen, und mit meiner Schwester stritt ich auch nicht. Wir waren immer höflich zueinander, schon als Kinder, bei uns zu Hause gingen wir immer respektvoll miteinander um, das weißt du sicherlich noch. Dir hat das so gut gefallen? Ja, manchmal fiel mir auf, dass deine Bewunderung meiner Familie gegenüber fast schon ehrfürchtig war.

Ich beneidete dich um deine Familie.

Irgendetwas sagte ich dem Priester, ohne genau zu überlegen, was ich wirklich angestellt hatte, ich glaube, wir alle taten das. Ich war nicht ehrlich, ich log mir und dem Priester etwas vor. Denn es gab schon damals einiges, das ich hätte beichten können: Ich war hochmütig, weil ich mir besser vorkam als meine Mitschüler, und ich hasste meine Eltern und Großeltern, weil sie mich so erzogen, dass ich mir eben besser vorkam als die anderen Kinder. Aber ich war mir nicht sicher, ob mein Beichtvater das hören wollte, er war nämlich ein guter Freund meiner Eltern. Ich sah ihn jeden Sonntag, und manchmal kam er zu uns zum Essen. Es war also keine ehrliche Beichte, sondern eine Farce.

Warum erzähle ich dir das? Vielleicht weil es symptomatisch ist für mein ganzes Leben? Ich weiß es nicht. Eigentlich wollte ich von etwas ganz anderem reden. Richtig, von jenem Abend, an dem ich herausfand, dass mich meine Frau betrügt.

An dem Tag, es war kurz vor Weihnachten, arbeitete ich etwas länger in der Kanzlei, gegen neun Uhr abends wollte ich nach Hause fahren und entschloss mich, noch schnell bei einem Klienten vorbeizuschauen, weil ich dringend ein paar Unterschriften brauchte.

Ich rufe also meinen Klienten, er heißt Felix Hofmann, auf seinem Handy an, doch er hebt nicht ab, und da die Adresse, Döblinger Hauptstraße 27 – du hast richtig gehört, der Mann wohnt im selben Haus, sogar in derselben Wohnung, in der ich als Student wohnte –, nicht weit weg ist von der Kanzlei, entschließe ich mich, spontan vorbeizuschauen.

Die Eingangstür unten ist offen, und schon im Treppenhaus überfällt mich eine eigenartige Stimmung. Ich läute direkt an seiner Wohnungstür, und als er sie öffnet, ist er überrascht, mich zu sehen. Wer erwartet schon seinen Anwalt um neun Uhr abends? Zuerst meint er, er werde am nächsten Tag in die Kanzlei kommen und die Papiere unterschrieben mitbringen, dann bittet er mich doch hinein, um es sofort zu erledigen.

Ich betrete also nach dreiundzwanzig Jahren meine alte Wohnung wieder, sie erscheint mir immer noch vertraut, der Geruch ist derselbe wie damals. Überall stehen gepackte

Kartons herum, auch zahlreiche Bilder lehnen an den Wänden, die meisten sind Fotos, offensichtlich auf Reisen aufgenommen, aber auch Gemälde sind darunter. Ich wanke zwischen ihnen durch, vorsichtig, dem Mann hinterher.

Kennst du das? Wenn man das Gefühl hat, man löst sich aus der Gegenwart und befindet sich wieder in der eigenen Vergangenheit? Ich gehe den Gang entlang und schaue mich um, der Boden ist nackt, ein alter fleckiger Parkettboden im Fischgrätenmuster. Ich sehe den alten Perserteppich vor mir, ein sauteures Ding, ein Erbstück von meiner Großmutter, den wir dort liegen hatten und den Isabella nicht leiden konnte. Eines Tages rollte sie ihn einfach zusammen und trug ihn weg. Sie schenkte ihn zwei Obdachlosen, erfuhr ich später, ich war fassungslos.

Ich komme mir vor wie an einem Schauplatz. Plötzlich bin ich wieder der junge Mann, der hier mit seiner ersten Freundin wohnt. Ja, ich bin überzeugt davon, dass sich der Körper an Orte erinnern kann, an denen er länger gelebt oder an denen er etwas Prägendes erlebt hat. Du nicht? Mein Körper erinnert sich, als ich in die Wohnung hineingehe. Ich merke zu meinem Erstaunen, dass mir übel ist, alles tut mir weh, außerdem fühle ich mich plötzlich alt, müde und ausgelaugt.

Der Mann geht mit mir in das Wohnzimmer. Als wir dort wohnten, diente uns der Raum als Schlafzimmer, nur eine Doppelmatratze lag auf dem Boden, denn Isabella hielt ein Bett für zu bieder. Ich weiß noch genau die Stelle, an der sie lag, ich sehe die bunte Bettwäsche vor mir, die zerknäulten Polster, die unordentlich verstreuten Kleidungsstücke rings herum, die mich immer halb wahnsinnig machten. Meine Knie zittern.

Plötzlich passiert etwas Merkwürdiges. Während wir so im Wohnzimmer stehen und miteinander reden, schleicht sich, zusätzlich zu den alten Erinnerungen, noch ein weiteres Gefühl bei mir ein, eine Ahnung, dass etwas Explosives vorhanden ist, in dem Raum, in der Wohnung. Nicht wirklich etwas Explosives, das ist natürlich übertrieben, aber etwas liegt eindeutig in der Luft, etwas, das mich sehr verwirrt, etwas, das ich unbedingt verstehen und begreifen sollte.

Es gelingt mir schließlich, meine Erinnerungen und dieses Gefühl zu verscheuchen und mich auf mein Gegenüber zu konzentrieren. Ich gebe dem Mann die Papiere, erkläre ihm den Inhalt und zeige ihm, wo er unterschreiben muss. Hofmann, er ist neun Jahre jünger als ich, steht vor mir, hört mir aufmerksam zu und blättert dann die Unterlagen durch. Er trägt ein einfaches blaues T-Shirt, eine Jeans und schwarze Socken, mehr nicht, keine Hausschuhe. Der Mann ist mir sympathisch, und ich denke in dem Augenblick noch, dass ich ihn gerne näher kennenlernen würde. Ich lernte ihn vor zwanzig Jahren im Nachtzug nach Rom kennen, eine mehr als flüchtige Reisebekanntschaft ist er, ich weiß kaum etwas über ihn. Außer von der Sache mit der Wohnung.

Zwei Wochen vorher suchte er mich in der Kanzlei auf, unangemeldet. Er kam mir zwar vage bekannt vor, aber ich wusste seinen Namen nicht, du weißt, mit wie vielen Leuten ich tagtäglich zu tun habe. Wer merkt sich schon den Namen eines Menschen, mit dem er vor zwei Jahrzehnten eine Nacht lang in einem Zugabteil saß und sich unterhielt? Aber er wusste meinen Namen noch und auch, dass ich Anwalt bin, und er wollte von mir vertreten werden, in einer Sache gegenüber dem Hausbesitzer, er sagte, er kenne keinen anderen Anwalt in Wien. Er erzählte mir von der Wohnung und dass er so schnell wie möglich ausziehen müsse. Die Gründe dafür verschlugen mir regelrecht die Sprache. Ich versprach ihm, seinen Fall persönlich zu übernehmen und nicht einem Mitarbeiter zu übergeben, ich konnte nicht anders, da war irgendwie etwas Zwingendes an der Situation. Und auch Belastendes, ja, sie belastete mich, seine Situation, ich konnte nach seinem Besuch in der Kanzlei tagelang an nichts anderes mehr denken und kaum schlafen.

Was mich belastete, fragst du? Warte, zuerst möchte ich fertig erzählen, von diesem eigenartigen Abend.

Wir unterhalten uns kurz über seinen Auszug aus der Wohnung. Ich erkundige mich, ob es schwierig war, so schnell eine neue zu finden, und ob er jemanden habe, der ihm beim Umzug helfe oder ob er Hilfe benötige. Der Mann bedankt sich und sagt etwas von einem guten Freund, Max, der ihn sehr unterstütze. Mit einer achtlosen Bewegung schiebt er zwei benützte Teller zur Seite und legt die Papiere auf den Tisch, um sie zu unterschreiben. Ich frage ihn, ob er Besuch hat und ob ich ihn gestört habe.

›Eine Freundin war zum Essen da, sie musste aber dringend nach Hause‹, antwortet er, während er den Stift ansetzt.

Ich schaue auf seinen gekrümmten Rücken hinunter, sehe ihm zu, wie er schwungvoll seinen Namen schreibt, und dann schweift mein Blick hinüber zu den Desserttellern. In mir gefriert alles. Ich erkenne an den Essensresten auf den Tellern, dass es meine Frau war, die mit Hofmann gegessen hat.

Du lachst? Wie ich das an Essensresten erkennen kann?

Auf einem Dessertteller sind wirklich nur noch Reste zu sehen, zerschmolzenes Vanilleeis, und auch eine dunkle Soße ist darunter. Auf dem anderen Teller befindet sich aber noch die unangerührte, zerschmolzene Nachspeise. Es ist ein Bananensplit, angerichtet in der Form männlicher Geschlechtsteile: Die Banane wurde nicht halbiert, die zwei Eiskugeln rechts und links an einem Ende plaziert und einige Spritzer Schokosoße am anderen Ende der Banane.

Es ist ein aussagekräftiger Nachtisch und trägt unverkennbar Julianes Handschrift.

Die gleiche Nachspeise machte sie einmal für mich, vor vielen Jahren, noch vor unserer Hochzeit. Ich erinnere mich so genau daran, weil es eben das einzige Mal war, dass sie so etwas Doppeldeutiges für mich zubereitete, sie war dabei ein bisschen betrunken. Später dachte ich mir, dass diese Aktion nicht zu ihr gepasst hatte, denn was Sexualität betrifft, war und ist Juliane immer eher, wie soll ich es ausdrücken, zurückhaltend.

In unserer Ehe standen auch nie irgendwelche schlüpfrigen Späße an der Tagesordnung. Wir redeten auch nie über bestimmte Vorlieben im Bett, das hätte ich auch gar nicht gewollt. Als Juliane mir diese Nachspeise servierte, kannten wir einander noch nicht gut, wir wussten noch nicht, wie der andere tickte oder was er bevorzugte. Ohne sich vorher anzukündigen, kam sie zu mir, mit einer Einkaufstasche in der Hand, und umarmte mich so stürmisch wie sonst nie. Sie zog sich in die Küche zurück und kochte für mich, sie bereitete ein Rindersteak zu mit Beilagen und ebendiese Nachspeise. Beim Servieren sagte sie: ›Voilà, meine Kreation mit dem Namen *Bananenerektion*.‹ Dass sich das reimte, fand sie sehr witzig, sie bekam einen Lachkrampf. Anschließend hatten wir Sex, und dabei wiederholte sie mehrmals, wie sehr sie mich liebte und brauchte.

Ich stehe also in der Wohnung meines Klienten und starre auf die Nachspeise *Bananenerektion* und ringe um Fassung, während der Mann die Papiere durchsieht und unterschreibt. Ich weiß es einfach: Juliane war hier gewesen. Vermutlich rief eines der Kinder an, und sie musste schnell aufbrechen, vermutlich verpassten wir uns nur knapp.

Sie hätte auch noch dort sein können, sagst du, in irgendeinem Zimmer.

Diesen Gedanken habe ich auch kurz. Vielleicht ist sie es

auch, aber ich glaube es nicht. Ich läutete ja direkt an der Wohnungstür, Hofmann öffnete ziemlich rasch, ohne zu wissen, wer denn davorstand, und hatte deshalb auch keinen Grund, Zeit übrigens auch nicht, jemanden zu verstecken. Außerdem sehe ich Julianes Sachen nicht, keine Tasche, keine Schuhe.

Meine Gedanken überschlagen sich in dem Moment. Die Tatsache, dass sie mir nichts von einer Einladung und einem Abendessen bei Hofmann erzählte, lässt mich die Unschuldsvermutung beiseiteschieben. Ich erinnere mich, dass ich mich ein paar Monate zuvor einmal fragte, ob sie eine Affäre habe. Warum? Weil sie eine Zeitlang öfter wegging als sonst und auch verändert wirkte. Ich tippte dabei aber auf einen Arbeitskollegen in der Musikschule, auf ihn, Hofmann, wäre ich nicht gekommen. Nie im Leben. Wann nahmen die beiden Kontakt auf, frage ich mich.

Krampfhaft überlege ich, wie ich reagieren soll. Soll ich ihn direkt fragen: *War meine Frau hier? Hat sie das Dessert gemacht? Habt ihr eine Affäre?*

Ich blicke auf ihn hinunter und weiß, dass ich es nicht kann, ich schaffe es einfach nicht. Warum? Weil ich ihn und mich nicht bloßstellen will. Ich kann mit Bloßstellungen und Peinlichkeiten nicht umgehen, ganz gleich, ob sie von mir ausgehen oder ich ihr Ziel bin. Das war schon immer so.

Du weißt das?

Nenn mich ruhig einen Feigling!

Zum Glück verpassten wir uns, denke ich mir. Der Peinlichkeit, sie bei ihm vorzufinden, wäre ich nicht gerne ausgesetzt gewesen, und Juliane hätte ich ebenfalls nicht in dieser peinlichen Lage sehen wollen. Und nein, auch den Mann, der da vor mir steht, nicht.

Es gelingt mir, tief durchzuatmen. Hofmann schreibt die letzte Unterschrift und richtet sich auf. Wir beginnen zu smalltalken, und ich rede auf einmal über die Fahrt nach Rom und welch ein Zufall es damals war – angesichts der großen Anzahl der Waggons und Abteile –, dass er sich ausgerechnet in das Abteil setzte, in dem ich schon saß und auch Juliane.

Ja, ich lernte meine Frau auf dieser Reise kennen.

Er sieht mich aufmerksam an und fragt mich, ob ich mit ihm noch etwas trinken gehen will. Ich überlege kurz und sage dann: ›Ja, warum nicht?‹

Wir verlassen die Wohnung und gehen hierher, ins *Kosmos,* wo wir ein bisschen zu viel trinken und uns über alles Mögliche unterhalten, auch über Zufälle und ob es sie überhaupt gibt. Zwei Stunden sitzen wir zusammen und reden, das heißt, die meiste Zeit redet er, und ich bin froh darüber, ich beschränke mich auf Belanglosigkeiten. Er erzählt mir, wie es ihm in den letzten Wochen ergangen ist, und während ich ihm zuhöre, spüre ich keine Wut, im Gegenteil. Ich spüre, wie sich Erleichterung in mir breitmacht, wie seltsam, denke ich, der Kreis schließt sich. Ich sehe Hofmann und Juliane vor mir, wie sie vor zwanzig Jahren neben mir auf den ausgezogenen Sitzen lagen und sich im Glauben, die anderen im Abteil würden schlafen, zaghaft küssten.

Es ist gut, denke ich, dass er es ist und kein anderer, er ist kein ernstzunehmender Rivale, und das Ganze wird nicht lange dauern, im Grunde habe ich großes Glück mit Julianes Wahl. Ich bin Scheidungsanwalt, ich weiß, dass die meisten früher oder später fremdgehen, und ich kenne nur zu gut die Konsequenzen.

Je mehr ich also darüber nachdenke, umso mehr finde ich meine Gelassenheit wieder, die Affäre meiner Frau verliert ihren Schrecken. Ich frage mich weiter: Gönne ich dem Mann vielleicht sogar die Liebschaft mit meiner Frau? Kann ich dann wieder schlafen? Fühle ich mich dann weniger verantwortlich, weniger schuldig? Und einen Moment lang flackert es in mir hoch: Ja, vermutlich ist es wirklich so.

Ich entscheide mich, vorerst Juliane nicht auf Felix anzusprechen, sondern einfach abzuwarten und zu beobachten. Indem ich Bescheid weiß, sie aber nicht wissen, dass ich es weiß, befinden sich die Fäden gewissermaßen auch in meiner Hand. Ja, das gibt mir ein Gefühl von Sicherheit. Das denke ich mir, als ich ins Auto steige und nach Hause fahre. Zu meiner Frau und zu meinen Kindern.

So war das, vor sechs Monaten. So fand ich die Affäre heraus.

Und heute Nacht, fragst du? Heute wird sie die ganze Nacht bei dem Mann bleiben, das weiß ich, vielleicht auch noch morgen.

Und warum ich jetzt eine Beichte bräuchte? Du willst alles hören?

Dezember 2015
JULIANE

Welches Foto hast du da?

Ach das.

Wie alt wir da waren? Sechzehn.

Elena, Marie, Mike und sein Freund – wie hat der geheißen? Tommy, du, ich und Andreas. Auf meinem Schoß.

Nächsten Monat wäre er zweiunddreißig geworden.

Ob ich noch viel daran denke? Was verstehst du unter viel?

Ich will ehrlich sein, es gibt jeden Tag einen Augenblick, in dem es mich durchzuckt: Dein Bruder lebt nicht mehr. Wegen dir.

Du rollst mit den Augen.

Es war ein Unfall, sagst du.

Jeder sagte es damals, die Psychologin wiederholte es bis zum Erbrechen. Auch meine Mutter. Mein Vater allerdings nicht. Er zog einfach von zu Hause aus, schon drei Wochen danach. Andreas war sein Liebling gewesen. Und ein halbes Jahr später waren sie geschieden. Aber das hast du ja mitbekommen. Es war vorher schon nicht mehr gutgegangen zwischen ihnen, Andreas war wahrscheinlich der Grund gewesen, warum sie es miteinander ausgehalten haben.

Ein Unfall.

Natürlich kann man sagen, dass das Wort seine Berechtigung hat, weil keine Absicht dahinter steckte. Sozusagen ein Unfall aus *Versehen*, nicht nur herbeigeführt von mir, auch verursacht von mir. In der Zeitung stand jedenfalls ein anderer Wortlaut, oder weißt du das nicht mehr? *Mädchen tötete kleinen Bruder.*

Ich drängte meine Eltern, auf Andreas aufpassen zu dürfen! Ich! Es war nicht umgekehrt, dass sie mich gezwungen hätten, seine Babysitterin zu sein. In dem Fall wäre es etwas anderes gewesen für mich, zumindest ein bisschen. Nur damit ich in den Sommerferien nicht arbeiten musste. Er hätte in den Kindergarten gehen sollen. Mein Vater war total dagegen, und meine Mutter wollte auch lieber, dass ich Geld verdiene, um zu verstehen, was es heißt, eigenes Geld zu verdienen.

›Damit du lernst, dass der Bankomat die Scheine nicht einfach so ausspuckt‹, das war ihr Spruch.

Sie hatte recht. Ich war ein verwöhntes Ding, mehr nicht. Es ist nett, dass du mich vom Gegenteil überzeugen willst, aber ich weiß, wie ich damals war, mit fünfzehn, sechzehn. Ich kam mir so großartig vor, stark, unbesiegbar. Das ganze Leben liegt vor dir! Du kannst alles erreichen, was du willst! Du wirst nicht wie die Erwachsenen um dich herum enden, du bist etwas Besonderes. Ich erinnere mich so gut an dieses Gefühl.

So dachten wir alle, ja, da hast du vielleicht recht.

Aber ich war eingebildet. Ich genoss es, dass die Jungen mir nachliefen, dass sie mich anhimmelten, wenn ich auf der Decke saß, im Schwimmbad, Gitarre spielte und sang. Faulenzen und herumhängen wollte ich, mit dir und den anderen, und mit Mike. Mein Gott, war ich verknallt in den Typen! Er war der Hauptgrund, warum ich in jenem Sommer nicht kellnern wollte. Deshalb gab ich nicht auf zu betteln, und meine Eltern gaben schließlich nach. Ich konnte ziemlich stur sein, wenn ich etwas wollte.

Weißt du, wenn es wenigstens Unaufmerksamkeit gewesen wäre! Aber ich ließ Andreas ja bewusst und mit voller Absicht alleine am Beckenrand sitzen, und warum? Aus purer Eitelkeit und Angeberei. Ich trichterte ihm ein, sich nicht von der Stelle zu rühren und mir zuzusehen, wie ich einen Salto vom Zehn-Meter-Turm machen würde. Er konnte halbwegs schwimmen und gut tauchen, was sollte da schon passieren? Er winkte mir noch stolz nach. Mike und seine Freunde hatten mich gehänselt, ich würde mich ohnehin nicht trauen, und ich wollte sie beeindrucken. Das war alles.

Das hast du nicht mitbekommen?

Ich sehe mich heute noch vor ihm die Stufen hinaufgehen, schon im Voraus innerlich triumphierend, weil ich einen perfekten Salto hinlegen würde und wusste, dass mir den so schnell keiner nachmachen konnte. Er und seine Freunde ließen mir den Vortritt, grinsten blöd, als ich mich sprungbereit hinstellte. Mike begrabschte noch meinen Hintern, ich musste lachen und drohte ihm mit dem Zeigefinger. Das war das letzte Mal, dass er mich ansah und mit mir redete. Doch, im Ernst! Wenn ich ihm begegnete, wechselte er die Straßenseite. Aber gut, wie konnte ich erwarten, dass ein Siebzehnjähriger mit so einer Situation umgehen kann? Zuerst schmust du mit einem Mädchen hinter den Kabinen herum, greifst ihr mutig unter den Bikini, und ein paar Minuten später ziehst du den toten Bruder des Mädchens aus dem Wasser. Ja, er nahm ihn mir ab und schwamm mit ihm zum Beckenrand, wo schon der Bademeister stand.

Das hast du gesehen vom Café aus? Meinen Salto, mein Auftauchen und wieder Untertauchen? Wie ich mit Andreas im Arm wieder auftauchte und Mike sprang?

Ich habe wie eine Irre geschrien, sagst du?

Davon weiß ich nichts mehr, überhaupt weiß ich von der einen Stunde nach dem Sprung nichts mehr. Meine Mutter erzählte es mir später einmal, weil ich darauf bestand. Ich erinnere mich nur, dass mir der Salto gelang und ich kerzengerade ins Becken hineinschoss, und daran, dass mein Vater vor mir stand, mich an der Schulter gepackt hielt und nicht aufhörte zu schreien: ›Du solltest auf ihn aufpassen! Wieso springst du vom Turm, wenn du doch auf ihn aufpassen sollst!‹

Die Stunde dazwischen ist verlorengegangen.

Im Krankenhaus hörte ich am Abend eine Krankenschwester zur anderen sagen: ›Sie hat den Buben mit voller Wucht am Kopf getroffen.‹

Weißt du, dass ich in meinem Kopf immer wieder Unfallszenarien durchspielte, danach? Andreas entwischt mir beim Fangenspielen, hüpft ins Wasser und will bis zum anderen Beckenrand tauchen, irgendjemand springt unerlaubterweise vom abgesperrten Turm und ausgerechnet auf ihn. Oder: Er rutscht am Beckenrand aus, fällt hart auf den Hinterkopf und rollt bewusstlos ins Wasser hinein, was niemandem auffällt, weil so viel los ist, und er ertrinkt.

Was anders gewesen wäre?

Natürlich hätte ich mich auch schuldig gefühlt, weil ich ja auf ihn aufpassen sollte, aber es wäre trotzdem ein Unterschied gewesen. Weil es dann wirklich ein Unfall gewesen wäre, auch für mich! Andreas wäre dann nicht durch *mich* gestorben. Ich hätte ihn schmerzhaft vermisst, aber nicht herumwürgen müssen an meiner großen Schuld. Ich wünschte mir einfach, dass es nicht meine Füße gewesen wären, die ihn tödlich trafen, sondern andere. Ich konnte meine Füße nicht mehr anschauen, hätte sie am liebsten abgehackt.

Du schaust erschrocken. Ich weiß, das habe ich dir nie erzählt. Wir haben überhaupt nie darüber gesprochen, nicht wahr? Ich bin dir auch dankbar dafür, dass du mich nicht gedrängt hast zu reden. Ich habe mich in der Zeit danach wohl ziemlich abweisend dir gegenüber verhalten, obwohl du meine beste Freundin warst. Und du bist es immer noch, auch wenn wir uns so selten sehen. Das tut mir leid. Aber weißt du, ich sah dich und wurde daran erinnert. Weil du dabei warst an jenem Nachmittag, im Schwimmbad. Ich hasste euch sogar manchmal, Marie, Elena und dich. Ihr hättet mich davon abhalten können, dachte ich mir, ihr hättet mir zurufen können: Denk daran, was du deinem Papa versprochen hast! Du sollst bei deinem Bruder bleiben!

Du hast keine Ahnung, was mir alles durch den Kopf gegangen ist. Am schlimmsten war der Wunsch, die Zeit zurückdrehen zu können und dann in diesen zehn Minuten alles anders zu machen. Nur zehn verdammte Minuten!

Nein, mit meinem Mann rede ich nicht viel darüber, eigentlich gar nicht, ich erzählte es ihm kurz nachdem wir uns kennengelernt hatten, und das war es. Ich will ihn nicht damit belasten, er hat genug um die Ohren. Und was soll es mir bringen, ständig die Sache durch Reden aufzuwärmen? Das habe ich vier Jahre lang zu Hause gemacht, mit der Psychiaterin, der Therapeutin.

Es bringt mir nichts, im Gegenteil, es zieht mich herunter und fühlt sich wie ein Stein um den Hals an, mit dem ich mühsam versuche, an der Wasseroberfläche zu bleiben. Einfach schauen, dass man einen Tag nach dem anderen schafft und das Beste daraus macht. Ich glaube, Paul erkannte das und war einfach für mich da. Das half mir mehr. Überhaupt war der Umzug nach Wien die beste Entscheidung. Zu Hause erinnerte alles an Andreas und an das, was passiert war. Jeder im Ort wusste es! Jeder! Und auch in den Nachbarorten! An die halb mitleidigen und halb sensationsgierigen Blicke mag ich gar nicht denken.

Als ich dann nach Wien zog, war alles anders. Ich war ein normaler Mensch, eine gewöhnliche Studentin unter Hunderten! Ich konnte ein neues Leben anfangen. Hier wusste niemand von meinem toten Bruder, niemand außer Paul. Bis jetzt ist das so.

Nein, falsch, vor einem Jahr erzählte ich es noch jemandem.

Ich denke mir oft, was ich für ein Riesenglück hatte, dass ich Paul damals in Italien kennenlernte. Ich wollte mich auf der Reise finden und fand meinen Mann. Ohne ihn hätte ich mich nie getraut, von zu Hause wegzugehen, und wer weiß, ob ich dann noch leben würde. Ich soll nicht so reden? Ich hätte es wieder versucht.

Wenn der Unfall nicht passiert wäre, wäre ich damals nicht alleine nach Italien abgehauen. Da hast du recht.

Irgendwie hängt alles zusammen in unserem Leben. Es ist wie ein Spinnennetz, in dem wir gefangen sind. Wir tun, was wir tun, weil unsere Vergangenheit geschehen ist, wie sie geschehen ist. Ein Kreislauf. Oder eben ein Spinnennetz.

Lassen wir die alten Geschichten ruhen. Ich will es jetzt einfach genießen, dass du da bist, und einen schönen Tag mit dir verbringen.

Gib mir das Foto. Es ist besser, ich räume die Fotoschachtel weg, und wir fahren in die Stadt. Ja?

Du willst wissen, wer das war, der es vor einem Jahr erfahren hat?

Ich werde es dir erzählen.

Mai 2015
FELIX

Wenn es dich nicht stört, dass ich nur flüstern kann, erzähle ich dir gerne die Geschichte mit dem Hai. Die interessiert dich? Ja? Schlafen können wir ja sowieso nicht.

Nein, nein, Halsschmerzen habe ich nicht, das nicht, nur meine Stimme ist weg, schon seit längerem, keine Ahnung, warum das so ist. Als würde der Rest nicht schon reichen.

Vor fünfzehn Jahren war ich ein ganzes Jahr lang unterwegs, mit einem Katamaran und zwei Freunden, wir sind von Australien bis nach Südafrika gesegelt, über Lombok, Bali, Madagaskar und Mosambik. Den Katamaran bauten wir uns eigenhändig, in der Nähe von Perth.

Ich sage dir, das war ein Jahr! Rückblickend das schönste in meinem Leben. Das lässigste, das geilste, das aufregendste. Das weiß ich jetzt. Und dort, vor Lancelin, das ist ein kleines Nest an der Westküste Australiens, kämpfte ich mit einem Hai. Nein, ich verarsch dich nicht.

Im Juli 1999 flog ich mit einem guten Freund nach Australien. Max. Wir wohnten in Wien zusammen mit einem anderen Studenten in einer Wohngemeinschaft.

Du kennst ihn. Er war schon ein paarmal hier. Er ist derjenige, der immer die Salate mitbringt.

Was ich studierte? Geographie und Informatik.

In Perth erwartete uns ein anderer Freund von mir, Alessandro, er kam aus Rom. Alessandro segelte von Kindesbeinen an, besaß seit mehreren Jahren zusammen mit seinem Vater eine eigene kleine Yacht und war somit der Segelprofi unter uns. Diesen Segeltörn hatten er und ich schon lange geplant. Weil ich es zu dritt besser fand, hatte ich Max gefragt, ob er mitkommen wolle, und Alessandro war einverstanden gewesen. Max war Koch von Beruf, er würde also die Kombüse übernehmen, das Einteilen der Lebensmittel, den Einkauf auf den Märkten, das Feilschen, die Reinigungsarbeiten unter Deck. Richtig, seine Kochkünste waren auch ein Grund, ihn mitzunehmen. Außerdem war er witzig, ein lustiger Vogel, mit dem man sich gut betrinken konnte. Alessandro war eher schweigsam und manchmal etwas streng. Ich konnte auch ganz leidlich segeln, sollte Logbuch führen, Alessandro unterstützen oder ihn ablösen, war zuständig für diverse Reparaturarbeiten an Bord und für das Fischen. Wir drei ergänzten uns perfekt.

Wir kauften einen alten, völlig kaputten Katamaran mit zehn Metern Länge und fünf Metern Breite und machten ihn innerhalb von zwei Monaten seetüchtig. Aus einer Laune heraus tauften wir das Boot *Marilyn*. Vorangegangen waren zahlreiche Diskussionen, da jeder das Boot nach seiner jeweiligen Freundin benennen wollte, drei Namen aber nicht in Frage kamen.

Apropos Freundinnen. Die waren natürlich zu Hause geblieben. Wie meine hieß zu der Zeit? Verena. Wir studierten gemeinsam. Meine erste große Liebe. Aber als ich nach einem Jahr zurückkehrte, war sie nicht mehr meine Freundin, sie hatte einen anderen gefunden. Wie Max' Freundin hieß, weiß ich nicht mehr, Alessandro hatte eine Giulia.

Aber Frauen gab es auch an den Stränden von Perth. Mit einer Neuseeländerin, Jane, und zwei Engländerinnen, Liz und Samantha, kamen wir für ein paar Wochen näher in Kontakt. Ich erinnere mich so genau daran, weil mir vor kurzem das Logbuch wieder in die Hände fiel, das war beim Umzug in die neue Wohnung, ich erzählte dir davon. Stundenlang saß ich in der alten Wohnung auf dem Boden, neben dem halb eingepackten Karton, und las darin. Alles wurde wieder so gegenwärtig. Ich meinte das Meer neben mir rauschen zu hören und das schrille Kreischen der Möwen.

Und dann überkam mich so ein Jammer, dass ich zu weinen anfing. Bis Max auftauchte und total sauer reagierte, weil ich die Bücher aus dem Regal immer noch nicht fertig eingepackt hatte. Er schleppte nämlich die vollen Kartons aus der Wohnung hinaus, verstaute sie in seinem Bus und fuhr sie hinüber in die neue Wohnung. Das Logbuch nahm er mir aus der Hand, ich schenkte es ihm. Was sollte ich noch damit? Meine neue Wohnung ist viel kleiner, ich hatte also ohnehin keinen Platz, um alles aufzuheben, vieles verschenkte ich, und vieles schmiss ich einfach weg. War eine gute Übung. Im Loslassen, meine ich.

Tut mir leid, ich schweife ab. Um meine Konzentration ist es momentan nicht besonders gut bestellt.

Zurück zu *Marilyn* und zu dem Hai. Und zu Jane, Liz und Sam. Die drei Frauen hielten sich untertags am Strand auf, surften, schwammen, schnorchelten. Manchmal halfen sie uns beim Bootsbau oder versorgten uns mit Essen. Sie waren nicht zu bremsen in ihrem Überschwang. Sam war ziemlich verknallt in Alessandro. Ihren Unterhaltungen zuzuhören war sehr lustig, da sein Akzent im Englischen einfach köstlich klang. Liz krallte sich Max und ließ sich fast jeden Abend von ihm bekochen, dabei nahm sie an die zehn Kilo zu, na ja, das ist jetzt übertrieben. Jane sagte mir, dass ich einen ›great body‹ hätte und ›that's it‹, einmal meinte sie, es wäre ›funny‹ mit mir, mehr gab es da offensichtlich nicht, Gott sei Dank, sie war die unkomplizierteste von allen. Wir sechs verbrachten viele gemeinsame Abende, ja auch Nächte, nein, so meine ich das nicht, jeweils zu zweit natürlich. Bevor wir ausliefen, feierten wir ausgiebig mit einem grandiosen Abendessen an Deck und Unmengen von Alkohol.

25

Um zehn Uhr morgens liefen wir aus, es ging Richtung Lombok und Bali, der Westküste entlang. Bekannte winkten uns nach. Ich fühlte mich ein bisschen wehmütig, denn es war eine wunderschöne Zeit am Strand gewesen, mit interessanten Bekanntschaften und Gesprächen. Der Bootsbau an sich war schon spannend gewesen, eine großartige Erfahrung und Herausforderung.

Ein paar Meilen von der Küste entfernt krochen plötzlich Jane, Liz und Sam aus dem Segelstauraum, völlig verkatert. Wir konnten es nicht fassen! Sie hatten sich dort noch in der Nacht versteckt. Bei der Abschiedsfeier hatten wir alle zu viel getrunken, vor allem die Frauen, als wir jeweils zu zweit in die Kojen fielen. Wer mit wem in der Koje gewesen war, wussten wir nicht mehr so genau, aber wir nahmen an, dass Jane bei mir, Liz bei Max und Sam bei Alessandro geschlafen hatte. Als dieser mich um neun Uhr früh geweckt hatte, hatte er noch beeindruckt gemeint: ›Sie haben also doch Format und ersparen uns eine Szene.‹

Keine von ihnen war nämlich mehr da gewesen.

Und dann standen sie vor uns, auf sehr wackligen Beinen. Alessandro war so sauer, dass er mit dem rechten Fuß gegen die Bordwand drosch und sich dabei verletzte, Max kriegte sich vor Lachen nicht mehr ein. Es war klar, wir mussten sie an die Küste zurückbringen, das würde uns Stunden kosten. Die Windbedingungen waren gerade ideal. Ich konnte mir ein Lachen auch nicht mehr verkneifen, die drei sahen aus wie Leichen, und Sam fing auch gleich an zu kotzen, mitten an Deck, woraufhin Alessandro noch einmal einen Tobsuchtsanfall bekam. Sie saßen dann elend in der Kombüse herum, bis wir vor Lancelin unser Dinghi ins Wasser ließen und sie an Land brachten. Sam wollte sich wieder Alessandro an den Hals schmeißen, aber der wandte sich abrupt ab, sie sah auch nicht wirklich appetitlich aus, so grün im Gesicht und das T-Shirt voll Erbrochenem und immer noch eine Fahne. Wir machten uns im Dinghi schnell davon, die drei schauten uns nach und wurden am Steg immer kleiner.

Da wir auch noch die Auswirkungen des Alkohols spürten, verbrachten wir den restlichen Tag und den Abend vor Lancelin. Wir lagen in der Sonne, später kochte Max Spaghetti. Alessandro war so grantig, dass er kein Wort redete. Am Nachmittag machte ich die Bekanntschaft mit dem Hai. Er schwamm auf mich zu, während ich schnorchelte, ich sah ihn zuerst gar nicht. Als ich kurz auftauchte, bemerkte ich, dass Max und Alessandro auf der *Marilyn* heftig mit den Armen fuchtelten und auf etwas deuteten.

Da entdeckte ich die Schwanzflosse. Es war wie im Film! Eine Schwanzflosse steuert geradewegs auf dich zu, und du bekommst Panik. Nur dass du eben nicht auf der Couch liegst. Zum Katamaran zurückschwimmen kann ich nicht, weil er zu weit weg ist und sich außerdem der Hai im Weg befindet. Die Flosse schießt auf mich zu, und ich starre ihr wie versteinert entgegen, na ja, schießen ist jetzt übertrieben, sie kommt eher gemütlich auf mich zu, und das bringt mich auf den Gedanken, ob es nicht vielleicht ein junger Hai ist. Ich zwinge mich also zu ruhigen, langsamen Bewegungen und tauche unter die Wasseroberfläche, um ihn mir anzusehen. Und tatsächlich, es ist ein kleiner Hai, er muss sehr jung sein, ich weiß, ich muss ihn beim Schwanz packen und festhalten, so kann ich ihn töten. Dafür bräuchte ich aber ein Messer, das ich nicht habe. Das ist mein Problem. Es gelingt mir tatsächlich, ihn mit beiden Händen am Schwanz festzuhalten, er schlägt wie wild um sich.

Ich tauche wieder auf und schreie Max und Alessandro zu, dass ich ein Messer brauche. Bis sie mich verstehen, dauert es eine Weile, ich werde fast panisch, weil der Hai so wild herumschlägt und zappelt. Ich muss mich extrem konzentrieren, dass er mir nicht entkommt. Ich sehe, dass die zwei hektisch unser Jagdmesser suchen, bis endlich, wie eine Ewigkeit kommt mir das vor, Max ins Wasser springt, mit dem größten Küchenmesser im Mund, das wir an Bord haben. Er krault auf mich zu, taucht hinter mir unter und sticht auf den Hai ein, der zuerst noch wilder zappelt und dann allmählich immer schwächer wird. Alessandro, mit dem Jagdmesser in der Hand, schwimmt auf uns zu und hilft uns, den toten Hai zur *Marilyn* zu ziehen. An Bord genehmige ich mir erst mal ein Bier, während die anderen den Hai hochhieven. Ich bin völlig fertig. Alessandro gratuliert mir zur schnellen Reaktion, und beide freuen sich über den Vorrat, den wir jetzt anlegen können. Haifischfleisch ist sehr eiweißhaltig und schmackhaft.

Ich war froh, dass sie genauso dachten wie ich und nicht herumjammerten, ach die armen lieben Tiere und Mord und schrecklich. Wir mussten uns schließlich Vorräte an getrocknetem Fisch anlegen! Wir zerteilten also den Hai, spannten unser Netz auf, legten die rohen Stücke zum Trocknen darauf und ein Moskitonetz darüber, denn die Fliegen waren ziemlich lästig. Am Abend servierte Max Haifischsteaks, und ich backte nach seiner Anleitung Brot.

Das war also unser Start.

Ein paar Tage später fand Alessandro einen BH im Segelstauraum. Wir rätselten, wem er wohl gehörte, Max tippte anhand der Körbchengröße auf Liz. Alessandro schmetterte den Song *Time to Say Goodbye,* die Version von Andrea Bocelli und Sarah Brightman, er presste den BH dabei an seine Brust, machte auf Drama-Queen und warf ihn dann ins Meer. Endlich konnte er auch über die Sache lachen.

Wie es weiterging? Es langweilt dich noch nicht? Im Gegenteil?

Wir blieben mehrere Tage vor der Nordwestküste und den vorgelagerten Inseln, um weitere Vorräte anzusammeln, es war unglaublich, wie viele Fische innerhalb einer

Stunde anbissen! Das kannst du dir nicht vorstellen! Es war wie im Paradies, so unbeschwert und entspannt. In der Woche entdeckte ich meine *passion to fish fish, no girls*, so nannte es Max. Auf jeder Reise war mir das dann wichtig, dass ich nach Herzenslust fischen konnte und mir am Abend meinen selbst gefangenen Fisch in der Pfanne briet oder am Feuer, je nachdem.

Dann ging es weiter Richtung Lombok.

Für Max war es die erste lange Hochseefahrt, der Ärmste wurde furchtbar seekrank, die Magenkrämpfe machten ihn fertig, tagelang. Er fiel als Koch aus, weshalb ich die Kombüse übernahm. Natürlich meckerte Alessandro über meine Kochkünste.

Die Einklarierung im ersten Hafen auf Lombok, ich glaube, es war in Kuta, war die abenteuerlichste. Drei Zollbeamte kamen an Bord, wollten nicht nur die Liste der mitgeführten Waren sehen, sondern durchwühlten alles ziemlich frech. Schließlich deuteten sie auf die vier Stangen Zigaretten und wollten sie haben, ich weigerte mich. Daraufhin griffen sie im Lebensmittelschrank nach dem großen Reissack, und Max rastete völlig aus. Die Beamten gaben uns zu verstehen, dass sie entweder die Zigaretten oder den Reis haben wollten, doch wir weigerten uns beharrlich, sie begannen, uns zu beschimpfen, aber wir verstanden nicht viel von dem, was sie von sich gaben. Schließlich schnappten sie unsere Pässe und verschwanden mit ihnen. Wir waren völlig aufgelöst und wussten nicht, was wir tun sollten. Am Nachmittag tauchten sie wieder auf und forderten Zigaretten und Reis, keine Rede mehr von entweder oder. Vom Dorf legte ein großes Kanu mit zwanzig Männern ab und steuerte auf unsere *Marilyn* zu, ich wurde panisch und war mittlerweile so weit, dass ich ihnen alles gegeben hätte. Was diese Männer mit uns vorhatten, wagte ich mir nicht auszumalen.

Alessandro ließ sich aber nicht erweichen, er hatte auf

früheren Segelreisen mit seinem Vater schon genügend Erfahrung mit korrupten Zollbeamten gesammelt, und schrie sie auf Englisch an. Was nicht viel nützte, sie schienen nicht wirklich zu reagieren. Einer zeigte sogar auf seine Leinenhose und auf Max' Hut, die Sachen sollten wir auch noch herausrücken und ihnen aushändigen. Schließlich reichte es Alessandro, er ließ den Außenbordmotor an und bedeutete mir, den Anker zu lichten. Wir wirkten vermutlich sehr entschlossen, denn sie gaben plötzlich klein bei, knallten unsere Pässe auf das Deck und stiegen in ihr kleines Boot. Sie hatten keine Zeit mehr, denn die Strömung war sehr stark, und das Zurückrudern in ihrem kleinen Boot würde umso schwieriger werden, je länger sie bei uns an Bord blieben. Die Männer im Riesenkanu drohten uns mit ihren Fäusten.

In Buleleng auf Bali wurden wir von den Zollbeamten sehr freundlich behandelt, und auch später in allen anderen Häfen. Auf Bali ankerten wir abwechselnd in Buleleng und Benoa und lebten ein mehr als fürstliches Leben. Nach einem Monat waren wir wieder scharf aufs Segeln, wir hatten uns oft genug verwöhnen und abschleppen lassen. Dieses Mal waren es drei Amerikanerinnen gewesen. Wir machten uns auf zur Überquerung des Indischen Ozeans.

Es gab so wunderbare Tage, an denen wir alle drei ein unglaubliches Hochgefühl verspürten, ich kann das nicht beschreiben! Wir waren so stolz auf unsere *Marilyn,* die sich so gut steuern ließ. Was für einen Katamaran hatten wir uns da gebaut! Oft lagen wir einfach an Deck in der Sonne und dachten an Lärm, Verkehr und Gestank, manchmal auch an Frauen, ich gebe es zu. Manchmal passierte es, dass ein fliegender Fisch uns in den Schoß fiel, während wir so dalagen und nur witzelten. Wenn er zu mickrig war, warf ihn Max wieder über Bord, wenn er die Größe halbwegs passend fand, aßen wir ihn zum Abendessen.

Jetzt kommt gleich das Essen, hörst du es auch? Nein, mein Hunger hält sich noch in Grenzen.

Wo wir noch anlegten?

Christmas Island, Mauritius, Madagaskar, nur um ein paar zu nennen, und an vielen anderen kleinen unbekannten Inseln. Die letzte Station war Praia do Tofo in Mosambik, und in Durban, Südafrika, verkauften wir unsere *Marilyn*. Schweren Herzens, wie du dir vorstellen kannst. Wir stiegen in das Flugzeug, das uns nach Europa zurückbrachte, und dort hatte uns der Alltag wieder. Ja, ein neuer Lebensabschnitt begann, vor allem für Alessandro, der seine Giulia heiratete und schnell hintereinander vier Kinder bekam. Und einen dicken Bauch. Die Zeit der langen Segeltörns war für ihn vorbei, und für mich eigentlich auch.

Warum? Na ja, weil das Studentenleben vorbei war und ich anfing zu arbeiten. Wo? In einer großen Werbeagentur. Seit fünf Jahren bin ich aber selbständig, als Fotograf und Webdesigner. Und weil ich keine so guten Segelpartner mehr fand, mit denen ich monatelang auf engem Raum hätte zusammenleben wollen. Max bewarb sich als Koch auf der *Queen Mary 2*, später ging er nach Berlin, und wir verloren uns für ein paar Jahre aus den Augen.

Wer meine Kunden sind? Kleine Tourismusbetriebe in Südtirol, vor allem im Pustertal und in den Seitentälern, Landwirte, die Urlaub auf dem Bauernhof anbieten, aber auch Pensionsbetreiber, kleine Hoteliers. Ich nehme schöne Fotos von ihren Häusern, Höfen, Hotels auf. Dann gestalte ich noch die perfekte Website dazu.

Ja richtig, ich bin Südtiroler. Lebe aber schon zwanzig Jahre in Wien, ich bin nach dem Studium hier hängengeblieben. Mein Bruder war der Erste, der mich gebeten hat, für ihn einen professionellen Internetauftritt zu machen, danach folgten immer mehr Bekannte aus dem Tal, denen ich helfen sollte. Das uferte dann aus, und sie waren alle so dankbar! Da kam mir die Idee, mich selbständig zu machen.

Ja doch, es läuft gut, sogar sehr gut.

Ich bin sehr gerne mein eigener Herr. Will selbst entscheiden, wann und wie lange ich verreise. Das mit den fünf Urlaubswochen im Jahr war vielleicht der Hauptgrund, warum ich unbedingt selbständig sein wollte. Sie waren mir einfach zu wenig, die fünf Wochen, meine ich.

Eigentlich wollte ich ihn wiederholen, diesen langen Segeltörn. Das war immer mein Traum gewesen, ein, zwei Jahre lang aussteigen, auf einem Segelboot wohnen und damit herumsegeln, in Südostasien und weiter. Warum es nicht dazu gekommen ist, kann ich nicht genau sagen. Ich bin zwar viel gereist, aber immer nur zwei, drei Monate am Stück. Vielleicht weil ich zu feige dafür war.

Da ist es jetzt, das Essen.

Ob am Nachmittag meine Frau wiederkommt und etwas zu essen bringt? Eine Papaya und Erdbeeren? Sie ist nicht meine Frau, sondern eine Freundin.

Das hättest du jetzt nicht gedacht, nein?

Sie kommt sicher.

September 2015
MAX

Zieh dich aus.

Deine Sachen kannst du hierhin legen.

Leg dich auf das Bett.

Nein, nicht so! Warte.

Den rechten Arm winkelst du an und legst ihn unter deinen Kopf, die linke Hand liegt auf deinem Schambein, nicht so verkrampft, ganz locker. Das Gesicht wendest du mir zu, siehst aber nicht mich an, sondern fixierst einen Punkt weiter oben. Ja, genau, du schaust auf dieses Bild da, nein, das hier, das mit der Cellospielerin, da schaust du hin. Öffne deinen Mund ein bisschen. Das linke Bein stellst du auf, das rechte bleibt ausgestreckt. Spreiz sie etwas mehr.

Nicht so schüchtern! Mit solch einem Körper brauchst du das nicht zu sein.

So ist es perfekt.

Wenn dir kalt wird, sagst du Bescheid. Oder wenn du eine Pause brauchst.

Dir gefällt das Bild mit der Cellospielerin? Sehr sogar?

Ich gebe zu, mir auch. Ein Künstler hat Präferenzen, was seine Werke betrifft. Von allen meinen Bildern liebe ich dieses Bild am meisten. Obwohl es stümperhaft und amateurhaft ist, doch, das ist es, und wenn du das Gegenteil behauptest, bedeutet das, dass du mir Honig um das Maul schmieren willst. Das musst du nicht. Einmal wollte es mir ein reicher Mann in Berlin abkaufen, er bot mir sehr viel Geld dafür. Ich malte ein anderes für ihn, weil ich das hier behalten wollte. Das zweite wurde sowieso besser.

Es ist das erste einer Serie, eigentlich von zwei Serien. Ich malte es im Juli 1994. In Rom. Richtig, da war ich achtzehn. Du hast dir also mein Geburtsdatum gemerkt! Ich bin beeindruckt. Ich verbinde viel mit diesem Bild. Erinnerungen an ein Mädchen. Meinen ersten Sommer im Ausland voller Freiheitsgefühl. Später meinen Durchbruch. Ich verdanke ihm viel.

Ob sie meine Freundin war? Die Cellospielerin? Nein, nein! Welche Rolle sie in meinem Leben spielte? Keine. Nein, ich habe auch nicht mit ihr geschlafen.

Das verstehst du jetzt nicht? Dass sie absolut keine Rolle in meinem Leben spielte, ich aber trotzdem ein Bild von ihr malte? Und dass das Bild dann eine so große Bedeutung in meinem Leben hatte? Es ist aber so.

Du willst wissen, wer sie war? Du bist wirklich neugierig.

Wir saßen zufällig im selben Zugabteil, das war alles. Richtig kombiniert, meine Liebe, auf der Fahrt nach Rom. Sie stieg in Innsbruck mit ihrem Cello ein und setzte sich in das Abteil, in dem ich saß. Ob wir alleine im Abteil waren? Nein, da waren auch noch zwei andere Männer, falsch, nur einer, der andere stieg erst in Bozen ein. Das weiß ich noch so genau, weil er derjenige war, der die Frau fragte, ob das Cello auch woanders sitzen könne. Sie hatte es nämlich auf den Sitz ihr gegenüber gestellt. Ich fand seine Frage witzig, sie offensichtlich nicht. Er half ihr dann, das Cello auf die Gepäckablage zu heben.

Ob sie hübsch war? Nein, das war sie nicht. Gut, vielleicht war sie es. Aber sie war ein Jemand, der ein Niemand war. Das verstehst du nicht? Sie war nichts Besonderes, sie fiel nicht auf. Sie war ein Typ, den man zwar sah, aber nicht richtig wahrnahm. Alles an ihr war gewöhnlich, sie hatte keine Klasse. Ein graues Mäuschen nennst du das? Nicht die Farbe Grau verunglimpfen! Ich würde das eher als farblos bezeichnen, und sie verhielt sich auch so, als wäre sie lieber unsichtbar.

Nicht bewegen! Schau auf das Bild und nicht auf mich!

Wie alt? Ungefähr auf achtzehn, neunzehn schätzte ich sie, vielleicht war sie auch älter. Am Morgen stiegen wir in Rom aus und verabschiedeten uns. Ich wusste zwei Tage später nicht einmal mehr ihren Namen.

Aber bevor wir auseinandergingen, spielte sie uns etwas auf ihrem Cello vor. Auf dem Bahnsteig. Die zwei anderen Männer hatten sie darum gebeten, und obwohl sie sich zuerst ewig zierte, was mich ziemlich nervte, tat sie es dann doch. Was sie spielte? Das weiß ich nicht mehr. Aber sie spielte sehr gut. Die Leute blieben stehen und hörten zu. Und sie war plötzlich eine ganz andere Frau! Sie hatte eine Ausstrahlung, die auf die Leute wirkte. Auch auf mich. Die Schüchternheit war wie weggewischt, und ihre innere Kraft war spürbar.

Jahre später fiel mir in Berlin das passende Wort dazu ein, das mir damals nie eingefallen wäre, nämlich *Präsenz*. Es war 1994 noch nicht in Gebrauch, später kam es dann in Mode. Jedes halbe Jahrzehnt hat seine Modewörter. Mitte der achtziger Jahre kam der Begriff *dynamisch* in Mode, in fast jedem Stellenangebot wurde ein *dynamischer* Mensch gesucht oder eben ein Mensch mit *Dynamik*, egal ob Lehrling oder Filialleiter und egal in welchem Berufszweig. Als Kind stellte ich mir dann einen Menschen vor, der einen raketenförmigen Körper hatte, keine Ahnung, wieso. Mit neun malte ich so einen Raketenmenschen. Das fand meine Lehrerin nicht gut. Sie sagte dann zur Direktorin: ›Ich befürchte, er ist leicht zurückgeblieben.‹ Ich stand vor der Tür des Klassenzimmers und hörte es.

Du sollst kein mitleidiges Gesicht machen, sondern ein sinnliches.

Später musste man wieder *teamfähig* sein. *Relevant* war

auch mal in Mode, nicht in Anzeigen, aber in Diskussionen, Stellungnahmen, Essays, Zeitungsberichten. Alles war entweder *relevant* oder *irrelevant*. Die ganze Welt wurde uns so erklärt. Dann sagte man *konform* oder *nicht konform*.

Während sie also auf dem Bahnsteig spielte, musste ich an ein Mädchen denken, das ich als Hauptschüler gekannt habe. Erste große Liebe? Eher Verehrung. Sie hatte Regina geheißen. Die ganzen Erinnerungen kamen hoch.

Auf alle Fälle bekam ich eine Gänsehaut. Ich wollte unbedingt diese Stimmung einfangen. Holte Skizzenblock und Kohlestift aus dem Rucksack und skizzierte sie. Drei schnelle Skizzen malte ich, aus verschiedenen Perspektiven. Nur sie mit ihrem Instrument, ganz groß, von vorne und von der Seite. Zum Schluss den Bahnsteig mit den stehenden und herumlaufenden Leuten, mit dem Zug im Hintergrund, die Cellospielerin in der Mitte.

Zwei Tage lang sperrte ich mich in meinem winzigen Pensionszimmer ein und fertigte fünf Kohlezeichnungen an und begann ein Ölbild. Das hier, auf das du jetzt schauen sollst. Nicht mich ansehen! Ich arbeitete wie ein Wahnsinniger. Im Laufe des Sommers wurde es fertig. Ende September fuhr ich nach Wien zurück. Was ich sonst unternahm in Rom? Ich arbeitete als Portraitmaler in der Nähe der Spanischen Treppe. Verdiente gar nicht so schlecht. Lernte ein bisschen Italienisch. Trank zu viel Bier. Flirtete mit Touristinnen. Nein, ich schleppte keine ab. Dafür war ich damals zu schüchtern.

Ob ich sie wiedersah, die Cellospielerin? Welche meinst du jetzt? Die aus meiner Hauptschulzeit oder die aus dem Zug? Beide traf ich wieder. Der zweiten, der aus dem Zug, begegnete ich vor eineinhalb Jahren wieder, und zwar bei einem guten Freund, Felix. Er lud mich zum Abendessen ein, und sie war bei dem Essen auch dabei. Ich hätte sie nicht wiedererkannt, wenn er mir nicht vorher gesagt hätte, wer sie ist. Wir verabredeten uns dann manchmal zu dritt. Nein, jetzt nicht mehr. Seit zwei Monaten nicht mehr. Weil ...

Lassen wir das.

Die erste sah ich auf ihrer Hochzeitsfeier wieder, vor ungefähr fünfzehn, sechzehn Jahren. Nein, nicht als Gast, ich arbeitete als Koch in dem Hotelrestaurant. Ich war für die Suppe und die kalte Vorspeise des Hochzeitsmenüs zuständig. Bevor der Stress in der Küche richtig losging, holte ich mir auf der Toilette einen runter. Mein kostbares Sperma fing ich in einem kleinen Einfrierbeutel auf, den ich mit einem festen Knoten verschloss und in meine Hosentasche steckte. Bevor die zwei Tomatensuppen für Braut und Bräutigam serviert wurden, schaffte ich es gerade noch, den Beutel aufzustechen und den Inhalt in ihren Suppenteller zu gießen und zu verrühren. Den Suppenteller der Braut markierte ich für den Kellner mit einem Herz aus kleinen Basilikumblättern, was die Brautmutter besonders süß fand.

Warum ich das machte? Warum ich sie mein Sperma löffeln ließ? Es fiel ihr übrigens nicht einmal auf. Nur die Brautmutter meinte nachher, dass die Suppe ihrer Tochter eine besonders cremige Note hatte.

Juni 2015
PAUL

Was mir so zu schaffen macht, fragst du?

Ich weiß, du willst mich beruhigen. Du kennst mich gut, weißt, dass ich immer viel gegrübelt habe. Zu viel?

Ich hatte Glück mit meinem Elternhaus, eine schöne Kindheit und Jugend. Die Schule war ein Kinderspiel für mich, meine berufliche Laufbahn vorgezeichnet, ich musste mich nicht herumschlagen mit Bewerbungen, Absagen, Fußfassen in einer Firma, niedrigem Gehalt. Das stimmt alles.

Gut, dann hatte ich eben ein bisschen Pech, weil ich eine junge Frau kennenlernte und mich wieder scheiden ließ, obwohl wir ein Kind hatten. Aber so etwas passierte ja nicht nur mir, so etwas ist alltäglich. Eine Zeitlang blieb ich alleine, und dann lernte ich meine jetzige Frau in Italien kennen. Wir passen zusammen. Ich arbeite viel. Unsere Kinder entwickeln sich gut. Unser Leben ist gut.

Es ist eine Allerweltsgeschichte, nicht wahr? Nichts Besonderes.

Und trotzdem. Das ist sie nur von außen betrachtet. Das, was unter der Oberfläche brodelt, ist es, was mir zu schaffen macht.

Was da brodelt, fragst du?

Schuld.

Ich meine damit nicht nur die allgemeine Schuld, die wir jeden Tag auf uns laden. Darüber haben wir früher oft diskutiert, weißt du noch? Wir trinken günstigen Kaffee, essen billige Schokolade, tragen T-Shirts, die wenige Euros kosten, und unterstützen so die Ausbeutung von Menschen in anderen Ländern. Wir gehen achtlos an Leuten vorbei, denen es schlechtgeht, unterstützen ein Zweiklassensystem mit unserer Lebensweise, unseren Handlungen.

Diese Form der Schuld meine ich nicht. Ich als einzelner Mensch fühle mich schuldig.

Meine erste Frau heiratete ich, weil ich meinem Vater eins auswischen wollte, meine zweite, weil sie in ihrer Jugend schwer traumatisiert wurde. Und das ist bei weitem noch nicht alles. Du schaust verlegen auf den Tisch. Glaubst, ich übertreibe und dass die katholische Erziehung meiner Eltern immer noch wie ein riesiger moralischer Zeigefinger über mir schwebt. Mag sein, aber ich weiß, dass es nicht nur das ist.

Weißt du, dass ich als Kind neidisch auf dich war?

Es hätte keinen Grund dafür gegeben, meinst du?

Deine Familie war vielleicht nicht so wohlhabend wie meine, aber glaub mir, trotzdem war deine Kindheit reicher. Reicher an Empathie, Spontaneität, Fröhlichkeit, Sorglosigkeit. Und auch Freiheit. Du hattest die Freiheit, ein ausgelassenes Kind sein zu dürfen. Ich saß bei dir am Mittagstisch und staunte, weil es so laut und ungezwungen zuging. Jeder konnte reden, wann er wollte, und nicht nur dann, wenn das Wort an ihn gerichtet wurde. Auf gutes Benehmen wurde nicht so viel Wert gelegt. Es wurden Witze gerissen, auch mitunter derbe, und deine Eltern lachten mit über die Späße ihrer pubertierenden Kinder. Eurem Frust über die Schule, über manche Lehrer oder Mitschüler habt ihr freien Lauf gelassen, und die Eltern haben euch nur gebremst, wenn ihr euch zu sehr hineingesteigert habt oder die Schimpfwörter zu heftig wurden.

Bei uns zu Hause wurde immer hochfeierlich und steif etwas zelebriert. Was? Verantwortung, Pflichtbewusstsein, Sinnhaftigkeit, Zielbewusstsein, Tradition. Unser Alltag, unser ganzes Familienleben war durchdrungen davon. Wir tragen Verantwortung gegenüber der Gesellschaft, auch der Familie und unserem Namen gegenüber. Wir haben die Pflicht, der Gesellschaft und der Familie zu dienen. Und alles, was wir tun, soll einen Sinn haben und der Tradition gerecht werden.

Wenn ich für die Gesellschaft keinen Nutzen habe, kann ich genauso gut tot sein. Wenn ich etwas tue, das keinen Sinn ergibt, grenzt das an Lächerlichkeit. Nein, natürlich wurde das nicht wortwörtlich ausgesprochen! Aber meine Großeltern und meine Eltern lebten danach, und meine Schwester und ich wurden so erzogen. Wir lebten nicht einfach *so*. Wir lebten *verantwortungsbewusst* und *sinnerfüllt*. Im wahrsten Sinne des Wortes. Alles war ein Ritual oder hatte zumindest etwas unpersönlich Rituelles an sich, immer schwang eine tiefere Bedeutung mit. Wenn meine Eltern miteinander redeten, immer freundlich und höflich, klang das nicht so, als würden sie einander lieben, sondern als würden sie uns Kindern vorleben wollen, dass Ehepaare respektvoll miteinander umgehen.

Ich trug in der Schule ein Hemd und kein T-Shirt, vom ersten Tag an. Beim Essen wurde gepflegte Unterhaltung geführt. Wir saßen gerade und maulten nicht herum, geblödelt wurde schon gar nicht. Es wurde viel über Politik geredet, was sich in der Welt so tat, auch über wissenschaftliche oder ethische Themen unterhielten wir uns manchmal. Bildung war das Ein und Alles. Bei den Mahlzeiten aßen wir nicht nur, wir wurden gebildet und erzogen. So brachten unsere Eltern uns früh bei, perfekten Smalltalk zu führen. Mit fünfzehn unterhielt ich mich bei einem Abendessen mit dem Bundespräsidenten über die Außenpolitik der USA, und das war nicht einmal ungewöhnlich für mich.

In der Schule sollten wir besser sein als die anderen. Wir *waren* ja besser als die anderen, in allen Belangen, alleine durch unsere Herkunft. Mit sechzehn wollte ich einen normalen Sommerjob annehmen, das war 1981, als Kellner in einem Café, so wie viele Mitschüler in der Klasse. Doch mein Großvater sagte nur geringschätzig zu meinen Eltern: ›Das wollt ihr ihm erlauben? Das hieße ja Perlen vor die Säue werfen!‹

Daraufhin organisierte mein Vater für mich eine Stelle als Praktikant im Büro des Bürgermeisters.

Einmal, ich erinnere mich noch gut daran, ließ ich mich im Gymnasium nicht zur Klassensprecherwahl aufstellen, und mein Vater führte daraufhin ein ernsthaftes Gespräch mit mir. Nein, er schimpfte nicht mit mir, er teilte mir eher bedrückt mit, dass er enttäuscht sei, weil ich meine Verantwortung gegenüber den Mitschülern nicht wahrnehmen wolle. Denn wenn jemand diese Verantwortung gut wahrnehmen könne, dann wäre ich das. Ein Dalberg.

Wir wurden in dem Bewusstsein erzogen, anders und besser zu sein. Aber wehe, wir ließen uns zu Überheblichkeit, Protzerei und Verschwendung hinreißen! Das waren grobe Vergehen, die bestraft wurden. Das war nur etwas für Neureiche, wir hingegen sollten zwar selbstbewusst auftreten, aber durchaus bescheiden und dezent.

Ich will damit nicht sagen, dass unsere Eltern und Großeltern uns nicht liebten. Natürlich taten sie das. Dass unsere Kindheit ohne jede Herzlichkeit gewesen wäre, kann ich auch nicht behaupten. Die Familienfeste und kirchlichen Feiertage wurden bei uns sehr ausgiebig gefeiert, kein Namenstag oder Geburtstag vergessen. Wir wurden auch umarmt und geküsst. Eigentlich hatten wir eine sehr behütete Kindheit. Wir wurden nie geschlagen oder angeschrien, im Gegenteil, es gab selten ein lautes Wort. Und trotzdem fühlte ich eine Last, etwas Einengendes, etwas wurde ständig unterdrückt, wobei ich nicht hätte sagen können, was es war. Uns wurde jeden Tag vorgelebt und eingeimpft, wie wir die Welt zu beurteilen haben, welche Werte und Meinungen wir haben sollen, wie wir unsere Träume abfertigen sollen und wie unsere Bedürfnisse disziplinieren. Ein Dalberg ließ sich nicht gehen. Natürlich musste man sich ausruhen und auch Urlaube machen, aber nur, damit man anschließend wieder fit war für die Arbeit. Die Arbeit an sich selbst, an der Familie, an der Gesellschaft. Das Leben war kein Honiglecken. Es ging nicht um das Glück des Einzelnen, sondern um das Wohl und Ansehen der ganzen Familie und um eine gewisse Vorbildfunktion in der Gesellschaft. Man sorgte sich um Schwächere, urteilte nicht über sie, man spendete und unterstützte wohltätige Projekte. Sie wollten die Welt besser machen, ja, im Grunde waren sie auch Idealisten, sie wollten sich nie auf ihrem Reichtum ausruhen. Trotzdem glaube ich, dass dabei etwas mitschwang: Wir helfen der Welt da draußen, solange sie unsere privilegierte Welt in Ruhe lässt.

Nein, nein, versteh mich nicht falsch. Ich will nicht jammern, mir fehlte es an nichts. Ich will dir nur erzählen, worüber ich mit dir früher nicht reden konnte.

Meine Mutter war liebevoll und blieb bei uns zu Hause, auch als wir schon älter waren. Sie engagierte sich ehrenamtlich in einigen wohltätigen Vereinen, außerdem musste sie das gesellschaftliche Leben meines Vaters planen. Wir hatten oft Gäste, wichtige Leute. Das waren keine zwanglosen Treffen mit Freunden, mit denen man Chili aß und dann vor dem Fernseher hockte, um Fußballspiele zu schauen. Das waren durchorganisierte gesellschaftliche Ereignisse, bei denen wir von klein auf mit dabei waren und uns wie Erwachsene zu benehmen hatten.

Das klingt so, als wäre ich in einem anderen Jahrhundert aufgewachsen als du, obwohl ich wie du 1965 geboren bin. Meine Eltern verkehrten vorwiegend in solchen Kreisen, und deshalb kam es mir normal vor. Eine Nebenlinie meiner Familie, ich glaube, es war ein Bruder meines Urgroßvaters, war sogar geadelt worden. Die Anwaltskanzlei unserer Familie existierte seit 1851 und war von den Beratern des Hofes mitunter zu verfassungsrechtlichen Fragen herangezogen worden. Das betonte mein Großvater immer wieder stolz. Er war 1894 geboren worden und tat sich am schwersten mit den wachsenden Veränderungen und Herausforderungen in der Kanzlei. Als ich meinem Vater immer wieder nahelegte, auch Scheidungen und Kriminalrechtsfälle zu übernehmen, dass wir erweitern müssten, war er es, der sich am heftigsten dagegen wehrte. Bisher hatte die Kanzlei sich vorwiegend mit Firmenrecht, Gesellschaftsrecht beschäftigt, wir begleiteten Firmengründungen, große Firmenübernahmen, Fusionen. Anderes hatte mein Vater immer als zu unehrenhaft empfunden, als zu schmierig.

Ich könnte dir noch so viel erzählen. Von unseren Urlauben, in denen wir entweder Städte besichtigten, weil das zur kulturellen Bildung gehörte, oder viel wandern gingen, reiten, fischen. Die Liebe zur Natur war wichtig, und noch wichtiger war ein gesunder Körper. Wochenlang am Strand liegen und faulenzen gab es nicht. Saufeskapaden gab es auch nicht und wenn, dann äußerst selten. Wenn ich einmal über die Stränge geschlagen hatte, wurde mir gnädig zu verstehen gegeben, dass man ja Verständnis für die Dummheiten der jungen Menschen habe, es jetzt aber für lange Zeit genug sei. An den Wochenenden schliefen wir zwar etwas länger als sonst, aber auch nicht bis in den Tag hinein. Am Sonntag gingen wir gemeinsam zur Messe, auch als ich schon achtzehn war, hatte ich meine Eltern zu begleiten.

Du hattest außerdem die Freiheit, Zukunftspläne schmieden zu können. Du hast dein Leben selbst geplant und gestaltet, dabei wurdest du von deinen Eltern unterstützt. Du hast Medizin studiert, weil du das wolltest und weil es deinen Neigungen und deinem Interesse entsprach.

Ich kam zur Welt, und es war klar, dass ich Jura studieren werde und dass ich die große Anwaltskanzlei, übrigens die älteste in Wien, meines Vaters übernehmen werde. Und die renommierteste, würde er jetzt einwerfen. Außerdem die Verwaltung der Immobilien in Wien und der Ländereien in der Steiermark. Daran gab es kein Rütteln, ich wusste das schon mit drei Jahren, und mit diesem Wissen wuchs ich auf. Ich würde ein guter Anwalt werden und eventuell eine Zeitlang in die Politik gehen wie mein Großvater und Vater. Es gab keine andere Möglichkeit, und ich hinterfragte das auch nicht. Ich musste nicht herausfinden, worin meine Neigungen lagen, es war alles vorgezeichnet. Ich war der Sohn, ich würde alles weiterführen und obendrein dem Namen Dalberg keine Schande machen. Das war eine häufig verwendete Redewendung meines Großvaters, der Familie, der Firma keine Schande machen. Ja, er kam wirklich aus einem anderen Jahrhundert. Ihn traf meine überstürzte Hochzeit mit Isabella und die Scheidung am härtesten.

Das war meine Kindheit.

Nein, sie war nicht schlimm, doch manchmal fühlten sich Dinge schwer an, ja, etwas zog mich zu Boden. Obwohl diese Schwere mir als Kind gar nicht so bewusst war, das wurde es erst später. Als Jugendlicher und Student wollte ich rebellieren gegen die konventionelle Welt meiner Eltern, hielt sie für spießig und altmodisch, und genau zu der Zeit lernte ich meine erste Frau kennen.

Später verstand ich, dass es gar nicht an ihren Werten und Einstellungen lag, denn mit vielem konnte ich mich identifizieren, ja, ich spürte als Erwachsener, dass ihre Lebensweise meinem Lebensrhythmus entsprach. Gut, ihre Ansichten hätten etwas offener und lockerer sein können, was die Veränderungen in der Gesellschaft betraf, sie hätten moderner sein können, sie waren so konservativ, dass es schon etwas Verstaubtes hatte. Aber ist das nicht überhaupt ein Generationenproblem? Ich hätte gerne die Freiheit gehabt, mich selbständig zu entwickeln, um meinen Weg selbst zu finden. Auch wenn der Weg dorthin zurückführt, woher man gekommen ist.

Isabella lernte ich auf der Nikolausfeier meiner Mutter kennen. Jedes Jahr um den 6. Dezember herum veranstaltete meine Mutter ein vorweihnachtliches Fest für Freunde, Mitarbeiter der Kanzlei und wichtigste Kunden, meist an die hundert Leute, darunter einige aus der Politik und schwerreiche Unternehmer. Ihre Nikolausfeiern waren legendär und sehr beliebt, sie ließ sich jedes Jahr etwas Neues einfallen. In jenem Jahr war ein Kabarettist eingeladen, der viele Gäste spaßeshalber verunglimpfte.

Ich langweilte mich trotzdem. Ich war einundzwanzig und ein Jahr zuvor ausgezogen, in meine eigene Wohnung, ja richtig, die Wohnung in der Döblinger Hauptstraße 27, gemeinsam mit einem anderen Jurastudenten. Mein Vater hatte mir zum zwanzigsten Geburtstag etwas Geld vermacht mit dem Rat, es gut anzulegen. Ich kaufte mir eine Wohnung davon, eine Immobilie war nie schlecht. Ein alter Mann hatte sie mir verkauft, ein Bekannter meines Vaters, ein Weinhändler, der in der Wohnung sein Weingeschäft geführt hatte, dreißig Jahre lang. Sie war alt und günstig, mehr hätte ich für mein Geld nicht bekommen. Ja, eine viel kleinere schon, aber ich wollte nicht alleine leben, sondern mit anderen Studenten eine Wohngemeinschaft gründen. Ich hatte es ziemlich eilig, dort einzuziehen, weil ich mich auf das freie Studentenleben freute, ließ die Zimmer nur schnell streichen und richtete sie mir selbst ein. Meine Eltern verwechselten meine Eile mit Bescheidenheit und freuten sich.

Ganz selbstbestimmt war mein Leben aber in der eigenen Wohnung nicht, meine Eltern bestanden auf dem gemeinsamen Mittagessen am Sonntag und auf einem gemeinsamen Abendessen während der Woche, meistens war das mittwochs. Mein Vater bestand außerdem auf einem wöchentlichen Besuch in der Kanzlei, der dann immer Stunden dauerte. Er wollte mich behutsam und gründlich an die Arbeit als Anwalt heranführen und an die zukünftige Führung der Kanzlei. Ich hasste diese Besuche. Dort saß ich neben ihm an seinem riesigen Schreibtisch und hörte mir trockenes Zeug an, von Unternehmen, die andere Unternehmen schluckten, von Firmen, die in Konkurs gingen. Zu der Zeit begannen auch die Spannungen zwischen uns offensichtlicher zu werden. Weil ich mich nicht mehr zurückhalten konnte und endlich den Mut hatte, zu sagen, dass ich die Kanzlei in der Form nicht weiterführen würde. Mich interessierten Menschen mehr als Firmen. Ich wollte andere Fälle bearbeiten, Menschen vertreten, die es im Leben nicht so leicht gehabt hatten wie ich. Ja, auch Menschen, die auf die schiefe Bahn geraten waren. Sie interessierten mich, deshalb belegte ich mehrere Seminare in Psychologie. Es war eine andere Welt, die mich faszinierte, ich wollte verstehen lernen.

Daran erinnerst du dich? Ja, darüber redete ich viel mit dir. Auch hier im *Kosmos*.

Aber zurück zur Nikolausfeier, auf der ich mich langweilte, bis ich mit Isabella zu reden begann. Nein, sie war kein Gast, sie gehörte zum Cateringpersonal. Wie alle Serviererinnen trug sie ein Nikolauskostüm mit sehr kurzem Rock und einem tiefen Ausschnitt mit weißem Plüschbesatz, geschnürten schwarzen Stiefeln bis zu den Knien und einer Mini-Nikolaushaube, die schief auf ihren aufgesteckten Haaren saß. Das war Mutters Idee gewesen.

Sie sah verdammt gut aus.

Du hast Isabella ein paarmal gesehen, nicht wahr?

Du hast sie sehr sexy gefunden? Das war sie auch, und

nicht nur das. Sie war temperamentvoll, unkonventionell und absolut nicht langweilig.

Zu Ostern zog mein Studienkollege aus der Wohnung aus und Isabella ein.

Mein Vater tobte vor Wut, meine Mutter vor Enttäuschung, und wahrscheinlich wurde die Beziehung deswegen noch reizvoller für mich.

Möchtest du auch noch ein Bier?

Dezember 2015
JULIANE

Siehst du das Haus da links?

Nein, nicht das graue, niedrige, sondern das schmutzige, gelbe, hohe Haus daneben, das mit den großen, schmalen Fenstern, das meine ich.

Ich habe immer Herzklopfen, wenn ich daran vorbeikomme.

Das sind die Küchenfenster der einen Wohnung im Erdgeschoss. Wenn ich intensiv an sie denke, habe ich wieder ihren Geruch in der Nase. Nein, er war gut, ich mochte ihn! Überhaupt die ganze Wohnung mochte ich! Ich fühlte mich sehr wohl in ihr! Auch nachdem der Mann ausgezogen war und ich ihn woanders besuchte, dachte ich noch gerne an die eine zurück, in der alles angefangen hat.

Ja, genau, der Mann ist der einzige Mensch in Wien außer Paul, der von meinem Salto vom Zehnmeterturm direkt auf den Kopf meines kleinen Bruders weiß. Besser gesagt, er war der einzige Mensch. Warum? Ob er weggezogen ist?

Lass mich der Reihe nach erzählen.

Es ist eine typische Altbauwohnung mit großen, hohen Räumen, mit knarrendem Parkettboden, weißen Flügeltüren, schäbiger Küchen- und Badezimmereinrichtung. Wer jetzt darin wohnt? Seit einem Jahr steht sie leer. Sie wird saniert, glaube ich.

Ich besuchte den Mann dort sechs Monate lang. Wann ich damit anfing? Nach Neujahr werden es genau zwei Jahre, dass ich das erste Mal dort an der Tür läutete. Ich war ziemlich aufgeregt, das kannst du mir glauben. Ob Paul es gewusst hat? Nein, natürlich nicht! Zumindest damals noch nicht.

Wie der Mann hieß? Felix.

Im Jänner vor zwei Jahren begann alles. In einer Galerie im ersten Bezirk, in der Nähe des Stephansdoms. Die Ausstellung hieß *TraveLust* und zeigte Reisefotos.

Es waren Fotos von Menschen aus verschiedenen Ländern der Welt, sie waren bestechend in ihrer Klarheit und gefielen mir wirklich sehr. Ich kenne mich zwar nicht gut aus in der Kunstszene, da Paul und ich immer lieber zu Konzerten gegangen sind als in Ausstellungen, aber die Aufnahmen hatten etwas.

Sie zeigten einen Eseltreiber auf dem Laudan-Pass in Tadschikistan. Zwei junge Männer auf einem Katamaran. Philippinische Mädchen, lachend an einem Lagerfeuer am Strand sitzen. Zahnlose alte Frauen in chinesischen Reisfeldern. Kleine Kinder auf Wasserbüffeln in der Nähe Phnom Penhs. Südtiroler Bergbauern beim Mähen mit der Sense.

Und das Besondere an der Ausstellung war, dass zwischen den Fotos immer wieder Bilder hingen, Kohlezeichnungen und Ölbilder, ein Foto hatte jeweils als Vorlage für das Bild gedient. Sie waren von einem Maler namens Max Bauer.

Ich spazierte beeindruckt durch die Ausstellung. Dann, im vorletzten Raum, sah ich das Bild. Es war ein großes Ölbild, ungefähr achtzig Zentimeter mal ein Meter, und stellte eine Cellospielerin dar. Die junge Musikerin saß auf irgendetwas, das ich aufgrund ihres langen, weiten Rockes nicht erkennen konnte, und spielte auf ihrem Instrument. Ziemlich versunken. Sie war umringt von Menschen, die ihr zuhörten, und im Hintergrund sah man einen Zug. Das Bild war mit leuchtenden Farben detailliert gemalt.

Daneben hing eine Fotocollage mit sieben alten, teilweise

zerknitterten Fotos. Sie zeigten die Musikerin aus dem gleichen Blickwinkel, jedoch immer näher herangezoomt. Das erste zeigte sie inmitten eines Bahnsteigs voller Reisender, die an ihr vorbeihasteten, nur manche waren stehengeblieben, der Zug im Hintergrund. Das letzte zeigte nur noch das geneigte, konzentrierte Gesicht.

Ich war diese Cellospielerin gewesen, vor fast zwanzig Jahren. Doch, du hast richtig gehört. Ich erkannte mich sofort wieder.

Die Fotos waren auf einem Bahnsteig im Roma Termini aufgenommen worden. Und ich wusste auch, von wem, es war ein junger Südtiroler gewesen, den ich im Zug kennengelernt hatte.

Felix hatte er geheißen.

Ich werde hier parken. Von hier können wir zu Fuß ins Zentrum laufen. Hast du Lust, ein bisschen zu gehen?

So ein Zufall, meinst du? Dass ich ausgerechnet in eine Ausstellung gehe, in der ein Bild und Fotos von mir hängen?

Die Ankündigung der Ausstellung hatte ich in der Zeitung ein paar Tage vorher gelesen, nein, eigentlich nur die Überschrift überflogen. Von dem Bild mit der Cellospielerin erfuhr ich am Abend zuvor, von meiner Tochter.

Emilia sagte beim Essen zu mir: ›Ich habe dich heute in einem Museum gesehen, auf so einem Ölbild.‹

›Was soll das heißen?‹, fragte Paul sie.

›Da hing ein Bild von Mama! Sie spielt Cello und ist noch jung‹, antwortete sie.

Du lachst? Bist du in den Augen deiner Kinder auch schon alt? Für Emilia sind alle über dreißig alt.

Emilia berichtete uns dann in ihrer lauten aufgedrehten Art jedes einzelne Detail, wie es dazu gekommen war, dass sie am Vormittag auf einmal neben diesem Bild stand. Ihre Klasse hatte mit einem jungen Sportlehrer, der für die kranke Kunstlehrerin einspringen musste, eine kleine Exkursion in eine Galerie gemacht. Sie erzählte genau, woran die Lehrerin erkrankt war und warum der Direktor ausgerechnet den Sportlehrer als Ersatzlehrer eingeteilt hatte.

Sie schlenderten also durch die Ausstellung und starrten mehr auf ihre Handys als auf die Bilder und Fotos. Warum Emilia dann doch das Bild mit der Cellospielerin auffiel, geschah nur deshalb, weil der Sportlehrer im letzten Ausstellungsraum seine Freundin küsste, welche nachgekommen war. Bei Emilia und ihren Freundinnen sorgte das natürlich für große Aufregung und ziemlich viel Gekicher, wie du dir vorstellen kannst. Sie standen neben dem Bild der Cellospielerin und starrten hinüber in den anderen Raum, zu den beiden. Bis Emilia doch den Kopf etwas zur Seite wandte und einen Blick auf das Bild daneben warf.

Und am Abend sagte sie zu mir: ›Ich habe dich heute in einem Museum gesehen, auf so einem Ölbild.‹

Ja, so war das, so erfuhr ich von der Ausstellung und von dem Bild. Der Satz stellte mein Leben auf den Kopf, er brachte alles ins Rollen.

Ich musste später oft daran denken, wenn die Kunstlehrerin nicht erkrankt wäre, wenn der Sportlehrer seine Freundin nicht angerufen hätte, wenn die beiden sich nicht geküsst hätten ... Dann hätte ich vermutlich nie von dem Bild erfahren.

Der nächste Tag war ein Samstag. Ich saß alleine in der Küche, Emilia schlief noch, Leon war bei einem Freund über Nacht geblieben, ich sollte ihn am Nachmittag abholen. Paul war schon früh aufgestanden und ins Büro gefahren, er arbeitet immens viel, seitdem sein Vater in Pension gegangen ist. Wie immer war seine Bettdecke ordentlich zurückgeschlagen, Polster und Leintuch glatt gestrichen. Ich trank meinen Kaffee und schaute in den Garten hinaus, der Schnee glitzerte in der Sonne, meine altbekannte melancholische Stimmung überfiel mich. Ich fühlte mich einsam.

Ich beschloss, in die Innenstadt zu fahren, ein bisschen zu bummeln, die Galerie zu besuchen und danach Paul in der Kanzlei abzuholen, um mit ihm gemeinsam Mittag zu essen. Neben der Eingangstür der Galerie stand die Ankündigung der gemeinsamen Ausstellung des Fotografen Felix Hofmann und des Malers Max Bauer: *TraveLust*. Den Namen des Malers hatte ich schon ab und zu gehört oder gelesen, den Fotografen kannte ich persönlich. Mir fiel die Zugfahrt vor zwanzig Jahren ein und wie ich an jenem Abend vergeblich auf ihn gewartet hatte.

Ich stand vor dem Bild mit der Cellospielerin und den alten Fotos und wusste, ich wollte Felix wiedersehen.

Die Frau an der Kasse fragte ich, ob und wie ich den Fotografen erreichen konnte, und sie antwortete: ›Herr Hofmann ist mit Freunden in der Bibliothek‹ und zeigte mir den Weg dorthin.

Ja, so traf ich Felix wieder. Und dann ging alles sehr schnell.

Du hast seinen Namen noch nie gehört, weil ich nämlich nie von ihm erzählt habe. Überhaupt habe ich immer wenig von mir erzählt? Ich weiß, und das tut mir jetzt leid.

Ich bin dir dankbar, dass du mich nie gedrängt hast, über persönliche Dinge zu erzählen. Nicht nach dem Unfall und nicht bei deinen Besuchen in Wien. Das macht für mich eine echte Freundschaft aus. Das Bedürfnis, sich ständig den Mund fusselig zu reden, weil man alles bis ins kleinste Detail mit jemandem besprechen muss, habe ich nicht so schnell wie andere Frauen.

Das weißt du? Du hältst mich für eine Einzelgängerin seit Andreas' Tod? Vielleicht bin ich das.

Ich habe absolut keine Lust auf Gespräche, in denen

Freundinnen ihr eigenes Leben und ihre eigenen Wünsche in die sogenannten wohlgemeinten Tipps hineinprojizieren. Ich muss mein Innenleben nicht immer sofort mitteilen, und ich mag vor allem gewisse Dinge nicht zerreden.

Von Felix erzählte ich keiner Freundin, du bist jetzt die Erste. Es war mein Geheimnis. Es wäre mir wie eine Beschmutzung vorgekommen, wenn ich darüber geredet hätte. Niemand sollte es erfahren, es gehörte nur mir! Dann später, als alles so schlimm wurde, war ich ohnehin unfähig, darüber zu reden.

Einen Tag und dreizehn Stunden später begann unsere Affäre. Du bist überrascht? Ich war es auch. Obwohl es von mir ausging. Ja doch, es ging von mir aus. Es passt nicht zu mir?

Wir saßen nebeneinander auf seinem Sofa, in dieser Wohnung, an der wir vorbeigefahren sind. Eigentlich war es mehr ein Liegen als ein Sitzen, die Füße auf dem Beistelltisch, wir sahen an die Decke, die Köpfe zurückgelegt in die Kissen, und erzählten uns Anekdoten aus unserer Kindheit. Beziehungsweise erzählte er mir Anekdoten aus seiner Kindheit. Er war auf einem Bergbauernhof in Südtirol aufgewachsen. Getrunken hatten wir auch schon mehr als genug. Ich drehte mich zu ihm, rutschte näher und küsste ihn. Ein paar Minuten später, es war kurz nach Mitternacht, stolperten wir eng aneinandergepresst ins Schlafzimmer. Seine Hand war unter meiner Bluse, meine Zunge in seinem Mund.

Wie es war beim ersten Mal?

Als er mir die Bluse ausziehen wollte, blieb ein Ohrring daran hängen, und schließlich musste ich ins Badezimmer, um mich zu befreien. Dort ließ ich mir Zeit, ich schlüpfte aus der Hose, öffnete den BH und legte ihn auf die Waschmaschine. Ich betrachtete mich im Spiegel, und Angst, ihm nicht zu gefallen, flackerte in mir hoch.

Die hättest du auch in der Situation gehabt? Wir sind eben nicht mehr zwanzig, nicht wahr? Würde er die paar Dellen da und dort an den Oberschenkeln sehen, die Narbe am Fuß, fragte ich mich. Und überhaupt, würde er mich attraktiv finden? Ich dachte, *du kannst noch zurück, dich anziehen und heimfahren*, und drückte gleichzeitig die Türklinke hinunter, ging wieder ins Schlafzimmer, und mein Herz raste wie wild.

Felix lag ausgestreckt auf dem Bett, nackt, sein rechter Arm unter dem Kopf, er war nicht rasiert, und das gefiel mir. Doch, das gefiel mir, wirklich! Es sah natürlich aus, irgendwie männlich, und passte zu ihm! Was? Dass er nicht bei diesem lächerlichen Trend mitmachte.

Sein Körper war gut gebaut, weder schlaksig noch muskelstrotzend, seine Haut braun und glatt. Er lächelte mich an und streckte die Hand nach mir aus. Und dann stellte sich bei mir ein Gefühl ein, das ich nicht richtig beschreiben kann.

Warte, ich versuche es.

Ich fühlte mich auf einmal stark und sicher, irgendwie auch befreit und voller Energie. So, als ob der Beginn dieser neuen Phase in meinem Leben etwas Notwendiges hatte. Etwas anderes war da aber auch noch. Einerseits fühlte ich mich als Herrin meines Lebens, die bewusst die Entscheidung getroffen hatte, das zu tun, was sie jetzt tat. Andererseits schwang da aber etwas Schicksalhaftes mit in dieser Nacht, es war Schicksal, dass Felix es war, der da nackt auf dem Bett lag, und kein anderer. Nein, nein, es war nichts Schwermütiges dabei, nichts, das mich heruntergezogen hätte, im Gegenteil, ich fühlte mich in dem Augenblick so glücklich! Aber das Gefühl, dass etwas Wichtiges passierte, etwas Entscheidendes, etwas Außergewöhnliches, ließ mich auch nicht los. Es war nicht nur ein billiger Seitensprung. Klingt pathetisch, ich weiß. Vielleicht verliebte ich mich in dem Augenblick einfach nur. Oder ich hatte zu viel getrunken.

Ich legte mich neben ihn, er drehte sich auf die Seite, und sein Mund suchte mein Ohr.

›Du siehst hammermäßig aus‹, flüsterte er, woraufhin mir sofort der letzte Muttertag einfiel. An dem Tag imitierte Leon irgendeinen Rapper und führte für mich, sozusagen als Muttertags-Show beim Frühstück, einen witzigen Rap samt Tanz vor: ›Mama, du bist hamma, hammamama, yeah, whoo, wie du mich ansiehst …!‹

Emilia hatte das mit ihm tagelang einstudiert, und wir, Paul und ich, brachen vor lauter Lachen zusammen.

Das stürzte mich in das nächste Gefühlschaos, denn an meine Kinder wollte ich hier im Bett eines fremden Mannes nicht denken. Aber ich vergaß sie schnell, und wie schnell! Warum? Weil Felix an meinen Brustwarzen zu saugen begann und ich alles um mich herum vergaß. Mehr Details werde ich dir nicht erzählen, nein, ich weiß, du bohrst nicht. Nur so viel: Er war ein guter Liebhaber. Er war männlich fordernd und zugleich vorsichtig und aufmerksam, er achtete auf mich, ohne mich zu beobachten, und nur deshalb konnte ich meine Hemmungen überwinden. Ich tat Dinge, die ich mit meinem Mann nie gemacht hatte.

Zwei Stunden später fuhr ich nach Hause.

Warum es so schnell ging, fragst du? Das erstaunt dich am meisten?

Mai 2015
FELIX

Das Einschlafen ist für dich am schlimmsten?

Für mich ist das Aufwachen in der Früh am schlimmsten.

Ich wache auf und denke: Wo bin ich? Verdammt, was ist mit mir los? Warum bin ich eingesperrt? Warum kann ich mich kaum bewegen? Warum bekomme ich so schlecht Luft?

Und dann tröpfelt er in mein Bewusstsein, der große Schreck: Nichts ist mehr normal, deine Freiheit ist weg! Nein, er tröpfelt nicht, er ist in Sekundenschnelle da und lähmt mich.

Aufwachen, Schreck, Lähmung, sich zwingen, ruhig zu atmen und klar zu denken, sich auf das Frühstück konzentrieren, weiterkämpfen. Jeden Tag dasselbe. Zum Verrücktwerden. Er verschwindet dann den ganzen Tag nicht richtig, der große Schreck.

Es gibt Tage, an denen ich es überhaupt nicht akzeptieren kann und will. Alles in mir wehrt sich dagegen! So wie gestern. Ich wachte auf und kam gar nicht in die Gänge. Es dauerte eine Ewigkeit, bis ich mich aufraffen konnte, um ins Bad zu gehen. Ich wollte einfach nicht aufstehen. Lag im Bett und fühlte mich noch regungsloser als sonst. Nicht nur müde und erschöpft, sondern richtig steif. Im Bad saß ich auf der Toilette und fing tatsächlich an zu weinen. Wie ein kleines trotziges Kind hockte ich da und schluchzte. Das ist alles so ungerecht! Ich will mein normales Leben wieder zurück! Das reinste Häufchen Elend. Ich ließ das Wasser laufen, damit du mich nicht hörst durch die Tür. Das Frühstück brachte ich kaum hinunter, das Mittagessen auch nicht. Verspürte absolut keinen Hunger. Ich hatte das Gefühl, mein Magen ist auf die Größe eines Daumennagels geschrumpft. Mir kam sogar der Gedanke, ich hätte gar keinen mehr. Vielleicht wurde der schon aufgefressen. Löst sich mein Körper von innen auf?

Es ging den restlichen Tag so weiter mit der Unfähigkeit, irgendetwas tun zu können, ich konnte nicht lesen, nicht am Computer arbeiten.

Ja, deswegen war ich gestern so schweigsam.

Meine Gedanken drehten sich nur im Kreis. Meine Güte, ist das alles eine Scheiße! Alles ausgeträumt, ich brauche keine Pläne mehr zu schmieden für die Zukunft, nicht einmal für das nächste Wochenende, Illusionen sind nicht mehr nötig. Nicht einmal einkaufen zu gehen mit einem tollen Menü im Kopf, das ich für Freunde kochen will, ist möglich, nicht einmal in einem Café auf der Straße zu sitzen und sich von der Sonne wärmen zu lassen.

Ich bin dem nicht mehr gewachsen, diesem *Das ist der eine Tag, und dann kommt der nächste.* Das Gelaber kann ich nicht mehr hören. Ich finde keinen Zugang mehr zu meinem Leben. Ich empfand es immer als schön, das Leben, für mich war es nie ein Kampf wie für diejenigen, die jammern, wie schwer und anstrengend alles sei. Ich hielt mich immer für einen Glückspilz, der das Talent hat, jeden Tag zu genießen und sich von Stress und Hektik nicht auffressen zu lassen. Aber jetzt kämpfe ich auch, und vor allem ist da plötzlich so eine Verachtung gegenüber der Welt und den Menschen, und ich frage mich, warum das so ist? Warum bricht alles zusammen? Wenn ich wüsste, von wem und warum ich einen Kampfauftrag bekommen habe, wäre es leichter für mich.

Ob ich an Gott glaube? Das ist für mich eine schwierige Frage. Bis vor kurzem hätte ich sie mit einem rigorosen *Nein* beantwortet. Ich wurde religiös erzogen, etwas anderes wäre bei uns im Dorf nicht möglich gewesen. Meine Mutter machte das gut und nicht übertrieben, ihre Religiosität war positiv und voller Lebensfreude, nicht so streng und kasteiend. Wir mussten nicht jeden Abend Rosenkranz beten, vor und nach jeder Mahlzeit ein ewig langes Gebet sprechen und in der Woche mehrmals zur Messe gehen. Wir gingen am Sonntag und an Feiertagen, vor dem Mittagessen wurde das Vaterunser gebetet, das war es. Am Abend kam sie an unser Bett und machte das Kreuzzeichen auf unsere Stirn. Das war schön, vor allem das Gefühl, das sie uns mit ihrem Glauben vermittelte: Es gibt jemanden, der auf euch aufpasst, macht euch keine Sorgen.

Als Jugendlicher merkte ich trotzdem, dass mir die Religion nichts gab, weder das Inhaltliche noch die Zeremonien, und ich trat aus der Kirche aus, kaum dass ich nach Wien gezogen war. Ich brauchte keine Religion, um einen Sinn im Leben zu finden. Der erste Sinn im Leben besteht darin, zu verstehen, dass es keinen Sinn gibt! So dachte ich mit zwanzig, fünfundzwanzig.

Aber jetzt ertappe ich mich öfter dabei, dass ich an Gott denke, an Jesus, an die Dreieinigkeit und die Sache mit dem Himmel. Dabei, dass ich bete. Eigentlich schlimm, dass man das Bedürfnis danach hat, wenn es einem schlechtgeht, und ansonsten nicht. Ja, ich setze mich mit Gott auseinander und spüre, dass ich gerne gläubig wäre, weil dann vielleicht die Angst mich in bestimmten Momenten nicht so lähmen könnte. Aber andererseits würde ich, wenn ich uneingeschränkt an Gott glaube, mich fragen, wo er denn ist und wofür er mich bestraft. Warum kriege ich denn von dir so gewaltig eins auf den Deckel? Habe ich dir zu egoistisch gelebt?

Heute ist mein Appetit wieder da, sogar heißhungermäßig. Überhaupt ist heute ein guter Tag, ich kann mich über kleine Dinge freuen. Die kleine rothaarige Krankenschwester ist besonders gut aufgelegt, ich glaube, sie heißt Sandra. Sie feiert heute ihren fünfundzwanzigsten Geburtstag.

Vorhin winkte sie mir mit der einen Hand zu, als mich Sebastian aus dem Zimmer schob, um mich zur Bestrahlung zu bringen, in der anderen Hand hielt sie ein Stück Kuchen, in das sie gerade gebissen hatte. Sie fragte mich kichernd und mit vollem Mund, ob ich auch ein Stück möchte. Ihre Mutter hatte ihn für sie gebacken und ihr mitgegeben, damit sie auf der Station mit ihren Arbeitskollegen ein bisschen feiern kann. Und um ihn an ihre Lieblingspatienten zu verteilen, sagte sie. Ich bestellte auch ein Stück für dich, ich hoffe, das ist in Ordnung? Sie bringt sie gegen vier Uhr zu uns in das Zimmer, zusammen mit zwei Cappuccinos.

Was meinst du? Sollen wir ihr ein Ständchen singen?

Das war meine vierte Bestrahlung heute, insgesamt muss ich zwanzig machen, damit die Rückenschmerzen weniger werden. Eine Garantie abgeben, ob sie helfen werden, wollte Dr. Perthens allerdings nicht, zumindest soll sich meine Situation nicht verschlechtern. Diese Schmerzen im Rücken sind die schlimmsten. Und auch die Tatsache, dass ich nur noch mit Krücken gehen kann.

Ob sie schmerzhaft sind, die Bestrahlungen? Nein, das ist beinahe wie Wellnessen. Ich bekomme vorher eine Beruhigungstablette, die mich angenehm wegdröhnt, dann werde ich gemütlich im Bett von Sebastian in den dritten Stock gebracht, wo man mich in eine Röhre schiebt, in der ich meistens einschlafe, weil es so ruhig darin ist. Ich fühle mich nachher immer sehr entspannt.

Das Personal dort ist wirklich sehr freundlich und bemüht. Heute fragte mich die junge Ärztin, welche jedes Mal vor dem Hineinschieben in die Röhre die Markierung macht, ob ich gerne grüne oder rote Striche auf meinem

Bauch hätte. Weil ich mich nicht entscheiden konnte, verwendete sie beide Farben. Ein doppeltes Kreuz ist jetzt auf meinen Bauch gemalt, in Grün und Rot, die Striche verlaufen knapp nebeneinander. Sie gehen quer durch den Nabel, von einer Seite zur anderen, zwei Striche führen in der Mitte des Oberkörpers vom Brustkorb bis hinab zur Unterhose. So als möchte man mich demnächst vierteilen.

Ja, heute ist ein guter Tag im Vergleich zu gestern.

Die Sonne scheint herein. Mein Freund Max bringt mir abends einen Krautsalat vorbei, den mag ich am liebsten. Und vielleicht auch eine Papaya. Wenn ich eine halbe Papaya esse, kann ich besser einschlafen. Max glaubt, dass das reine Einbildung ist, aber das ist mir egal.

Ich freue mich immer auf das Einschlafen, wenn ich endlich wegdämmern kann, ist das eine Erlösung. Obwohl ich hier nie schnell einschlafen kann. Weißt du, ich bin ein Nachtmensch, zu Hause gehe ich erst gegen zwei Uhr ins Bett.

Das hast du schon gemerkt? Bin ich dir zu unruhig? Das tut mir leid.

September 2015
MAX

Du willst also von der ersten Cellospielerin hören.

Sie war die ältere Schwester eines Freundes von mir, den ich ein Jahr lang zu Hause besuchte. Eigentlich müsste ich dazu sagen: besuchen durfte. Weil es nicht selbstverständlich war, dass ein Heimkind so oft eingeladen wurde. Ich verbrachte durchschnittlich zwei Nachmittage in der Woche bei Thomas zu Hause, manchmal auch die Wochenenden, und es war für mich der Himmel auf Erden.

Ja, ich war ein Heimkind. Meine Süße, spar dir deinen mitleidigen Blick. Danke. Nicht von Geburt an, nein, sonst hätte ich vielleicht das Glück gehabt, Adoptiveltern zu finden. Meine Mutter hatte erst in meinem fünften Lebensjahr die weise Erkenntnis, dass es besser wäre, mich nicht mehr den Fäusten meines Vaters auszusetzen. Und ihrer Unfähigkeit, mich zu beschützen. Und nein, ich wurde von den Betreuern weder missbraucht noch misshandelt, da muss ich deine Sensationsgier leider enttäuschen. Wir Kinder haben das untereinander selbst erledigt. Warum fällt den Leuten bei dem Wort ›Heimkind‹ immer sofort Missbrauch ein?

Thomas lernte ich mit zwölf, nein, dreizehn kennen, vor seiner Schule. Ich besuchte die dritte Klasse einer Hauptschule, er ein Gymnasium, das auf meinem Heimweg lag, im wahrsten Sinne des Wortes. Er fiel auf dem Gehsteig hin, ich half ihm auf und trug ihm dann seine Schultasche nach Hause, weil ihm seine Schulter weh tat. Daraufhin durfte ich zum Mittagessen bleiben und auch am Nachmittag, seine Mutter rief im Heim an. Wir spielten zwei Stunden lang

Schach. So fing das an. Wir verstanden uns von Anfang an gut. Als ich ging, fragte er mich, ob ich nächste Woche wieder kommen wolle, und wir machten einen Tag aus. Von da an kam ich ziemlich regelmäßig, und seine Eltern unterstützten es, ich glaube, sie waren froh, dass ihr Sohn endlich einen Freund hatte. Auch wenn es nur ein unerzogener Heimbengel war. Einer, der den Mund kaum aufbrachte. Einer, der nicht wusste, wie man richtig mit Messer und Gabel aß. Das war ihnen anscheinend egal. Sie interessierten sich wirklich für mich. Was ich über bestimmte Dinge dachte, wie es mir in der Schule gefiel und was ich gerne tat in meiner Freizeit. Vor allem in den ersten Wochen redeten sie viel mit mir, wahrscheinlich um herauszufinden, ob ich in Ordnung war, geeignet als Umgang für ihren Sohn. Ich befand mich sozusagen auf dem Prüfstand. Mir war das auch bewusst, und ich weiß noch, dass es mich damals als Kind wütend machte und verletzte. Sie wollten wissen, ob ich gut genug war. Für Thomas und um in ihrem Haus ein und aus gehen zu können. Ich fühlte mich während dieser Gespräche und nachher noch minderwertiger als sonst. Heute als Erwachsener und vor allem als Vater kann ich sie aber verstehen. Glaub mir, du willst wissen, wer der Mensch ist, der so viel Zeit mit deinem Kind verbringt. Und wie er ungefähr tickt. Die Befragungen hörten auch bald auf, und ich spürte, dass sie mich wirklich gerne mochten.

Thomas war körperlich behindert, er war ohne Füße geboren worden. Er trug Prothesen, aber diese Dinger schienen nie richtig zu sitzen, und sie taten ihm auch oft weh. Er konnte selten ohne Krücken mehr als ein paar Schritte gehen. Mich störte das alles nicht. Meine sportlichen Ambitionen hielten sich in dem Alter ohnehin in Grenzen. Beim Masturbieren konnte er problemlos mithalten.

Schau nicht so erschrocken. Was glaubst du, machen Jungen in dem Alter?

Natürlich beschäftigten wir uns auch mit anderen Dingen. Sein riesiges Kinderzimmer war ein Paradies für mich, darin hätte ich mich für Monate einigeln können. Es war voller Schätze! Ihm war aber trotzdem langweilig, außer wenn ich da war. Er hatte einen eigenen Fernseher, bei uns im Heim gab es nur einen einzigen für 94 Kinder, und an die hundert Videos. Weil er gerne malte, stapelten sich Malblöcke und Farbstifte in einem Kasten, die gefielen mir am besten. Wir saßen oft stundenlang nebeneinander an seinem großen Schreibtisch, dachten uns Geschichten aus und malten sie, Szene für Szene. Er zeichnete gerne Superhelden, ich bevorzugte Actionszenen und nackte Mädchen.

Außerdem hatte er Unmengen von Spielen, angefangen bei Modellflugzeugen, die man selbst zusammenbastelte. Elektrische Autos, die man mit einer Fernbedienung herumflitzen lassen konnte, technisches Lego und Gesellschaftsspiele. Am liebsten spielten wir Schach, manchmal auch *Risiko* oder *DKT*. Das kaufmännische Talent. Das kennst du nicht, dafür bist du zu jung. Ich glaube, heute heißt das *Monopoly*. Wir hatten beide kein kaufmännisches Talent, verschenkten Häuser einfach so, erließen dem anderen die Miete. Einmal sah uns Thomas' Vater beim Spielen zu und ärgerte sich über uns.

›Geschäftstüchtigkeit ist wichtig, ihr solltet das nicht unterschätzen‹, ermahnte er uns, Thomas kicherte nur.

Er war ein erfolgreicher Unternehmer, ein Selfmademan, hatte sich alles alleine aufgebaut. Was er beruflich machte, weiß ich nicht mehr genau, ich glaube, es hatte etwas mit Immobilien zu tun. Sie waren stinkreich und wohnten in einer dreistöckigen Villa, die schön eingerichtet war, weder protzig noch zu modern, einfach nur gemütlich und stilvoll. Ich war gerne zu Besuch dort. Thomas' Mutter hatte einen guten Geschmack, das musste man ihr lassen. Überhaupt war die Frau integer, der Mann war mir ein bisschen zu laut und zu derb, er führte sich manchmal wie ein typischer Neureicher auf. Der gesamte zweite Stock war nur für die Kinder reserviert: Thomas' Zimmer, sein eigenes Bad, Reginas Zimmer, ihr Bad, ein Gästezimmer mit Bad, ein separater Aufenthaltsraum, wohnzimmerähnlich. Der wurde aber selten benutzt, weil sie sich nicht so gerne zusammen aufhielten und ihre Zimmer ohnehin groß genug waren.

Regina war drei Jahre älter als Thomas und sah unglaublich scharf aus. Ich bewunderte sie vom ersten Tag an. Ich war fast ein wenig ehrfürchtig, weil sie älter wirkte, als sie war, schon wie eine junge Frau. Vielleicht war ich auch ein bisschen in sie verliebt, ich weiß es nicht. Was bedeutet schon Verliebtheit in dem Alter? Schneller zum Orgasmus zu kommen, wenn man sich die betreffende Person vorstellt?

Ob ich mir Regina vorstellte? Ja, tat ich.

Thomas war das Lieblingskind der Eltern, das war eindeutig zu erkennen, schon beim ersten gemeinsamen Abendessen. Oder das Sorgenkind. Wahrscheinlich sorgt und kümmert man sich um ein krankes Kind mehr. Das gesunde läuft so nebenbei mit. Dass Regina wahnsinnig eifersüchtig auf ihren kleinen Bruder gewesen sein musste, kam mir aber erst später in den Sinn.

Sie spielte Cello. Heute würde ich sagen, sie war nicht besonders talentiert, aber mit dreizehn konnte ich das nicht beurteilen, für mich klang es wunderschön, wenn sie übte. Thomas spielte Klavier, aber übte bei weitem nicht so oft wie seine Schwester. Sie war ehrgeiziger als er. Für die Eltern gehörte es, glaube ich, zum Prestige, dass die Kinder ein Instrument lernten, Begabung hin oder her.

Als ich sie das erste Mal sah, übte sie auch gerade. Wir gingen an ihrer offenen Zimmertür vorbei in Thomas' Zimmer, und sie saß kerzengerade mitten im Raum und spielte irgendein langsames Stück. Ich konnte nicht anders als stehen bleiben und ihr zuhören. Thomas blieb auch stehen und schnitt Grimassen. Sie fühlte sich beobachtet, hörte auf zu spielen, und er stellte mich vor. Ohne zu lächeln, hob sie ihren Bogen zu einem angedeuteten Winken und befahl ihrem Bruder, die Tür zu schließen.

Wann immer es ging, suchte ich ihre Nähe. Nicht um mit ihr zu reden, dazu war ich zu schüchtern, sondern um sie heimlich zu beobachten. Sie hätte auch mit mir nicht geredet, mir gegenüber verhielt sie sich zickig und arrogant. Wenn sie das Wort an mich richtete, war es meistens nur eine geringschätzige Bemerkung. Ich betrachtete sie gerne, vor allem beim Cellospielen. Ihre Lippen zog sie dann zu einem Schmollmund, das gefiel mir am besten. Einmal malte ich sie am Abend im Heim, aber das Bild gelang nicht, und ich zerriss es wieder.

Ich fühlte mich wohl in Thomas' Zuhause. Alles dort kam mir perfekt vor. Die Mutter, die sich um alles kümmerte. Die Wärme. Die Herzlichkeit. Die kleinen Aufmerksamkeiten. Die gemeinsamen Mahlzeiten, bei denen geblödelt wurde. Die Fernsehabende, bei denen alle auf der Couch lümmelten und Popcorn aßen. Die gemütliche Einrichtung, das große Zimmer, gefüllt mit Spielsachen. Es war ein richtiges Zuhause und nicht nur ein Heim, in dem ein Betreuer fragte, ob man die Hausaufgaben schon gemacht hatte, und man am Abend ins Bett geschickt wurde.

Ob ich neidisch war? Vielleicht ein bisschen. Es war nicht so, dass ich vor Neid zerfressen in Thomas' Zimmer saß und ihm vor Hass am liebsten den Gameboy entrissen hätte, um ihn aus dem Fenster zu werfen. Auf Thomas konnte man auch nicht neidisch sein. Wegen der fehlenden Füße? Nicht nur deswegen, sondern weil er freundlich war, ruhig, fast schon sanft. Ich würde eher sagen, dass ich stolz war, nicht neidisch. Ich hatte im Heim durch meine Besuche in der

Villa eine Sonderstellung, die älteren Kinder ließen mich in Ruhe, die Betreuer waren netter zu mir.

Aber natürlich gab es manchmal Momente, in denen ich dachte: *Ich hätte das auch gerne.* Besonders zu Weihnachten. Zu zwei Weihnachtsfeiern hintereinander war ich eingeladen. Diese zwei Heiligabende waren das Schönste, was ich in meiner Kindheit je erlebt habe. Ohne Übertreibung. Die Familie gab mir das Gefühl, dazuzugehören, na ja, mit einer Ausnahme. Regina. Sie war mir gegenüber eiskalt, vor allem beim zweiten Weihnachtsfest. Da war ich schon vierzehn und ging in die vierte Klasse Hauptschule. Ich nahm das nicht ernst oder nicht so bewusst wahr. Weil ich keine Erfahrung mit älteren Mädchen hatte. Ich dachte, die wären alle launisch und kühl.

Ich bekam nichts mit! Von dem, was um mich herum vorging, hatte ich keinen blassen Schimmer. Ich war so naiv! Und beschäftigt mit mir. Pubertierend, brodelnde Hormone, pickelübersät, geplagt von Komplexen, das Gehirn voller benebelnder Tagträume. Das komplette Programm eben.

Im vergangenen Herbst hatten Thomas' Eltern immer wieder nach meinen Zukunftsplänen gefragt. Welche weiterführende Schule? Oder eine Lehre? Ich gestand ihnen, dass ich liebend gern ein Gymnasium besucht und die Matura gemacht hätte. Dass aber Betreuer und Heimleitung mich zu einer Lehre drängten. Es war für Heimkinder der gängige Weg, man musste froh sein, wenn man eine Lehrstelle fand und nicht Hilfsarbeiter blieb. Dass ich an der Kunsthochschule studieren und Maler werden wollte, traute ich mich nicht zu sagen. Mein Traum kam mir unrealistisch und kindisch vor. Thomas verriet es ihnen aber, und bei meinem nächsten Besuch zog mich sein Vater damit auf. Nicht gehässig, nein, mehr so wohlwollend.

›Na, kleiner Picasso‹, begrüßte er mich.

›Du hast wirklich Talent‹, sagte die Mutter, ›du solltest dein Ziel nicht aus den Augen verlieren.‹

Und zu Weihnachten schenkten sie mir eine Staffelei, Malblöcke, Kohlestifte und Ölfarben.

Kurz nach diesem zweiten Weihnachtsfest durfte ich Thomas nicht mehr besuchen. Aus heiterem Himmel. Die Weihnachtsfeiertage hatte ich noch bei ihnen verbracht, auch die Silvesternacht in der Villa gefeiert. Zwei Tage später rief Thomas' Vater im Heim an und verlangte nach mir. Er teilte mir ohne Umschweife mit, nicht einmal unfreundlich, dass meine Besuche von nun an unerwünscht seien, ich seine Kinder in Ruhe lassen solle und er mir alles Gute wünsche. Keine Erklärung, wieso. Nichts.

Wie eine Entthronung war das. Extrem demütigend. Sie servierten mich einfach ab, und vor lauter Scham wäre ich am liebsten in den Erdboden versunken. Im Heim machten sich ein paar Kinder lustig über mich. Warum ich denn jetzt ständig bei ihnen herumhängen würde? Ob mich denn der Fußlose mit einem Fußtritt aus seinem Leben befördert hätte? Nach zwei Wochen kochte die Wut in mir. Ich musste den Grund wissen und lauerte Thomas vor der Schule auf. Als er mich sah, wurde er nervös und wollte mir ausweichen. Ich gab nicht auf, ließ ihn nicht vorbei und fragte immer dieselbe Frage: ›Wieso? Wieso?‹

Bis er schließlich schrie: ›Du hättest das nicht machen sollen! Das mit deinem – deinem Sperma! Du hast auf ihren Polstern gewichst und auf ihr Cello! Der Lack hat sich gelöst! Du bist krank!‹

Ich war völlig perplex.

›Das glaubst du doch selbst nicht‹, erwiderte ich, und seinem Gesicht merkte ich an, dass er verunsichert war.

›Sie ist krank!‹, sagte ich und ging weg.

Nach einer Woche rief ich seine Mutter an. Weil ich das nicht so sang- und klanglos auf mir sitzenlassen wollte!

Aber sie legte einfach auf, ohne mir zuzuhören. Eine Woche später entschied ich mich, den Eltern einen Brief zu schreiben. Nicht weil ich an Kontakt noch interessiert gewesen wäre, im Gegenteil, keine zehn Pferde hätten mich mehr über die Schwelle der Villa gebracht. Ich schrieb also, dass ich das nicht gemacht hatte und ich gerne eine Chance bekommen hätte, mich zu verteidigen, in Reginas Anwesenheit. Außerdem bedankte ich mich für die schöne Zeit bei ihnen. Eine Antwort erhielt ich aber nicht.

Vier Jahre später erfuhr ich die Wahrheit. Von Regina selbst. In einer Bar, Samstagmorgen um vier Uhr früh. Ich war mit einem Arbeitskollegen versumpft. Nein, nichts mit Gymnasium. Kochlehre in einem Hotel. Mit ihren Stöckelschuhen kam sie in die Bar hereingestakst, umringt von ein paar Leuten, darunter Thomas, und ziemlich betrunken. Thomas nannte sich jetzt Tom und sah gut aus, selbstbewusst. Offensichtlich passten seine Prothesen jetzt, er ging ohne Krücken, und man merkte kaum etwas von seiner Behinderung. Regina feierte ihren einundzwanzigsten Geburtstag.

Stockbetrunken posaunte sie es heraus und kugelte sich selbst dabei vor Lachen. In meiner letzten Nacht in der Villa zu Neujahr hatte sie die – zweifachen, wie sie stolz betonte – Ergüsse ihres Freundes, bei dem sie am Abend gewesen war, auf ihrem Cello verteilt. Sie hatte sie in einem Plastikbeutel mit nach Hause genommen. Am nächsten Morgen, nachdem ich gegangen war, hatte sie das beschmutzte Cello empört ihren Eltern gezeigt und weinend zugegeben, dass es nicht das erste Mal gewesen sei. Auf das Polster, auf die Schminkkommode, auf die Unterhosen in der Schublade, das sei alles schon vorgekommen. Sie hatte nicht petzen wollen, weil sie spürte, wie sehr alle mich liebten. So hatte sie geheult. Die Eltern glaubten ihr, vor allem nachdem sie Thomas gefragt hatten, ob ich denn viel onanieren würde und ob mir Regina gefallen würde, und er beides wahrheitsgemäß mit Ja beantwortete.

Tom stand verlegen daneben und konnte sie nicht bremsen. Er blieb noch eine Weile bei mir, nachdem der Trupp schon abgezogen war, um das besoffene Geburtstagskind nach Hause zu bringen. Er entschuldigte sich bei mir. Erzählte mir, dass die Eltern ernsthaft überlegt hatten, mich aufzunehmen, als Pflegekind. Sie hatten bereits überlegt, in welches Gymnasium ich gehen, wie das Gästezimmer für mich umgestaltet werden sollte. Regina war völlig durchgedreht vor Eifersucht.

›Sie hatte es nicht leicht mit einem Bruder wie mir‹, erklärte er, ›es drehte sich immer alles um mich, und dann auch noch um dich.‹

Ein paar Monate später hatte sie ihm die Wahrheit gestanden, die er sowieso von Anfang an geahnt hatte.

›Sie ist meine Schwester‹, sagte er schulterzuckend, ›was hätte ich machen sollen? Sie war dann immer sehr nett zu mir, nachdem du nicht mehr gekommen bist.‹

Er klopfte mir noch jovial auf die Schulter, und dann ging er.

Ein halbes Jahr später fuhr ich nach Rom, wo mich die Cellospielerin am Bahnsteig an Regina erinnerte. Und an alles andere. An meine Verliebtheit, an die Zeit mit Thomas, an die Villa, an meine Träume, ein Maler zu werden, an ihren bösen Streich. Ich musste die Cellospielerin einfach malen.

Und weitere vier Jahre später begegnete ich Regina auf ihrer Hochzeit wieder und kochte ihr eine spezielle Suppe.

Ja, sie hat es erfahren, was sie da gegessen hat.

Bevor ich nach Hause fuhr, durchquerte ich den Saal und suchte sie. Es war schon nach Mitternacht, sie rauchte auf der Hotelterrasse. Ich ging zu ihr und fragte sie, ob ihr die Suppe geschmeckt habe, mit dem guten Gewürz, dabei griff ich mir auf den Reißverschluss meiner Hose. Wie sie reagierte? Zuerst schaute sie mich mit großen Augen an, und dann schrie sie mir nach: ›Du Widerling!‹

Zieh dir den Bademantel an, wir machen eine Kaffeepause in der Küche.
 Wie die zweite Cellospielerin hieß? Juliane.
 Ich wusste aber nach zwei Tagen ihren Namen schon nicht mehr. Viele Leute fragten mich nach ihr, bei Vernissagen, Ausstellungen, in Interviews: ›Wer ist sie? War sie Ihre Freundin?‹ Ich wusste aber nichts von ihr. Und ich ging davon aus, dass ich sie nie wiedersehen würde, ehrlich gesagt dachte ich nicht einmal das. Ich dachte überhaupt nicht an sie.
 Bis sie vor eineinhalb Jahren bei meinem Freund am Esstisch saß. Gott sei Dank!

Juni 2015
PAUL

Dass das Leben mit meiner ersten Frau für mich zum persönlichen Desaster wurde, davon hast du ja noch einiges mitbekommen.

Ich erzählte wenig darüber?

Ich weiß. Weil ich mich schämte, dass ausgerechnet mir das passierte. Ich war ja so intellektuell, so vorurteilslos allen Menschen gegenüber, und erst meine Menschenkenntnis, die war riesengroß! Groß war etwas anderes in der ersten Zeit mit Isabella. Ich lasse lieber diese derben Scherze, dafür fühle ich mich zu alt. Anfang zwanzig gibt man sich so gescheit, und im Grunde ist man nur ein selbstgefälliges Würstchen. Ich fiel ordentlich auf die Schnauze.

Meine Familie erfuhr noch weniger als meine Freunde, nämlich so gut wie gar nichts, aber sie bekam dennoch genug mit. Meine Eltern litten zu der Zeit, für sie war das Ganze sehr schlimm. Wenn es nur eine Beziehung gewesen wäre, vor der sie mich gewarnt hatten, hätten sie wenigstens Genugtuung spüren können. Aber es war eine Ehe gewesen, und obendrein war ein Kind da, deshalb waren sie traurig und sehr enttäuscht. Die Scheidung war eine Tragödie für sie. Was eine Heirat betrifft, tickten wir einfach anders, eigentlich immer noch. Im Ernst, ich war damals der erste geschiedene Dalberg in der gesamten Verwandtschaft.

Eine Ehe ist eine Ehe und kein *Ich versuch es mal mit dir*. Sie ist nicht nur eine reine Formalität, sie hat etwas Heiliges an sich, und sie hat bis zum Tod zu halten. Ja, natürlich hat das auch mit Religiosität zu tun, aber nicht nur, es ist ein Lebensprinzip. Bevor man eine Ehe eingeht, hat man sich und den anderen gewissenhaft zu prüfen. Eine Scheidung ist ein absolutes Tabu. Dass es schwierige Phasen gibt, gehört zum Leben dazu, man läuft dann nicht einfach auf und davon. So denkt meine Familie und nicht nur sie, auch ich denke so.

Du auch? Ich weiß.

Für mich war die Ehe mit Isabella eine regelrechte Katastrophe. Ich konnte mir nicht so leicht sagen: *Gut, das funktioniert nicht, dann gehe ich eben wieder, hoffentlich habe ich das nächste Mal mehr Glück*. Ich fragte mich, warum das andere Menschen so schnell akzeptieren konnten, Scheidungen fingen damals an, richtiggehend zu boomen. Da hat sich viel getan in den letzten dreißig Jahren, nicht wahr?

Für meine Kanzlei ist es ein gutes Geschäft, natürlich. Das Konzept, das ich mit einer Mediatorin Anfang der neunziger Jahre entwickelte, war von Anfang an sehr gefragt und wird immer aktueller. Das Konzept des positiven Ausgleichs.

Was das ist? Damit schaffen wir es, die meisten Rosenkriege in einvernehmliche Scheidungen zu verwandeln. Zwei Menschen können leichter auseinandergehen, wenn beide das Gefühl haben, dass zwischen dem Gegebenen und dem Genommenen ein Ausgleich herrscht, im emotionalen sowie im materiellen Sinn. Das muss für die Vergangenheit des Paares gelten und auch für die Zukunft, falls Kinder da sind. Wir nehmen dazu, mit dem Einverständnis des Klienten, auch Kontakt mit dem Anwalt der Gegenpartei auf. Aber ich will dich jetzt nicht mit Einzelheiten langweilen.

Ich spezialisierte mich also nach meiner Scheidung auf Scheidungen. Du meinst, ich hätte von dieser Erfahrung also profitiert? Vielleicht kann man es so sehen. Ich hätte sie mir trotzdem gerne erspart.

Die Trennungsphase mit Isabella zog sich über vier lange Jahre hin. Zur selben Zeit, als ich mich das erste Mal von ihr trennte, bist du nach Sydney gezogen, zu deiner Mandy. Da waren wir beide fünfundzwanzig. Vier Jahre später ließ ich mich endlich scheiden, nachdem ich ein paarmal ein- und wieder ausgezogen war. Dieser Schlussstrich kostete mich sehr viel Kraft, aber ich musste ihn ziehen, sonst wäre ich vor die Hunde gegangen. Es ging mir damals verdammt schlecht. Ich stritt viel mit meinem Vater, der bei jeder Begegnung heraushängen ließ, wie enttäuscht er von mir war. Die Arbeit in der Kanzlei machte mir keinen Spaß, und er wiederum lehnte jede Modernisierung ab. Von mir Versager wollte er sich nichts sagen lassen. Danach, als geschiedener Mann, fühlte ich mich leer, einsam, depressiv und auch stigmatisiert.

Das findest du übertrieben? Für mich war es aber so.

Die verschwendeten Jahre, die vergeudete Energie! Und dann auch noch meine Tochter, die nicht bei mir aufwachsen sollte. Das war für mich das Schlimmste. Meine Eltern rieten mir zwar, das Sorgerecht zu beantragen, und vermutlich wäre ich sogar damit durchgekommen – mein Vater wollte seine Beziehungen spielenlassen –, aber das hätte ich nicht über das Herz gebracht. Isabella war keine schlechte Mutter, obwohl meine Eltern davon überzeugt waren.

Wie es ihr geht? Jade? Sehr gut, sie hat gerade ihr Studium abgeschlossen und unternimmt in diesem Sommer eine längere Reise mit ihrem Freund, bevor sie im September mit ihrer Facharztausbildung anfängt. Welche? Pädiatrie. Sie will Kinderärztin werden. Ich bin stolz auf sie.

Ob ich viel Kontakt mit ihr habe? Mit meiner Ex-Frau oder meiner Tochter?

Jade sehe ich ungefähr einmal in der Woche, entweder kommt sie am Sonntag zum Essen, oder ich treffe mich mit ihr während der Woche in der Stadt zum Mittagessen. Wir verstehen uns gut und haben eine enge Bindung. Gott sei Dank!

Isabella sah ich zum letzten Mal vor einem Jahr. Nein, es ist länger her, es war im Winter, also vor eineinhalb Jahren. Sie bat mich am Telefon um ein Treffen. Vorher hatten wir uns bestimmt zehn Jahre nicht gesehen, und die Zeit davor waren ab und zu Treffen notwendig gewesen, um bestimmte Dinge, Jade betreffend, zu besprechen. Diese Zusammenkünfte waren nie angenehm für mich, weil Isabella sich meistens sehr emotional verhielt und ein freundschaftliches Verhältnis deshalb lange nicht möglich war.

Sie war völlig fertig, weil ihre Eltern in Bulgarien bei einem Autounfall ums Leben gekommen waren, sie das gerade erfahren hatte und auf dem Weg dorthin war. Ich sollte die rechtlichen Dinge regeln. Bei diesem Treffen sitzt sie mir im Café gegenüber, mit verweinten Augen und völlig verzweifelt. Auf einmal nimmt sie meine Hand und bedankt sich dafür, weil ich mich trotz allem immer so gut um Jade und sie kümmerte, nicht nur finanziell. Und dann entschuldigt sie sich dafür, was damals zwischen uns passiert ist. Zum ersten Mal. Nach zwei Jahrzehnten! Ich dachte, ich traue meinen Ohren nicht.

›Es tut mir alles so leid‹, sagte sie, ›du hattest es nicht leicht mit mir. Ich war wohl ziemlich durchgeknallt.‹

Ich muss zugeben, dass ich bewegt war in dem Moment, obwohl mich das Wort *durchgeknallt* amüsierte.

Trifft es das, fragst du: *durchgeknallt?* Ob ich mich deshalb scheiden ließ?

Ich möchte es lieber normal formulieren: Ich ließ mich von ihr scheiden, weil ich merkte, dass ich nicht mit ihr leben konnte, weil wir überhaupt nicht zueinander passten. Wir waren grundverschieden, erwarteten beide etwas völlig anderes vom Leben und hatten absolut keine Gemeinsamkeiten. So simpel war das. Und auch sehr bald offensichtlich für uns beide. Aber leider hatten wir noch schneller geheiratet, nämlich schon nach zehn Monaten. Richtig, weil sie schwanger war. Aber das alleine war nicht der Grund gewesen. Ich hatte sie wirklich heiraten wollen. Ich war verrückt nach ihr gewesen.

Wir waren beide zweiundzwanzig, als wir in Hamburg einen Kurzurlaub machten und dort zum Standesbeamten gingen. Niemand war eingeladen, irgendwelche fremden Leute von der Straße waren unsere Trauzeugen. Alles musste so unkonventionell wie möglich sein, Spießigkeit war in Isabellas Augen etwas Furchtbares.

Meine Mutter hatte einen Zusammenbruch, als sie von der Heirat und der Schwangerschaft erfuhr, mein Vater bekam einen hochroten Kopf und einen Wutanfall. Ich stand ungerührt daneben und schmunzelte in mich hinein. Isabellas Liebe verlieh mir Stärke und Selbstbewusstsein, vor allem gegenüber meinem Vater. Sie gab mir die Kraft, ihm Paroli zu bieten, so dass ich nicht mehr vor ihm stand wie ein schüchterner Schuljunge.

Als sie sich selbst, fast dreißig Jahre später, dann als *durchgeknallt* bezeichnete, musste ich, ehrlich gesagt, meine Tränen zurückhalten. Ja, ich wurde sentimental. Zu Beginn unserer Beziehung kam sie mir einfach nur erfrischend vor. Sie war so temperamentvoll und mitreißend. Flippig, aufregend, hippiemäßig, erotisierend, spritzig, fröhlich, interessant. Das alles war sie für mich, und ich wollte nicht mehr darauf verzichten.

Du erinnerst dich daran? Ich habe dir oft vorgeschwärmt? Und dann auf einmal zog ich mich immer mehr zurück und redete nicht mehr von ihr?

Ja, da hast du recht.

Weil ich schon im zweiten und dritten Jahr unserer Ehe erkannte, dass man einen Menschen lieben und gleichzeitig wissen kann, dass man mit ihm nicht glücklich wird. Dass er nicht der Richtige ist, dass er einem nicht guttut. Und in den nächsten Jahren bröckelte auch allmählich die Liebe weg. Zum Schluss ging sie mir einfach nur extrem auf die Nerven, und ihre Art fand ich nicht mehr erfrischend, sondern nur noch zermürbend. Das, was ich an ihr interessant gefunden hatte, fand ich mehr als schräg. Was mich aber am meisten erschreckte, war, dass ich mich schämte. Ja, auch vor meiner Familie, weil ich mir und ihnen eingestehen musste, dass sie recht gehabt hatten mit ihrer Einschätzung und ihren Ratschlägen. Ich meine aber, dass ich mich ihrer schämte.

Dass sie sprunghaft war und inkonsequent, hätte ich noch ausgehalten. Als ich sie kennenlernte, studierte sie Philosophie, und das gefiel mir besonders, weil Philosophie auch mein Steckenpferd war. Wir diskutierten nächtelang über verschiedene Theorien und Strömungen, wir lagen nackt da, liebten uns und redeten weiter. Diese erste Zeit war wunderschön, an sie musste ich lange zurückdenken. Später fragte ich mich, ob ich mich auch so für sie interessiert hätte, wenn sie nicht Philosophie studiert hätte, sondern bereits in der Hebammenausbildung gewesen wäre, die sie anschließend begann. Wahrscheinlich weniger, aber ich weiß es nicht.

Die Ausbildung zur Hebamme brach sie auch ab, sie wechselte auf Spanisch, danach eröffnete sie ein kleines Tanzstudio, das ich einmal vor dem Konkurs retten musste. Was nicht leicht für mich war, da mein Vater zu der Zeit bereits alle Geldhähne zugedreht hatte. Vermutlich in weiser Voraussicht, da er wusste, ich hatte keinen Ehevertrag abgeschlossen. Ich besaß nur die Wohnung, in der wir wohnten, und ein Konto, auf das monatlich mein Gehalt überwiesen wurde. Mittlerweile war ich in die Firma eingestiegen. Schließlich machte Isabella eine Ausbildung zur Yogalehrerin.

Dass sie ihre Urlaube lieber in Indien verbrachte, mit irgendwelchen seltsamen Leuten, und nicht mit mir im Gebirge, hätte ich auch noch ausgehalten. Schwieriger wurde es für mich in unserem gemeinsamen Alltag, dass sie den Haushalt kaum führen konnte, weil sie chaotisch war, dass sie untertags schlief und in der Nacht herumwandelte wie ein Geist, ich aber meinen Schlaf brauchte. Dass sie jedes Mal, wenn wir bei meiner Familie eingeladen waren, zu einem Essen oder zu einer Feier, sie diese provozieren musste, durch ihre auffallende Kleidung, ihr Verhalten und ihre Aussagen. Es kam mir so verdammt kindisch vor, dieses demonstrative *Nein, ich passe mich euch reichen biederen Stinkern nicht an*. Einmal sagte ich zu ihr: ›Anpassung gehört bis zu einem gewissen Grad dazu, wenn man jemanden liebt.‹

Daraufhin rastete sie völlig aus und beschimpfte mich als Schwächling, der nicht den Mumm hätte, seiner Familie die Stirn zu bieten. Sein Leben so zu leben, wie er möchte, bedingungslos und kompromisslos, nur weil er seiner Familie in den Arsch kriechen müsste.

Sie wollte mich immer davon überzeugen, aus der Firma auszutreten und in einer sozialen Einrichtung zu arbeiten. Ich arbeitete auch ehrenamtlich einen Nachmittag in der Woche, aber ganz aus der Firma meines Vaters austreten, diesen Schritt wollte ich nicht machen. Ich fühlte mich meiner Familie verpflichtet und freute mich darauf, die Kanzlei übernehmen zu können, wenn mein Vater in Pension ging. Da war so viel Potenzial, auch für soziales Engagement! Mir schwebte eine Anlaufstelle vor, für sozial schwache Menschen in Notsituationen, die wir umsonst beraten würden. Das war meinem Vater ein Dorn im Auge. Ich freute mich darauf, alles umzukrempeln.

Meine Eltern mochten Isabella vom ersten Tag an nicht, besonders mein Vater nicht. Er hatte vor Wut getobt, als sie in meine Wohnung einzog. Er war fassungslos, dass ich nicht nach seiner Pfeife tanzte und rebellierte. Spät, aber doch. Damals unterstellte ich ihm Neid und triumphierte innerlich. Er war so sehr gegen Isabella, dass ich gerade deswegen mit dem Kopf durch die Wand wollte.

Isabella spürte von Anfang an dieses Misstrauen meiner Familie ihr gegenüber. Sie machte daraus ein Machtspiel und genoss es. Die Familie oder sie? Wer war stärker? Wer würde das Rennen für sich entscheiden? Wer hatte mehr Einfluss auf mich?

Es kam mir manchmal vor, als würde sie auf diese Weise ihren eigenen Klassenkampf führen. Als müsste sie Krieg führen gegen eine bestimmte Gesellschaftsschicht. Es ging ihr nicht um mich, sie interessierte sich nicht dafür, wie es mir ging, fragte mich nie ernsthaft danach. Sie kam aus einer armen Arbeiterfamilie, ihre Eltern waren nicht besonders gebildet, aber das störte mich nicht, es waren gemütliche, nette Menschen. Mich störte eher, dass sie mir gegenüber so eine unterwürfige Haltung annahmen, so als würden sie ständig vor mir katzbuckeln wollen, das war mir manchmal richtig unangenehm.

Es gäbe noch viele andere Sachen, die ich dir aufzählen könnte.

Was ich aber nicht aushalten konnte, war die Sache mit der Religion. Sie war eine Hare Krishna. Das wusstest du nicht? Das habe ich dir auch nie erzählt.

Am Anfang redete sie nur manchmal davon und las auch darüber, weil sie sich dafür interessierte. Das störte mich nicht im Geringsten, ich las auch oft über andere Religionen. Dann begann sie sich mit einer Gruppe zu treffen, da war unsere Tochter schon geboren, und bekannte sich schließlich offen zu bestimmten Gottheiten und zur Ausübung gewisser Zeremonien. Sie stellte im Wohnzimmer einen kleinen Altar auf, auf dem standen Statuen, denen vor jeder Mahlzeit Essen dargebracht wurde. Ich trug ihn ins Schlafzimmer, damit er nicht für jeden Besucher sofort zu sehen war, sie trug ihn wieder zurück ins Wohnzimmer.

Sie opferte also drei bis vier Mal am Tag die Speisen, saß dabei auf dem Boden, mit geschlossenen Augen, wippte mit dem Oberkörper vor und zurück, während sie etwas dazu sang oder summte. Die Schüssel mit den ungenießbaren Speisen stand auf dem Altar, ihr Gebetsritual dauerte ewig. Einmal kam meine Schwester unangekündigt vorbei und sah sie so. Isabella tat mir natürlich nicht den Gefallen, mit ihrer Anbetung aufzuhören, sondern wippte und sang weiter. Es wirkte so lächerlich und war mir unendlich peinlich.

Nein, versteh mich nicht falsch, ich wünschte mir nicht, dass sie zum Katholizismus konvertierte! Wenn sie allerdings Atheistin gewesen wäre, wäre das für mich wesentlich einfacher gewesen. Oder wenn sie ihre Religion unauffälliger ausgeübt hätte. Ich wollte sie nicht missionieren. Sie hingegen versuchte das eine Weile lang. Ich wartete ab, dachte, das Interesse würde auch auf diesem Gebiet verfliegen, hoffte auf Isabellas Sprunghaftigkeit. Aber ich täuschte mich. Ihre Religion begann unseren Alltag zu dominieren, die Anhänger von dieser Krishna-Gemeinde waren auch ständig zu Besuch.

Für mich war es ein Horror, das kannst du mir glauben. Einfach nur unerträglich. Isabella ist eine starke Persönlichkeit und wollte sich damals von mir nichts sagen lassen, keine Kompromisse mir zuliebe eingehen. Das konnte ich ihr am wenigsten verzeihen. Wir entfremdeten uns völlig. Manchmal flackerte sogar Hass und Verachtung in mir hoch, und das entsetzte mich. Ich musste an meine Mutter denken, die mich vor einer überstürzten Heirat gewarnt hatte, so als hätte sie unsere Pläne geahnt: ›Ein Leben mit jemandem, der so anders ist als du, der aus einer völlig anderen Lebenswelt kommt, wird ein Desaster. Das geht nur eine Zeitlang gut. Glaub mir das.‹

Sie hatte recht behalten. Ich musste mir eingestehen, dass ich mir ein geordnetes Leben wünschte, eine Frau, die ähnliche Interessen, ein ähnliches Weltbild und eine ähnliche Lebenseinstellung hatte. Allmählich realisierte ich, dass ich mir ein Leben mit den gleichen Konventionen wünschte, mit denen ich aufgewachsen war. Am Wochenende in den Bergen wandern, Weihnachten und Ostern feiern, normale Mahlzeiten, gute Gespräche, auch darüber, wie es mir ging, mit Freunden ein Glas Wein trinken, Theaterbesuche. Einen Partner, der mich und meine Arbeit unterstützt und nicht permanent schlechtmacht.

Wenn da nicht meine Tochter gewesen wäre, hätte ich den Schlussstrich unter unsere Ehe viel eher gezogen. Ich war vernarrt in Jade, verbrachte jede freie Minute mit ihr. Sie war der Grund, warum ich immer wieder einzog in die Wohnung. Ich zog aus und vermisste das kleine Mädchen, fühlte, dass ich die Mutter seinetwegen aushalten musste, und zog wieder ein.

Mit neunundzwanzig ließ ich mich endlich scheiden. Meine Eltern unterstützten mich dabei, aber mein Vater bestand darauf, dass ich die Sache finanziell alleine ausbadete. Ich verkaufte also die Wohnung in der Döblinger Hauptstraße 27 und kaufte für Isabella ein kleines Reihenhaus mit Garten, etwas außerhalb der Stadt. Mir war wichtig, dass es Jade gut hatte. Sooft es ging, holte ich sie zu mir. Als ich schon mit Juliane verheiratet war, willigte Isabella einem geteilten Sorgerecht zu. Jade wohnte dann abwechselnd eine Woche bei uns, eine Woche bei ihrer Mutter.

Ja, so war das mit meiner ersten Frau.

Und jetzt genehmige ich mir noch ein Bier und anschließend einen Whiskey. Und du?

Dezember 2015
JULIANE

Ja doch, es gab einen Grund, warum ich schon nach einem Tag vor Felix' Tür stand und ein paar Stunden später in seinem Bett lag.

Es war ein Racheakt.

Du hast richtig gehört.

Damals, im Jänner vor zwei Jahren, verließ ich gut gelaunt die Galerie und ging weiter zu Pauls Kanzlei, um mit ihm essen zu gehen. Ich freute mich darauf, ihm alles erzählen zu können, und legte mir die Sätze im Kopf zurecht.

›Erinnerst du dich an Felix Hofmann?‹, wollte ich ihn als Erstes fragen.

Ich war mir sicher, Paul würde sich nicht erinnern, es war ja ewig her, und Felix war nur eine flüchtige Reisebekanntschaft gewesen, mit der wir nicht in Kontakt geblieben waren. Wenn ich die Frage anders formulieren würde: ›Erinnerst du dich an diesen jungen Südtiroler, der damals im gleichen Abteil gesessen ist, im Nachtzug nach Rom?‹, wäre es möglich, dass er sich erinnerte, aber sicher war ich nicht, Paul hatte tagtäglich mit so vielen Menschen zu tun.

Zuerst wollte ich ihn ein bisschen auf die Folter spannen und herumraten lassen, bevor ich ihm von meiner Begegnung in der Galerie erzählen würde. Und auch von dem Bild. Beschwingt ging ich durch die Altstadt. Ich freute mich auf das gemeinsame Mittagessen, anschließend sollte er mich zur Galerie begleiten und sich die Ausstellung ansehen.

Aber ich erzählte Paul nichts. Nichts von der Ausstellung, nichts von dem Bild, nichts von meiner Begegnung mit Felix. Ich traf ihn nicht einmal. Ich sah ihn nur und rannte weg, wütend und verletzt. Zurück in die Galerie, wo ich mit Felix das Abendessen ausmachte, für Sonntagabend.

Es geht dir zu schnell? Tut mir leid. Ich versuche es noch einmal. Dieses Mal der Reihe nach und langsamer.

Felix stand also in der offenen Tür der Bibliothek, lässig an den Türrahmen gelehnt, und hielt ein Glas Prosecco in der Hand. Vor ihm standen mehrere Bekannte und Freunde von ihm, die mit ihm redeten. Aus dem Gespräch konnte ich heraushören, dass er sie gerade durch die Ausstellung geführt hatte. Sie bedankten sich bei ihm, dass er sich die Zeit dafür genommen hatte.

Ich beobachtete ihn kurz, bevor ich auf ihn zuging. Ob er mir gefiel? Ja, er gefiel mir, von der ersten Sekunde an. Was er für ein Typ war? Groß und schlank, aber nicht mehr so dünn wie früher, nein, größer, er war einen Kopf größer als ich. Er war braun gebrannt, als wäre er gerade aus dem Urlaub zurückgekehrt. Dichte, hellbraune Haare, eine Spur zu lang für meinen Geschmack. Und das Besondere war sein Gesichtsausdruck, wie soll ich den beschreiben? Irgendwie wirkte er wie ein fröhlicher, schelmischer Charmeur auf mich in diesem ersten Augenblick in der Galerie. Als er mich entdeckte, hob er sein Glas Prosecco und prostete mir lächelnd und augenzwinkernd zu, ohne zu wissen, wer ich war. Er erkannte mich nämlich nicht, wie sich ein paar Minuten später herausstellte. Nein, warte, das wird ihm nicht gerecht, er wirkte entspannt, glücklich, und sein Gesichtsausdruck strahlte aus: *Hey, mir geht es gut, kann ich dir eine Scheibe davon abgeben?* Das trifft es eher. Weißt du, was ich meine?

Seine Augenfarbe? Undefinierbar, blaugrau würde ich sie am ehesten beschreiben, je nachdem, wie das Licht fiel, waren sie entweder blau oder grau in verschiedenen Facetten, wie zum Beispiel wässrig blau, eisblau, meeresblau oder nachtblau, schiefergrau, fast schwarz oder dann wieder hellgrau mit einem bernsteinfarbenen Schimmer.

Du lachst? So kann nur eine verliebte Frau beschreiben?

Diese Farbnuancen erwähnte Max einmal bei einem gemeinsamen Abendessen, weil er ein Bild von Felix malen wollte, er wollte sogar eines von uns beiden malen, und ihn fragte, mit welcher Augenfarbe er ihn darstellen sollte, er käme da auf keinen grünen Zweig. Felix war sauer, weil er sich nicht malen lassen wollte, und antwortete ziemlich patzig, ob der Maler denn farbenblind sei, er habe eindeutig violette Augen mit gelben Tupfern darin. Aber das war viel später.

Das Erste, was Felix zu mir sagte, war: ›Hi, möchten Sie auch ein Glas Prosecco?‹

Er schenkte mir also Prosecco ein und fragte mich, ob mir die Ausstellung gefalle. Dass er mich nicht erkannte, störte mich anfangs ein bisschen, du weißt ja, verletzte Eitelkeit und so, aber dann fand ich es vollkommen normal. *Wer bitte, erkennt jemanden nach zwanzig Jahren?*, dachte ich mir. Ich merkte aber, dass er mich prüfend musterte und vermutlich überlegte, ob er mich kennen sollte und wenn, woher. Das fand ich sogar lustig, und ich beschloss, ihn ein bisschen zappeln zu lassen. Die Leute verabschiedeten sich, und wir waren allein. Ich gratulierte ihm zu der großartigen Ausstellung und fragte ihn, die wievielte es sei.

›Meine erste‹, sagte er, ›und wahrscheinlich auch meine letzte. Max Bauer hat mich dazu überredet, er ist ein Freund von mir. Er wollte schon lange eine kombinierte Ausstellung machen, weil er meine Fotos mag.‹

Wir plauderten eine Weile, er erzählte von einer Reise, die er kürzlich gemacht hatte, wohin, weiß ich nicht mehr, und tranken noch ein Glas Prosecco. Es war offensichtlich, dass er sich ein bisschen ins Zeug legte, um mich zu beeindrucken, und ja, er flirtete mit mir, nicht machomäßig, sondern leicht und galant.

Ich flirtete auch ein bisschen mit ihm, ich gebe es zu. Noch etwas war nämlich offensichtlich, wir fühlten uns beide voneinander angezogen und spielten damit. Nein, zu dem Zeitpunkt hatte ich noch keine Absichten, absolut nicht, es war einfach nur ein Spiel, das man eben spielt, wenn man sich von jemandem angezogen fühlt und weiß, man sieht den Menschen ohnehin nicht wieder. Denn weiter will man ja gar nicht gehen. Du kennst das ja.

Das mit den Absichten änderte sich eine Stunde später gravierend. Da kam ich in die Galerie gestürmt mit dem Vorwand, ich hätte in der Garderobe meinen Schal vergessen, was natürlich nicht stimmte, und sagte zu Felix: ›Gilt die Einladung zum Abendessen noch? Ich hätte nämlich jetzt doch Zeit morgen Abend, meine Freundin hat mir gerade abgesagt.‹

Ich muss dabei ziemlich entschlossen ausgesehen haben, zumindest erzählte mir das Felix ein paar Wochen später. Etwas habe sich in meiner Ausstrahlung verändert, meinte er, er habe gespürt, dass in dieser Stunde etwas geschehen sein musste. Aber ich erzählte es ihm nicht, ich wollte nicht, dass er sich benutzt fühlte.

Felix und ich spazierten also durch die Ausstellungsräume. Zu manchem Foto erzählte er mir eine kurze Geschichte. Vor dem Bild mit der Cellospielerin blieb ich stehen und fragte ihn: ›Na, habe ich mich so sehr verändert?‹

Er war völlig perplex, und ich konnte das Lachen nicht zurückhalten.

›Julie!‹, rief er, er sprach es wie damals im Zug englisch aus, ›mein Gott, Julie! Warum sagst du denn nichts?‹

Er freute sich sichtlich, umarmte mich und drückte mich fest an sich. Ich liebte seinen Geruch.

›Wow, das gibt es ja nicht, die junge Cellospielerin aus

dem Zug!‹, sagte er und betrachtete mich, ›was ist aus ihr geworden? Wie geht es dir?‹

Ich erzählte ihm, dass ich verheiratet war, zwei Kinder hatte und drei Nachmittage in der Woche an der Musikschule Cello unterrichtete.

Es war ihm peinlich, dass er mich nicht erkannt hatte, und er entschuldigte sich mehrmals für sein schlechtes Gedächtnis.

›Darf ich dich als Wiedergutmachung zum Essen einladen?‹, fragte er und sah mir eine Spur zu tief in die Augen. ›Morgen Abend?‹

Mir war sofort klar, dass aus dem Spiel Ernst werden würde, wenn ich seine Einladung annahm. Kennst du das Gefühl, wenn innerhalb von Bruchteilen einer Sekunde die Stimmung kippt, weil der eine etwas will, wovor der andere zurückschreckt? Er muss es in meinem Gesicht gesehen haben, denn er drängte mich nicht, und ich faselte etwas von einer Freundin, mit der ich bereits einen Kinobesuch für morgen Abend ausgemacht hatte. Trotzdem tauschten wir unsere Handynummern aus und versprachen einander, in Kontakt zu bleiben.

In dem Moment dachte ich, ich würde nicht in Kontakt bleiben. Warum ich das dachte? Weil ich spürte, dass er mir gefährlich werden konnte.

Er begleitete mich bis zur Tür, und wir verabschiedeten uns. Ich bemerkte, dass er mir nachsah, ich fühlte mich geschmeichelt, und kurz durchzuckte es mich: *Falls er mich wirklich anrufen sollte, sage ich ihm zu, nur für ein Abendessen, einfach weil ich neugierig bin und wissen will, wie er lebt und was er so getrieben hat.*

Dann wehrte ich den Gedanken wieder ab und ging weiter zu Pauls Kanzlei, freute mich darauf, die Neuigkeiten zu berichten. Ich kam aber nicht bis in die Kanzlei, sondern nur bis zu dem Café, das sich im Nebenhaus befand. Es ist ein gewöhnliches Café, in welches Paul und seine Mitarbeiter manchmal in der Mittagspause gehen. Ich habe auch schon öfters mit Paul dort gegessen, wenn er nicht viel Zeit hatte.

In dem Café sah ich meinen Mann sitzen, zusammen mit einer Frau. Ich blieb abrupt stehen.

So etwas sagt noch gar nichts aus, meinst du. Da gebe ich dir recht. Es hätte eine Mitarbeiterin oder eine Klientin sein können, mit der er Wichtiges zu besprechen hatte. Natürlich. Aber an einem Samstag?

Außerdem hielten sie sich an den Händen.

Die beiden saßen direkt an der Glasfront, weshalb ich sie gut erkennen konnte. Ich versteckte mich halb hinter einer Litfaßsäule und beobachtete die beiden, nein, nicht lange, nur ein paar Minuten, aber ich sah genug. Verstecken wäre nicht notwendig gewesen, da die beiden nur Augen füreinander hatten, sie schauten nicht besorgt um sich, ob jemand sie entdecken könnte. Die Außenwelt schien für sie nicht zu existieren.

Ich bin mir wie in einem schlechten Film vorgekommen. Dein Mann gibt vor zu arbeiten und trifft sich in Wirklichkeit mit einer anderen Frau. Und nicht mit irgendeiner Frau.

Es war seine Ex-Frau, Isabella. Das Gespenst, das in unseren ersten Ehejahren herumgegeistert war und mir keine Ruhe gelassen hatte. Der Schatten zwischen uns, der ein Schatten geblieben war, weil nicht von ihr geredet wurde. Nein, ich lernte sie nie kennen, das wollte Paul nicht, Jade auch nicht. Überhaupt sah ich Isabella nur zwei Mal, von der Ferne, als sie Jade aus dem Auto steigen ließ. Das ist schon lange her.

Er verlor nie ein schlechtes Wort über sie und erzählte mir nichts von ihr, über ihre Ehe oder Trennung. Wenn ich danach fragte, wich er aus und wechselte das Thema. Einmal gab er mir unmissverständlich zu verstehen, dass er nicht vorhabe, über seine Ex-Frau zu reden, dabei wurde er sogar ein bisschen grob, was für gewöhnlich nicht Pauls Art ist. Isabella war ein Tabuthema, und ich interpretierte Pauls Schweigen als Trauer über den Verlust der großen Liebe. Ich tue es immer noch, aber heute macht es mich nicht mehr eifersüchtig. Ich war unsicher und fühlte mich in Wien noch nicht so wohl. Sie war die große Liebe gewesen, was war ich dann, konnte ich mithalten mit seiner Erinnerung? Ich erinnere mich noch, wie verzweifelt ich auf Pauls Rückkehr wartete, wenn er Jade nach Hause brachte, und ich wusste, dass er mit ihrer Mutter noch einiges zu besprechen hatte, was Schule oder anderes betraf.

Ich wusste, wie lange sie verheiratet gewesen waren, und als ich ihn einmal nach dem Grund der Trennung fragte, sagte er nur, sie hätten sich auseinandergelebt. Er schmiss mir diesen juristischen Begriff hin, ohne ihn näher auszuführen. Ja, natürlich hätte ich gerne gehabt, dass er über sie hergezogen hätte! Wenigstens einmal! Dann hätte ich gewusst, woran ich bin mit diesem Teil seiner Vergangenheit. Dann hätte ich mich orientieren, damit abschließen, mich auch mit ihr vergleichen können. Wir Frauen brauchen das, ach Quatsch, nicht nur wir Frauen, auch die Männer. Man kann doch nicht eine oder einen Ex schweigend verklären! Wie soll denn der Partner oder die Partnerin damit umgehen?

Ob es überhaupt eine Verklärung war? Ja, davon bin ich überzeugt. Ich verklärte sie auch, die Beziehung meines Mannes mit dieser Frau. Bilder verfolgten mich, ich malte mir ihre leidenschaftliche Liebe aus und litt darunter. Natürlich steigerte ich mich hinein, das ist mir im Nachhinein auch klar! Aber ich hätte nicht so reagieren müssen, wenn mein Mann über sie geredet und wenn er mich zu ihr mitgenommen hätte. Und wenn ich den versteckten Karton nicht gefunden hätte.

In Pauls Wohnung, damals wohnten wir noch nicht in unserem Haus, gab es kein einziges Foto von ihr, keine CD, kein Buch, kein Möbelstück oder irgendetwas, von dem es hieß, es hatte Isabella gehört oder es war ein Geschenk von Isabella. Als hätte es sie nie gegeben. Nur die kleine Jade war an den Wochenenden da, und auch sie redete kaum über ihre Mutter, klammerte sich aber umso mehr an ihren Vater. Und dann fand ich einmal im Kellerabteil, ziemlich versteckt in einem großen Kasten, der gefüllt war mit alter Sportbekleidung, einen Karton. Ich holte ihn heraus und sah ihn durch, richtig, ich schnüffelte. Welche eifersüchtige Frau macht das nicht? Du? Trägst du einen Heiligenschein? Ein Scherz? Ach so.

Der Inhalt des Kartons verwirrte mich und trug massiv zur Verklärung bei. Er war voll mit Fotos, auch Nacktfotos, solche hätte Paul nie von mir gemacht, mit überschwenglichen Liebesbriefen und witzigen Postkarten von Isabella, solche hatte ich Paul nie geschrieben und er mir nie, abgeschnittenen blonden Haaren in einem Kuvert. Auf manchen Fotos war auch Paul zu sehen, ein anderer Paul, als ich ihn kannte, wesentlich jünger, mit längeren Haaren, mit einem sinnlichen Gesichtsausdruck. Ja doch, sinnlich. Ich wühlte lange in dem Karton herum, und als ich ihn zurückstellte, war ich völlig zerstört. Mir war eines klar: Das war eindeutig Leidenschaft gewesen, Chaos und Leidenschaft, und hatte nichts mit dem zurückhaltenden, strukturierten, vernünftigen Mann zu tun, mit dem ich zusammenlebte und bei dem ich mich so sicher fühlte.

Nach der Hochzeit und nach Emilias Geburt legte sich meine Eifersucht, und mein Grübeln hörte auf. Ich weiß nicht, warum, ich wurde innerlich ruhiger und entspannter, ob Paul positive oder negative Erinnerungen an seine Ex-Frau hatte, war mir mittlerweile egal. Wir bauten das Haus und zogen um, ich beendete mein Studium und begann, ein paar Stunden als Cellolehrerin an der Musikschule zu unterrichten. Es ging uns gut in diesen Jahren. Und von Paul, den ich mittlerweile in- und auswendig kannte, wusste ich, dass er mich nie betrügen würde. Manchmal flackerte die Eifersucht wieder hoch, aber sie blieb nie lange da.

Die beiden, Isabella und Paul, saßen sich also gegenüber in diesem Café. Paul hielt ihre Hände in den seinen. Sie war es, die redete, er hörte aufmerksam zu und sagte nur selten etwas, er betrachtete sie einfach nur. Und wie er sie anschaute! Seinen Blick zu sehen, das war das Schlimmste für mich. Wann hatte Paul mich je so angesehen? Kein einziges Mal, nicht einmal am Anfang unserer Beziehung.

Ich bin jetzt ungerecht, meinst du? Ich kann mich nicht mehr daran erinnern? Natürlich gab es verliebte Blicke, und es gibt sie immer noch, die Blicke voller Wärme, Einverständnis. Doch so hatte mich Paul nie angesehen, da war ich mir sicher, da lag so viel Vertrautheit darin, Nähe, ja auch Liebe. Keine väterliche, ruhige Liebe, wie ich sie erlebe.

Er schien ihr etwas eindringlich und ernst zu sagen, sie fing an zu weinen, er strich kurz mit der Hand über ihre Wange. Es war so eine liebevolle Geste! Noch nie hatte ich die beiden zusammen gesehen. Und dann auch noch so – so innig vereint! Als wäre sie nicht die Ex, sondern die Geliebte.

Meine Hände, meine Knie zitterten, mein Kopf dröhnte, und mir wurde übel. Es hätte nicht schlimmer sein können, wenn ich sie nackt in einem Hotelbett in flagranti erwischt hätte. Was ich tat? Ich stolperte davon, Richtung Stephansplatz. Mir war auf einmal eiskalt. Ich setzte mich ins *Aida* und trank einen Tee mit Rum. Am Nebentisch saß ein junges Pärchen, das die ganze Zeit miteinander schmuste. Ich glaube, in dem Moment entschied ich mich dafür.

Richtig, und kurz darauf ging ich zurück in die Galerie, Felix war noch da, er stand mit einem älteren Pärchen zusammen, mit dem er plauderte.

›Ist was passiert?‹, fragte er, als er mich sah.

›Ach‹, sagte ich und winkte mit der Hand ab, als wäre es unwichtig, ›ich habe nur meinen Schal in der Garderobe hängen lassen. Übrigens, meine Freundin hat für morgen Abend abgesagt, ich hätte also Zeit. Wie wär's? Sollen wir zusammen essen?‹

Er betrachtete mich überrascht und grinste dann.

›Sehr gern‹, antwortete er, ›bei mir zu Hause. Ich koche für uns. Um acht.‹

Er nannte mir die Adresse, und ich verließ die Galerie wieder, mit zitternden Knien.

So fing sie an, unsere Affäre.

Mai 2015
FELIX

Wann ich zum allerersten Mal segelte?

Mit neun Jahren. Einen ganzen Tag lang. Am Gardasee.

Meine Mutter fuhr mit mir eine Woche lang im Sommer dorthin, weil ich im Frühling eine schwere Lungenentzündung gehabt hatte. Zu zweit schliefen wir in einem kleinen, billigen Hotelzimmer, aber es machte mir nichts aus. Vor dem Einschlafen erzählte sie mir viele Geschichten aus ihrer Vergangenheit. Wie es für sie gewesen war, nach Südtirol zurückzukehren als Tochter eines Optanten, wie sie alle im Dorf geschnitten haben, wie sie alleine mit ihrem alten Vater den Bergbauernhof hergerichtet hat. Ich kuschelte mich an sie, und sie redete, bis ich eingeschlafen war.

Wir lernten beim Abendessen in einer Pizzeria einen älteren Italiener aus Rom kennen, der mit seinem Sohn am Gardasee Urlaub machte, um zu segeln. Dass dieses Kennenlernen kein Zufall war und sich meine Mutter und der Römer von früher kannten, erfuhr ich erst viel später. Wir trafen uns dann noch einmal zu einem gemeinsamen Abendessen. Dabei fühlte ich mich ein bisschen unwohl, weil meine Mutter die ganze Zeit Italienisch sprach und ich kaum etwas verstand. Der Sohn war gleich alt wie ich und hieß Alessandro. Der Mann, er hieß Davide, und meine Mutter verstanden sich sehr gut, ich weiß noch, wie verwirrt ich am Anfang darüber war.

Aber dann vergaß ich es komplett. Weil ich nämlich segeln durfte. Davide hatte ein Segelboot gemietet und nahm meine Mutter und mich einen Tag lang mit auf den See. Du kannst dir nicht vorstellen, was für ein Wahnsinnserlebnis das für mich war. Der kleine Bergbauernbub durfte auf einem schicken Segelboot das Steuerrad halten, stundenlang! Das Steuer war aus glattpoliertem, rötlichem Holz und wirkte sehr edel, und ich kam mir so cool vor. Weil der Mann und sein Sohn nur mit Shorts bekleidet waren, zog ich auch mein T-Shirt aus, das war bei uns zu Hause total verpönt. Man ist nicht halbnackt herumgelaufen, das machte einfach niemand. Ich spürte den Wind in meinem Gesicht, in meinen Haaren, auf meinem nackten Oberkörper, und es war ein unglaubliches Gefühl. An dem Tag fing ich Feuer. Ich wusste, ich wollte unbedingt segeln lernen. Segelreisen unternehmen, in einer Großstadt studieren, die Welt sehen.

Im Juli 1994, da lebte meine Mutter nicht mehr, sah ich Davide und Alessandro wieder, ich besuchte die beiden in Rom. Sie nahmen mich auf einen kurzen Segeltörn mit: Palmarola, Ponza, Ventotene, Ischia, Capri und wieder zurück entlang an der Küste bis nach Fiumicino. Sie brachten mir die Grundkenntnisse des Segelns bei, im Sommer darauf bestand ich meine ersten zwei Segelscheine. Vier Jahre später baute ich mit Alessandro und Max die *Marilyn*, in Australien, und segelte bis nach Südafrika.

Und wieder ein Jahr später beendete ich mein Studium und entschied mich, vorerst in Wien zu bleiben. Es war keine leichte Entscheidung für mich, ich fühlte mich hin- und hergerissen. Einerseits zog es mich zurück nach Südtirol, weil ich meine Heimat sehr liebe, ich besuchte meine Familie mindestens einmal im Monat und genoss die Ruhe und die Natur. Die Leute sprechen deinen Dialekt, du kennst jeden Stein, alles ist so wohltuend vertraut!

Andererseits schätzte ich meine Freiheit und Anonymität in der Großstadt sehr und wollte sie auf keinen Fall aufgeben! Jeder im Dorf, sogar im ganzen Tal, wusste alles über mich, meine Familie und deren Vergangenheit. Weißt du, das Leben meiner Eltern war sehr stark mit der Geschichte Südtirols verbunden, fast verstrickt, und das empfand ich in meiner Kindheit und Jugend zeitweise als sehr bedrückend. Für die Leute im Tal war ich der Enkel eines Optanten und der Sohn eines Sprengstoffschmugglers. In Wien war ich ein Student unter tausend anderen.

Bei uns zu Hause verging kaum eine Mahlzeit, bei welcher der Vater nicht über die Politik in Südtirol, egal ob die der Vergangenheit oder die gegenwärtige, redete. Er war besessen davon, und es machte ihn schwermütig. Für meinen Bruder und mich war das nicht leicht, weil unsere Eltern im Dorf ein bisschen die Außenseiterrolle innehatten.

Mathias und ich kannten die Geschichte Südtirols auswendig, wir wuchsen auf damit. Wurden quasi damit geimpft. Der Geschichtslehrer in der Oberschule konnte uns diesbezüglich nichts Neues beibringen. Schon als Fünfjährige wussten wir, dass Südtirol nach dem Ersten Weltkrieg als Kriegsbeute Italien zugesprochen worden war, obwohl die Bevölkerung fast hundertprozentig deutschsprachig war. Die Südtiroler sind Tiroler!, hieß es immer wieder.

Aber das wurde 1919 bei den Friedensverträgen von Versailles völlig ignoriert, als man den Brenner als Landesgrenze zwischen Italien und Österreich festlegte. Von Anfang an wurde die deutsche Minderheit vom faschistischen Regime in Italien unterdrückt. Unsere Großeltern erzählten uns, wie sie heimlich in Katakombenschulen auf Deutsch unterrichtet wurden, da man die deutschen Schulen verboten hatte. Wir hörten von der Benachteiligung auf allen Ämtern, von den alltäglichen Schikanen.

Und vor allem hörten wir von der sogenannten Option, dem Umsiedlungsabkommen, welches die Verbündeten Mussolini und Hitler 1939 beschlossen. Jeder Südtiroler musste wählen zwischen in der Heimat bleiben oder fortgehen in das Dritte Reich, wo der Führer ohnehin starke deutsche Bauern und Arbeitskräfte benötigte, um die leergefegten eroberten Gebiete zu kultivieren. Mussolini wollte das ganze fruchtbare Südtirol mit Italienern besiedeln und wäre endlich das sture Volk los, das er nicht romanisieren konnte. Eine unglaubliche Propagandaschlacht brach los, das Südtiroler Volk bekämpfte sich selbst. Die Optanten waren für die Dableiber Nazis und Verräter der Heimat. Und umgekehrt verleugneten die Dableiber in den Augen der Optanten ihre deutsche Herkunft und ließen die Italianisierung ihrer Kinder zu. Da wurden Leute auf das wüsteste beschimpft, Ställe abgebrannt und Vieh vergiftet, auf beiden Seiten. An die 85 Prozent der Südtiroler optierten für die Auswanderung ins Dritte Reich, tatsächlich ausgewandert sind aber nur ungefähr 75 000 Menschen, weil die Umsiedlung schon 1941 ins Stocken geriet und im Winter 1942 ganz eingestellt wurde.

Von der Mutter wussten wir, wie schwer ihrem Vater die Entscheidung gefallen war, zu optieren. Mein Großvater hieß Karl, er optierte im Winter 1939/40. Gemeinsam mit meiner Mutter kehrte er 1960 nach Südtirol zurück, sie war es gewesen, die ihn dazu gedrängt hatte. Viele kamen nach dem Zweiten Weltkrieg zurück.

Unser Vater erzählte uns vor allem von der Zeit nach dem Krieg. Von der großen Enttäuschung, als man wieder Italien zugesprochen wurde. Von den Schmugglern, die in den sechziger Jahren Sprengstoff von Österreich nach Südtirol brachten und die Gruppen damit versorgten. Er selbst schloss sich einer Gruppe an, dem *Befreiungsausschuss Südtirols,* nachdem sein Bruder bei Verhören im Gefängnis schwer misshandelt worden war. Diese illegalen Gruppen arbeiteten im Untergrund. Sie jagten Strommasten und Denkmäler in die Luft, um die Welt da draußen darauf aufmerksam zu machen, wie sehr die deutsche Minderheit immer noch unterdrückt wurde. Richtig, der

Höhepunkt war die sogenannte Feuernacht im Juni 1961. Man wollte so die Selbstbestimmung und eine wirkliche Autonomie erzwingen.

Wir wussten, was unsere Eltern erlebt hatten, vor allem was der Vater erlebt hatte, er hatte in den sechziger Jahren in Mailand im Gefängnis gesessen, weil er Sprengstoff über die Grenze geschmuggelt hatte. Nach seiner Entlassung wurde er wie ein Held im Dorf gefeiert. Später, im Laufe der achtziger, neunziger Jahre, als sich die Südtiroler mit den italienischen Gästen eine goldene Nase verdienten, war er kein Held mehr, man begann, ihn zu meiden. Er erinnerte sie an eine Zeit, an die sie eben nicht mehr erinnert werden wollten. Den italienischen Gästen musste man ja eine heile Welt vorspielen, dazu gehörte auch eine heile Vergangenheit. *Wir hier in den Bergen sind unschuldig, hätten uns nie an diesen Sprengungen beteiligt!*

Die Mutter redete weniger über ihre Jugend, wahrscheinlich weil sie nicht wollte, dass es uns belastete. Sie lebte ganz für meinen Bruder und mich, für den Hof, für meinen Vater, für die Religion. Sie war als heimgekehrte Optantentochter wahrscheinlich auch manchen ein Dorn im Auge, an die Option wollte man nämlich ebenso wenig erinnert werden. Sie kehrte es aber nie so hervor, wie es mein Vater tat, die Vergangenheit, meine ich. Und deshalb vergaß man es doch mit der Zeit, dass ihr Vater optiert hatte, damals, und sie eigentlich eine Zugezogene war. Die meisten hatten sie gern, weil sie fleißig war, herzlich, ruhig und doch auch fröhlich.

Als sie 1991 so überraschend starb, war ihr Tod für uns drei eine Katastrophe. Die Lücke, die sich in der Familie auftat, kann man eher als Krater bezeichnen. Wir vermissten sie wahnsinnig! Sie fehlte an allen Ecken und Enden, sie war das Herz, der treibende Motor in der Familie gewesen. Ohne sie verwahrloste alles ein bisschen, nicht nur der

Haushalt, sondern auch wir. Nicht nur äußerlich, auch innerlich. Jahrelang waren die Tage eintönig und grau.

Woran sie starb? An einer Hirnblutung. Sie hatte plötzlich starke Kopfschmerzen und redete wirr. Mein Vater fuhr sie ins Krankenhaus nach Bozen. Alles ging sehr schnell, sie wurde sofort operiert. Nach der Operation wachte sie nicht mehr auf, und am Tag darauf starb sie. Wir hatten uns nicht verabschieden können, sie hatte absolut nichts regeln können. Mein Vater fand tagelang ihren Pass und ihre Geburtsurkunde nicht, er wusste die Adresse ihrer Tante in Österreich nicht und konnte für das Bestattungsunternehmen nicht einmal ihre besten Schuhe ausfindig machen. Sie wurde dann in ihren Hausschuhen begraben, neben ihrem Vater.

Da bin ich in meiner Situation schon besser dran! Zynisch? Nein, ich meine es ernst!

In diesem Urlaub am Gardasee erzählte mir meine Mutter viel von ihrem Vater. Ich hatte ihn nicht kennengelernt, er war leider vor meiner Geburt gestorben. Angeblich bin ich meinem Großvater wie aus dem Gesicht geschnitten. Und auch so soll ich ihm ähnlich sein, das sagte sie mir später einmal, da war ich ungefähr sechzehn. Worin die Ähnlichkeit besteht, weiß ich nicht, ich weiß nur, dass er musikalisch war, er spielte leidenschaftlich gern Ziehharmonika und konnte gut singen. Ja, wahrscheinlich habe ich das von ihm.

Ursprünglich entschied sich Karl zu bleiben, er wollte auf keinen Fall auswandern. Weil er nicht daran glaubte, dass im Dritten Reich das Paradies auf Erden wartete, dazu war er ein zu realistischer Mensch. Und weil er auch nicht wieder besitzlos sein wollte. Er war Knecht gewesen auf einem großen Hof im Tal, bis er seine Frau geheiratet hatte. Sie hatte einen Bergbauernhof geerbt, Söhne waren keine da gewesen. Karl wollte seine Kinder auf diesem Hof, ihrem gemeinsamen Hof, auf den er so stolz war, er rackerte sich ab dafür, aufwachsen sehen. Seine Frau war nämlich schwanger, als die Option verkündet wurde, endlich, nach zehn Jahren.

Fünf Monate später optierte er doch. Warum, fragst du?

Drei Dinge waren passiert: Seine Frau war bei der Geburt der Tochter gestorben. Das war meine Mutter, er nannte sie Anna, nach seiner verstorbenen Frau. Seine Schwester, auf deren Hilfe er gezählt hatte, hatte schon im Sommer optiert. Er wollte sie davon überzeugen, bei ihm auf dem Hof zu bleiben und ihm zu helfen, sie weigerte sich aber und war unter den ersten Südtirolern, die im November in Innsbruck ankamen. Und schließlich ging die Hetze der Optanten so weit, dass sein Stall samt Heustadel niedergebrannt wurde, während er mit dem kranken Säugling bei der Hebamme unten im Dorf war. Die Kühe und Schweine verbrannten mit.

Im Grunde hatte er keine Wahl, nicht wahr? Ich habe viel darüber nachgedacht, weil mein Vater ein paarmal über Karl eine abschätzige Bemerkung machte, was meine Mutter sehr kränkte. Bevor ich zu der langen Segelreise aufbrach, sagte er zu mir: ›Die Hallodri-Gene hast du von deinem Großvater geerbt.‹

Meine geplante Segelreise gefiel ihm nämlich überhaupt nicht, vor allem weil Alessandro dabei war, den er nicht leiden konnte, und weil er der Meinung war, ich solle stattdessen endlich mein Studium beenden, nach Südtirol zurückkehren und dort was Anständiges arbeiten.

Vor ein paar Jahren, da arbeitete ich schon als selbständiger Webdesigner, sagte er etwas Ähnliches: ›Ein junger Mann muss sich etwas schaffen und aufbauen, mit seinen eigenen Händen, für sich und seine Familie, und nicht ständig durch die Welt gondeln wie so ein Nichtsnutz.‹

Meinem Vater passte es nicht, dass ich in Wien geblieben war, noch immer in der Junggesellenwohnung lebte und jedes Jahr eine lange Reise machte, anstatt mir mit dem Geld ein Haus in Südtirol zu bauen, für eine Familie. Er konnte mit meinem Lebensstil nichts anfangen und machte die schlechten Gene des Großvaters verantwortlich für mein Versagen.

›Deine Mutter würde sich im Grab umdrehen, wenn sie dich so sehen würde‹, schimpfte er einmal, das war vor drei Jahren, kurz bevor er starb. Woran? An einem Herzinfarkt. Er kippte im Stall beim Füttern einfach seitlich weg, während mein Bruder beim Melken war. Obwohl er schon über achtzig war, ließ er es sich nicht nehmen, im Stall zu helfen, er tat es einfach immer noch gern, der Hof war sein Leben.

Eine sehr schöne Art zu sterben, sagst du? Ja, eigentlich schon.

Karl packte also das Nötigste zusammen und folgte seiner Schwester im Frühling 1940. Mit gebrochenem Herzen. So drückte das meine Mutter aus.

›Er hat innerhalb weniger Monate alles verloren, seine Frau, die er sehr geliebt hat, seinen Hof, seine Heimat, den Glauben an die Menschen. Er saß im Zug, mit mir auf dem Schoß und dem Geruch der verbrannten Tiere in der Nase‹, erzählte sie mir in dem Hotelzimmer am Gardasee.

Ein Jahr lang blieben sie in Innsbruck, in einer Siedlung, in der man die wartenden Südtiroler unterbrachte, bis man eine endgültige Heimat für sie fand. In der Nähe von Linz erhielten seine Schwester und er dann zwei Zimmer bei einem Großbauern. Seine Schwester arbeitete auf dem Hof, sie half dem Bauern im Stall, der Bäuerin im Haushalt und bei den Kindern. Weil vier Kinder da waren, fiel es nicht ins Gewicht, dass mit meiner Mutter ein weiteres dazukam. Karl bekam Arbeit im Göring Stahlwerk, wohin er jeden

Tag mit dem Rad fuhr. Sie waren von der Familie herzlich aufgenommen worden, trotzdem war das Heimweh immer da, besonders für Karl. Für ihn war es anfangs unerträglich. Dann wurde es besser, er erholte sich und gewann seine Lebensfreude zurück.

Sein Ehrgeiz bestand darin, für Anna da zu sein und eisern seinen Lohn zu sparen. Er wollte, dass sie eine Ausbildung machte. Er wollte ihr, wenn sie erwachsen war, helfen können, eine Existenz aufzubauen. Hauptsache, sie war nicht gezwungen, als Magd bei einem Bauern zu bleiben, ihr Leben lang, so, wie er früher Knecht gewesen war.

›Die Zeiten sind doch vorbei!‹, lachte die Bäuerin, als er mit ihr einmal darüber redete.

Karls Schwester heiratete einen Tischler im Nachbarort und zog weg, da war meine Mutter sieben. Ihr ging es gut auf dem großen Hof. Die Bäuerin war mütterlich zu ihr, und sie vermisste nichts. Die jüngste Tochter war ihre beste Freundin, der älteste Sohn ihr erster Schwarm, als sie zwölf war. Im Großen und Ganzen hatte sie eine schöne Kindheit. Wie die anderen Kinder musste sie bei der Arbeit mithelfen, aber es war genug Zeit für Spiele und Späße. Die fünf trödelten gemeinsam bei den Hausaufgaben, bauten Baumhäuser und Seifenkisten, schliefen im Heu und rodelten im Winter ganze Nachmittage lang. Und am Abend spielte ihr Karl auf der Ziehharmonika vor und erzählte ihr Geschichten von Südtirol.

›Ich bin dieser Familie auf ewig dankbar‹, sagte sie zu mir, ›ich weiß nicht, was aus mir geworden wäre, wenn sie uns nicht aufgenommen hätten.‹

Als sie vierzehn war, zogen Karl und sie in eine kleine Wohnung in Linz, weil der Bauer für seine alten Eltern die zwei Zimmer benötigte. Für Anna war es ein großer Einschnitt in ihrem Leben. Ihr Vater arbeitete weiterhin in den Stahlwerken. Die waren mittlerweile umbenannt worden in

Vereinigte Österreichische Eisen- und Stahlwerke. Er ruinierte dort seine Lunge. Anna besuchte eine Hauswirtschaftsschule, und als sie damit fertig war, begann sie, als Köchin in einem Krankenhaus zu arbeiten. Die Stelle gefiel ihr nicht besonders gut. In der Stadt fühlten sich beide nicht wohl, sie waren unglücklich. Zu der Zeit begann meine Mutter zu drängen, doch endlich einmal nach Südtirol zu fahren.

Im Juni 1958, da war sie achtzehn Jahre alt, fuhren sie mit dem Zug nach Welsberg und mit dem Bus weiter. Meine Mutter sah zum ersten Mal ihre Heimat, die sie als Säugling verlassen hatte.

Du meinst, es war ja nicht ihre Heimat, weil sie in Oberösterreich aufgewachsen ist? Da hast du recht. Aber sie spürte eine gewisse Verbundenheit, alleine schon, weil Karl ihr immer so viel erzählt hatte. Und die Berge gefielen ihr. Sie wusste vom ersten Tag an, dass sie hier ihr Leben verbringen wollte und nicht in Linz. Auf ihrem eigenen Bauernhof und nicht in einer dunklen Zweizimmerwohnung.

Sie mieteten für zwei Nächte ein Zimmer im einzigen Gasthof und wurden in der Stube angestarrt, als wären sie Aussätzige.

›Na, Kofler, hat dich das Dritte Reich ausgespuckt? Kommst jetzt wieder heim?‹

Das hat sie ein alter Mann gehässig gefragt.

Und weißt du, was meine Mutter antwortete?

›Wenn uns das Dritte Reich ausgespuckt hätte, wären wir schon dreizehn Jahre wieder da‹, sagte sie patzig, ›das gibt es nämlich schon seit Mai 1945 nicht mehr. Oder ist das bis zu euch noch nicht vorgedrungen? Zündet ihr also immer noch Ställe mitsamt dem Vieh drin an?‹

Das waren die ersten Sätze, die mein Vater von meiner Mutter hörte. Er war der jüngste Sohn der Wirtsleute und stand hinter der Theke, Vinzenz hieß er. Er musste laut lachen, und ein paar Gäste lachten mit. Uns Kindern erzählte er, dass ihm die schlagfertige Frau sofort gefallen hatte, er verliebte sich Hals über Kopf in sie.

Als sie den verwahrlosten Bauernhof vor sich sahen, weinte Karl, und als sie nachher in der Sonne saßen, sagte Anna: ›Es ist wunderschön hier. Lass uns doch auch rückoptieren, Vater, so viele haben das getan.‹

Sie wollte unbedingt nach Südtirol ziehen, ihren eigenen Hof bewirtschaften, und hörte nicht auf zu drängen.

›Ich sehe für mich keine Zukunft in Linz‹, fuhr sie fort, ›und hier gibt es Grund und Boden, der eigentlich uns gehört. Wir haben genug gespart, um alles wiederaufzubauen.‹

›Du hast keine Ahnung, wie Rückoptanten behandelt werden‹, erwiderte Karl.

›Ewig können sie ja nicht lästern‹, meinte sie, ›mit der Zeit werden sie es vergessen.‹

Karl gab nach, weil auch er sich nach seiner Heimat sehnte. Die Arbeit in den Stahlwerken hatte seine Lunge geschädigt, und ein schlimmer Husten quälte ihn ständig. Sie suchten um Rückoption und um Übernahme des Hofes an, sie sparten beide jeden Groschen, den sie verdienten. Es dauerte zwei Jahre, bis alle Formalitäten erledigt waren. Dann endlich waren sie keine Staatenlosen mehr und besaßen wieder die italienische Staatsbürgerschaft. Da der Hof, der Karl 1940 von der italienischen Behörde abgekauft worden war, nicht weiterverkauft werden konnte, erhielten sie ihn ohne größere Schwierigkeiten zurück.

Ende Mai 1960 zogen meine Mutter und ihr Vater zurück nach Südtirol. Anna war voller Tatendrang, Karl schwerkrank.

Das Essen kommt.

Du möchtest, dass ich trotzdem weitererzähle? Sie hatten ihren Hausrat dabei und ihr ganzes erspartes Geld. Es war ein harter Sommer für beide, sie rackerten jeden Tag, um das Haus bewohnbar zu machen. Sie bauten den Stall neu auf und kauften Vieh. Dass sie Handwerker fanden, die für sie arbeiteten, verdankten sie auch meinem Vater. Er war bis über beide Ohren in Anna verliebt und half den beiden, so gut er konnte. Sie wurden ein Paar.

Dann fand im Juni 1961 die Feuernacht statt. Insgesamt siebenunddreißig Hochspannungsmasten, davon neunzehn im Raum Bozen, wurden von einer Gruppe mit dem Namen *Befreiungsausschuss Südtirol* in die Luft gejagt. Damit legten sie große Elektrowerke lahm und die Stromversorgung der Bozener Industriezone, das faschistische Symbol schlechthin, wurde unterbrochen. Seit Jahren hatte die Gruppe kleinere Anschläge verübt, die Feuernacht war der Höhepunkt. Wichtig war den Attentätern, keine Menschen zu verletzen. Ihr Ziel war es, die Welt auf die Probleme in Südtirol aufmerksam zu machen. Was ihnen auch gelang.

Ganz Südtirol wurde am nächsten Tag in ein Heereslager verwandelt, es kam zu Massenverhaftungen. Mein Onkel, der ältere Bruder meines Vaters, wurde auch verhaftet und war im Mailänder Gefängnis Folterungen ausgesetzt. Das warf meinen Vater völlig aus der Bahn. Er schloss sich dem *Befreiungsausschuss* an und schmuggelte Sprengstoff über die Berge bis in unser Tal. Bisher war er gegen solche Gewaltaktionen gewesen. Bei einer Schmuggeltour wurde er fast erwischt, und ständig schwebte er in Gefahr. Meine Mutter hatte kein Verständnis dafür, und sie stritten oft.

»Du kannst es deshalb nicht verstehen, weil du hier nicht aufgewachsen bist«, sagte er einmal bitter zu ihr.

Karl starb im Winter 1964 nach einem endlos langen Hustenanfall. Meine Mutter kam mit dem Arzt zu spät und konnte nur noch seinen Tod feststellen. Die Bettdecke war voller Blut. Mein Vater wurde beim Schmuggeln erwischt und saß eine Zeitlang im Gefängnis.

Und meine Mutter? Sie war alleine oben auf dem Hof. Für sie waren es die härtesten Jahre ihres Lebens.

Wenn da nicht ein italienischer Finanzer namens Davide gewesen wäre.

Aber das erzähle ich dir heute Abend oder, falls ich dann Besuch habe, morgen.

Jetzt lass uns essen.

September 2015
MAX

Die zweite Cellospielerin traf ich vor eineinhalb Jahren bei meinem Freund wieder. In seiner Wohnung. Das war im Frühling.

Sie öffnete mir die Wohnungstür und begrüßte mich mit einem Glas Campari in der Hand. Ziemlich förmlich, mit einem Händeschütteln: ›Schönen Abend, Herr Bauer, es freut mich, Sie wiederzusehen.‹

Na ja, nicht ganz so, aber ungefähr.

Felix kam aus der Küche und trat hinter sie, er trug diese bescheuerte Kochschürze mit der nackten Frau darauf, die ich ihm einmal geschenkt habe. Ich merkte sofort, dass die beiden etwas miteinander hatten.

›Willst du sie nicht richtig begrüßen, deine Cellospielerin, die dir zu Geld und Ruhm verholfen hat?‹, fragte er und boxte mir leicht in den Oberarm.

Daraufhin umarmte ich sie und stellte fest, dass sie gut roch. Wenn ich nicht gewusst hätte, dass sie es ist, hätte ich sie nicht erkannt. Sicher nicht. Felix hatte mir von ihr erzählt. Nicht weil sie so gealtert ist, im Gegenteil, sie sah besser, interessanter aus als mit zwanzig. Ja, solche Frauen gibt es. Viele müssen erst herausfinden, was ihnen steht und was nicht. Reifere Frauen haben oft ein Selbstbewusstsein und eine Gelassenheit, die junge Frauen nicht haben. Bei ihr war das besonders auffällig.

Komm, ab ins Atelier, wir machen weiter. Möchtest du vorher noch ein Glas Wasser? Ja?

Sie war dezent geschminkt und auf geschmackvolle Weise sehr lässig gekleidet, es musste ihr finanziell gutgehen.

Ihr und ihrem Mann. Von Felix wusste ich, dass sie mit einem ziemlich wohlhabenden Anwalt verheiratet war. Sie war schlanker und ihr Gesicht nicht mehr so rundlich, der Babyspeck war weg. Ihr Blick war nicht verloren und schüchtern wie damals, sondern offen und direkt, und er strahlte etwas aus. Da war etwas in ihren Augen, das mich faszinierte. Etwas Freches, Kokettierendes. Ein Hunger nach Leben und nach Liebe, nach Glück, nach besonderen und nach verrückten Momenten. Vielleicht interpretierte ich das auch falsch, kann sein.

Aber ihr Gesichtsausdruck gefiel mir, überhaupt gefiel sie mir. Am liebsten hätte ich sie gefragt, ob sie für mich einmal Akt stehen will. Sie, die reiche Anwaltsgattin.

Nein, ich habe sie natürlich nicht gefragt.

Ich gebe mich mit jungen Kunststudentinnen zufrieden, die sich darum reißen, mein Modell zu sein. Weil sie sich dadurch etwas erhoffen. Du erwartest dir nichts? Keine bessere Note im Seminar? Kein Vitamin B für die Karriere? Sex mit mir, damit du damit angeben kannst: Ich habe mit dem berühmten Maler geschlafen. Jetzt vor Freundinnen, später in einer Biographie? Nein? Nicht rot werden. Gut so.

Ich scherze nur.

Aber die Vorstellung reizte mich. Und am liebsten hätte ich sie beide gemalt, sie und Felix, nackt, ineinander verschlungen, auf einem großen Bett liegend. Schlafend.

Sie versuchten den ganzen Abend lang zu verbergen, was ohnehin offensichtlich war. Die Vibes. Wie sie ihn anhimmelte, meine Güte. Wie er vermied, sie anzusehen oder das Wort an sie zu richten, der Idiot. Felix hatte mir erzählt, dass sie im Jänner in der Ausstellung in der Galerie aufgetaucht war und sie seither in Kontakt geblieben waren. In *Kontakt*. Über das Wort musste ich beim Abendessen dann schmunzeln, als ich die beiden vor mir sah. Felix saß links von mir, sie saß mir gegenüber. Wir aßen gegrillte Makrelen mit Kurkumasoße, Bratkartoffeln und gemischten Salat. Es schmeckte hervorragend, ich hätte es nicht besser machen können. Felix war ein guter Schüler gewesen, als wir zusammen gewohnt hatten.

Wir sind in Kontakt geblieben, räusper, räusper. Ja, ja. In Hautkontakt, mit übermäßigem Flüssigkeitsaustausch. Insgeheim amüsierte ich mich. Erst ein paar Wochen später gab er zu, dass sie eine Affäre hatten. Und als er es sagte, war ich kurz neidisch auf ihn.

Der Abend war übrigens nett und lustig, und es wurde sehr spät. Eigentlich früh. Alkohol floss auch genug. Ich übernachtete bei Felix auf der Couch, und sie rief sich ein Taxi. Worüber wir uns unterhielten? Vor allem über mich. Leider. Da täuschst du dich, im Gegenteil, ich stehe nicht gerne im Mittelpunkt. Aber Juliane war brennend an meinem Leben interessiert und an meiner Karriere. Ich wollte zuerst nicht von mir reden, aber Felix drängte mich zu erzählen.

›Na komm schon, zier dich doch nicht so‹, forderte er mich auf, ›ist doch klar, dass Juliane sich für dich interessiert. Sie hat dich als achtzehnjährigen Burschen kennengelernt, als Kochlehrling, mit langen Haaren und schmuddeliger Kleidung, mundfaul und nach Zigaretten stinkend, und jetzt, zwanzig Jahre später, bist du ein berühmter Künstler, der immer noch schmuddelige Kleidung trägt, und nach Zigaretten stinkst du auch immer noch. Spaß beiseite, erzähle ihr doch ein bisschen von deinem Leben. Wenigstens eine Kurzversion.‹

Das Wort *Kurzversion* brachte mich auf die Idee, tatsächlich die Kurzversion im Schnelltempo aufzusagen. Und zwar die, die ich mir am Anfang meiner Karriere zurechtgelegt hatte, weil ich immer wieder danach gefragt wurde. Die Presse war heiß nach meiner Geschichte. Ehemaliges Heimkind. Das zog einfach. Half meiner Karriere ungemein. Ich konnte sie auswendig. Sie begann mit dem Satz: *Ich wäre beinahe auf einer Parkbank zur Welt gekommen.*

Einmal fragte ein Redakteur von so einem Kunstblatt, ob ich mich jetzt mit meiner harten, lieblosen Kindheit versöhnen konnte durch das Malen, durch den Erfolg. Darauf wusste ich keine richtige Antwort. Vermutlich wollte er ohnehin nur hören, dass es so ist. Ich dachte darüber nach und kam zu dem Schluss, dass ich mich nicht mit meiner Vergangenheit versöhnen musste, weil ich nämlich nie mit ihr gehadert hatte. Schon als Koch waren mir Leute auf die Nerven gegangen, die jammerten: *Ach, hätte ich doch die oder die Bedingungen gehabt, wie toll hätte ich mich dann entwickeln können!*

Du meinst, ich habe jetzt leicht reden. Glaub mir, ich war auch als Koch glücklich. Wenn ich kein bekannter Maler geworden wäre, hätte ich mein eigenes kleines Restaurant in Wien aufgemacht.

Ich fing also an, im absoluten Zeitraffer meine Kurzversion herunterzurattern, aber Felix stoppte mich nach dem dritten Satz, indem er eine Serviette zusammenknäuelte und sie nach mir schmiss.

›Erzähl normal‹, forderte er mich auf, ›Juliane hat ein Recht darauf. Ohne sie hätte es nie die Bilder gegeben, die der Berliner Galerist ausstellen wollte.‹

Also fing ich noch einmal von vorne an und erzählte in normalem Tempo und schöner Intonation, so dass Felix schon die Augen rollte, mein Leben, das beinahe auf einer Parkbank begonnen hätte.

Ich soll sie dir jetzt auch erzählen, die Kurzversion? Wieso das denn? Weil es dich interessiert? Du hast auch ein Recht darauf, weil du dich für mich ausgezogen hast, meinst du? Sehr witzig.

Na gut, ich werde sie dir erzählen. Weil ich dich mag. Aber nur, wenn du die Hand auf deinem Schambein nicht so verkrampfst und die Beine mehr spreizt, den Mund leicht öffnest, aber ohne so viele Fragen zu stellen, und wenn du auf die Cellospielerin da hinaufschaust! Genau, so!

Ich hoffe, ich kann meinen Text noch. Bin ziemlich aus der Übung. Weil ich keine Interviews mehr gebe und auch nicht mehr im Fernsehen auftrete. Warum? Weil ich es mir leisten kann, das alles abzusagen. Vor eineinhalb Jahren jedenfalls musste mir Felix ab und zu helfen, aber da war ich ja auch betrunken.

Meine Eltern, beide viel zu jung, um solche zu werden, und mit der Situation überfordert, schon bevor ich überhaupt da war, hausten zusammen in einer winzigen Zweizimmerwohnung in einem Sozialbau. Ihre Eltern waren froh, dass sie ausgezogen waren, und kümmerten sich nicht sonderlich.

Stell dir die zwei Jugendlichen in der Trostlosigkeit, dem Mief, der Eintönigkeit in diesem Bau vor! Sie gingen sich von Anfang an auf die Nerven. Die Perspektivlosigkeit ihres Lebens hatte ihre Körper bis zur letzten Zelle durchdrungen und abgestumpft.

Nein, das habe ich nicht auswendig gelernt, der Einschub ist für dich. Damit du verstehst, dass ich nie oder zumindest äußerst selten mit meiner Heimkindheit gehadert habe. Richtig, es hätte schlimmer sein können. Das war es auch in den ersten viereinhalb Jahren meines Lebens. Gott sei Dank weiß ich nicht mehr viel davon.

Mein Vater war Maurer, meine Mutter arbeitete als Küchenhilfe in einem Hotel. Kennengelernt hatten sie sich in einer Bar, das Kind, ich, war natürlich nicht geplant gewesen, auf dem Jugendamt hatte ihre Akte die Nummer 76-324/313. Ich war also schon bei der Geburt aktenkundig. Den Satz fand eine junge Journalistin in Zürich sehr lustig.

Einen Monat vor dem errechneten Geburtstermin – warte, jetzt kommt sie gleich, die Parkbank – kam eines zum anderen: Der werdende Vater, er hieß Werner, ärgerte sich über eine abfällige Bemerkung seines Chefs, betrank sich nach Arbeitsschluss mit einem Kollegen und wankte besoffen nach Hause, wo er sich über eine kindische Bemerkung seiner aufgedunsenen Freundin, sie hieß Erna, nein, im Ernst, ärgerte und daraufhin begann, mit dem Gürtel nach ihr zu schlagen. Nach Stunden, es war mitten in der Nacht, konnte sie schließlich aus der Wohnung flüchten. Sie schleppte sich mit Wehen zu einer Freundin, welche aber nicht öffnete, und als plötzlich mitten auf dem Gehsteig ihre Fruchtblase platzte, schaffte sie es gerade noch bis zu dem nahe gelegenen kleinen Park.

Zu einer anderen Journalistin in Berlin sagte ich, dass meine Mutter es gerade noch bis in den Wiener Zentralfriedhof geschafft hatte, wo sie sich auf eine Parkbank legte. Da bekam sie feuchte Augen, die Frau! Und danach war sie richtig beleidigt, als ich ihr verriet, ich hätte sie nur auf den Arm genommen.

Es war ein gewöhnlicher, kleiner, abgefuckter Park in der Nähe des Sozialbaus, so einer, in dem die Jugendlichen untertags herumlungern. Mit zweckentfremdeter Schaukel und Rutsche und einer Menge Zigarettenstummel auf dem zertrampelten Boden. In den Park ging meine Mutter manchmal mit mir. Ich habe ihn mir später noch einmal angeschaut und ihn gemalt. Trostlosigkeit pur.

Eine alte Frau, die mit ihrem Hund spazieren ging, hörte die Hilferufe meiner Mutter und rief die Rettung an. Die kam gerade noch rechtzeitig. Weshalb ich eben nur beinahe auf einer Parkbank geboren wurde.

Tja, wie ging es dann weiter?

Auch nachdem die Eltern volljährig geworden waren, blieben wir alle drei ein Fall für das Jugendamt. Von der Heimdirektorin weiß ich, dass meine Mutter drei Mal mit mir in einem Frauenhaus untergebracht werden musste, doch immer kehrte Erna zu ihrem gewalttätigen Werner zurück.

Als ich zwei war, wurde sie wieder schwanger, und dieses Mal mit Zwillingen. Die zuständige Beamtin konnte sie schon während der Schwangerschaft von einer Adoptionsfreigabe überzeugen. Die zwei Mädchen wurden also drei Tage nach der Geburt einem wohlhabenden Paar übergeben. Sie war Wienerin, er kam aus Berlin, wohin sie später zogen. Dass ich Schwestern hatte, erfuhr ich erst mit siebenundzwanzig. Du hast richtig gehört. Mit siebenundzwanzig. Das nämlich erzählte mir die Heimdirektorin nicht. Ich glaube, sie wusste es auch nicht oder wenn, dann durfte sie es mir nicht sagen. Es war eine anonyme Adoption gewesen.

Ich durfte vorerst bei meiner Mutter bleiben, erst zwei Jahre später lieferte sie mich tränenreich beim Jugendamt ab. Nachdem mich mein Vater wieder einmal grün und blau geschlagen hatte. Sie übrigens auch. Kurz darauf lernte sie einen anderen Mann kennen und schaffte es endlich, sich von Werner zu trennen. Sie machte eine Ausbildung zur Köchin und führte dann ein normales Leben. Mich holte sie trotzdem nicht aus dem Heim ab. Sie besuchte mich auch nie.

Richtig, mit fünfzehn begann ich eine Kochlehre in einem großen Hotel und übersiedelte in ein Lehrlingsheim. In meiner Freizeit malte ich, sooft es ging. Ich lieh mir in der Bücherei Bücher aus über Kunst, Künstler, Epochen und Stilrichtungen, ich besuchte einen Volkshochschulkurs, der mir aber nicht viel brachte. Das meiste über Farben, Materialien und Techniken brachte ich mir selbst bei.

Die Geschichte, wie ich meine Schwestern kennenlernte, erzählte damals Felix bei diesem ersten Abendessen mit Juliane. Danach hatte ich absolut keinen Zweifel mehr, dass die zwei eine Affäre hatten. Weil ich an ihrem Gesichtsausdruck erkannte, dass sie in dem Moment, in dem er es erzählte, mit Eifersucht zu kämpfen hatte. Solche Frauen soll es auch zur Genüge geben, die auf vergangene Beziehungen und Liebschaften eifersüchtig sind. Absolut unverständlich. Tempi passati sind tempi passati. Merk dir das, meine Liebe.

Eines Abends wurde ich von meiner Chefin aus der Küche in das Restaurant geholt und an einen Tisch geführt. Vorher verkündete sie mir mit einem geheimnisvollen Augenzwinkern, dass ich für den Rest des Abends frei hätte. An dem Tisch saßen zwei junge Frauen. Sehr schick, sehr elegant. Und obendrein nicht auseinanderzuhalten. Sie stellten sich als meine Schwestern Sibille und Claudia vor, und ich dachte zuerst, die beiden würden sich einen Spaß mit mir erlauben. Sie hatten die gleiche Stimme! Eine sagte: ›Ich bin Sibille‹, die andere sagte: ›Ich bin Claudia‹, und zusammen sagten sie kichernd: ›Und wir sind deine Schwestern!‹

Ich sah mich die ganze Zeit um, ob irgendwo eine Kamera versteckt war. So richtig überzeugt war ich erst, nachdem sie mir am nächsten Tag im Hotel ihre Adoptionspapiere zeigten. Und die heimlich abfotografierten Papiere der Jugendamt-Akte, die sie durch Beziehungen ihrer Mutter einsehen hatten dürfen. Eigentlich hatten sie nur etwas über ihre leiblichen Eltern herausfinden wollen. Dass sie einen Bruder hatten, war für sie ebenso ein Schock gewesen wie für mich die Tatsache, dass ich zwei Schwestern hatte.

Sie wollten mit mir essen und feiern und fragten mich, ob ich jemanden dazu einladen möchte. Sie dachten wahrscheinlich an eine Frau, aber da ich Single war, fiel mir nur mein bester Freund ein. Ich rief also Felix an, erklärte ihm, was los war, und bat ihn zu kommen. Nach zwanzig Minuten stand er da, mit einem frischen Hemd für mich. Und dann feierten wir so ausgiebig, dass wir am nächsten Tag zu viert in meiner Wohnung aufwachten, alle völlig verkatert. Ich lag auf der Couch, Felix mit beiden Damen im

Bett, er konnte sich aber nicht erinnern, ob und mit welcher Schwester er es getrieben hatte. Mit dem Alkoholpegel höchstwahrscheinlich mit keiner. Während ich das Frühstück machte und Felix frische Semmeln holte, inspizierten die beiden Frauen halbnackt meine chaotische Wohnung und betrachteten meine Bilder, die überall herumstanden oder hingen. Sie stießen einen Entzückungsschrei nach dem anderen aus.

›Max, die sind echt gut!‹, sagte Sibille oder Claudia, ich konnte sie nicht auseinanderhalten.

›Die sind phantastisch!‹, lobte die andere, ›vor allem die von dieser Cellospielerin auf dem Bahnsteig. Ist das ein Bahnsteig? War sie deine Freundin? Wie heißt sie?‹

›Ich hab sie nur flüchtig im Zug kennengelernt, und ihren Namen weiß ich nicht mehr‹, erwiderte ich und fragte Felix: ›Du vielleicht?‹

Aber ihm fiel der Name auch nicht ein.

Juliane wurde ein bisschen sauer, als sie hörte, dass wir beide ihren Namen vergessen hatten. Bis Felix zu grinsen anfing und sagte: ›Das war ein Scherz, natürlich wusste ich deinen Namen noch.‹, was aber nicht stimmte.

Dann sagten Claubille zu mir: ›Du musst unbedingt nach Berlin kommen und deine Bilder Leo zeigen! Er kann dir helfen! Er kennt die wichtigsten Galeristen.‹

Das machte ich dann auch ein paar Wochen später. Leo und Maria, die Adoptiveltern meiner Schwestern, nahmen mich herzlich bei sich auf. Leo stellte mich einem Galeristen vor, und diesem Galeristen gefielen die Bilder mit der Cellospielerin am besten. Er wollte mir eine Chance geben.

›Dieser Gesichtsausdruck, versunken, verschlafen und noch kindlich! Diese Haltung! Die zerzausten Haare!‹, schwärmte er mit seiner näselnden Stimme, ›so konzentriert, als würde sie alles geben wollen! Will sie jemanden beeindrucken mit ihrem Spiel? Die Menschentraube rings um sie, der Zug im Hintergrund mit den offenen Türen. Es hat etwas! Mach eine Serie davon, verschiedene Blickwinkel, Größen, Techniken, Materialien. Das geht am ehesten.‹

Felix fand Gott sei Dank die alten Fotos von der Cellospielerin, die er am Bahnsteig aufgenommen hatte, und gab sie mir alle. Im Restaurant kündigte ich, Leo war bereit, mir für ein Jahr die Lebenshaltungskosten zu zahlen.

›Ich will dir beim Start deiner Karriere helfen‹, hatte er in Berlin gesagt, ›und ich sage das jetzt nicht, weil du der Bruder meiner Töchter bist, sondern weil du wirklich Talent hast. Ein Jahr lang zahle ich dir ein Stipendium, damit du malen kannst. Nicht länger. Was du daraus machst, ist deine Sache.‹

Ich malte wie ein Besessener, nein, nicht nur die Cellospielerin, auch anderes, ja, die schön angerichteten Menschen auf den Tellern entstanden zu der Zeit. Ein Jahr später hatte ich die Ausstellung in Berlin. Die Bilder gingen weg wie warme Semmeln. Da begann der Hype. Ich lebte dann fünf Jahre in Berlin, zog aber wegen meiner Frau wieder nach Wien.

Richtig, geschieden und ein Sohn, sieben Jahre alt. Du hast dich gut informiert. Nein, er heißt wirklich Moritz. War meine Idee.

So, Kurzversion meines Lebens beendet. So ähnlich erzählte ich sie auch Juliane an dem Abend. Der zweiten Cellospielerin in meinem Leben.

Was, meinst du, habe ich vergessen?

Ob mein Freund damals mit mir gemeinsam nach Rom gefahren ist? Nein. Wir lernten uns auf dieser Fahrt erst kennen. Er wollte irgendeinen alten Römer besuchen, der seiner toten Mutter Briefe schrieb. Ich hatte gerade meine Kochlehre beendet und wollte für einen Sommer weg aus Wien. Mich in Paris oder Rom als Porträtmaler versuchen.

Meine erste Freundin hatte mir den Tipp gegeben. Ich entschied mich dann für Rom und habe es nicht bereut.

Wir unterhielten uns gut im Zug, Felix und ich. Ich schrieb ihm meine Adresse und Telefonnummer in Wien auf, ja, die vom Lehrlingsheim. Aber als wir uns auf dem Bahnsteig verabschiedeten, dachte ich, den sehe ich sowieso nie wieder. Das ist doch meistens so bei Reisebekanntschaften. Im Abteil hat er meinen Zettel genommen und in seine Hosentasche gestopft.

Im Dezember stand er vor meiner Zimmertür, und wir gingen ein Bier trinken. Er war wirklich nach Wien gezogen, um zu studieren, so, wie er das vorgehabt hatte. Wir gingen dann öfter auf ein Bier. Und ein Jahr später zog ich in seine Wohngemeinschaft, weil dort ein Zimmer frei geworden war. Wir waren zu dritt, zwei Studenten und ein Koch, und verstanden uns gut. Ich wohnte drei Jahre dort, und danach machten Felix und ich zusammen mit dem Sohn des Römers eine Weltumsegelung. Keine ganze, nur eine halbe. Danach arbeitete ich zwei Jahre lang auf der *Queen Mary 2,* dann wieder in Wien.

Ob ich sie wiedersah, die Cellospielerin? Juliane?

Leider sehr oft.

Ich sage deshalb leider, weil der Grund absolut kein angenehmer war.

Juni 2015
PAUL

Und wie es jetzt ist, mein Leben mit Juliane, willst du wissen?

Ob es das geordnete Leben ist, das ich mir wünschte?

Diese Frage kann ich uneingeschränkt mit Ja beantworten.

Unser Alltag verläuft seit einigen Jahren auch sehr ruhig, vor allem seitdem ich mich aus der Politik zurückgezogen habe. Wir tanzen nicht mehr auf allen Hochzeiten, ich sage viele gesellschaftliche Verpflichtungen ab, weil sie mich nicht interessieren. Was das betrifft, fühle ich mich ein bisschen müde und erschöpft.

Nein, bei uns gibt es keine pompösen Nikolausfeiern wie bei meiner Mutter. Aber früher waren wir sehr oft eingeladen, und wir empfingen auch oft Gäste. Geschäftsessen am Abend, Brunch mit Freunden und Ausflüge mit den Mitarbeitern oder Verwandten. Du weißt ja, wie das ist. Ein lautes, turbulentes Leben. Uns wurde das vor ein paar Jahren zu viel. Ja, diese Termine musste meistens Juliane organisieren, deshalb unterrichtete sie von Anfang an nur zwei oder drei Nachmittage in der Woche. Was? Sie ist Cellolehrerin an der Musikschule.

Ich verbringe sehr viel Zeit in der Kanzlei, mache meine Arbeit aber immer noch gern, in meiner Freizeit will ich es aber ruhig und zurückgezogen haben. Juliane unterstützt das Gott sei Dank. Weil sie mir da sehr ähnlich ist.

So ganz wohl fühlte sie sich ohnehin nicht in der Rolle der Gastgeberin, sie mochte nicht gern smalltalken, sie hatte immer etwas Steifes und Verschrecktes an sich, wenn sie unter vielen Menschen sein musste. Das hat mit dem traumatischen Erlebnis in ihrer Jugend zu tun. Sie war sechzehn, als ihr jüngerer Bruder bei einem Unfall im Schwimmbad ums Leben kam. Jahrelang war sie in psychiatrischer Behandlung, weil sie sich selbst die Schuld daran gab.

Das stellst du dir schwierig vor, mit einem Menschen zusammenzuleben, der so schwer traumatisiert ist?

Du darfst sie dir nicht als psychisches Wrack vorstellen! Sie ist schon lange nicht mehr in Behandlung, das war, bevor sie nach Wien kam. Sie konnte das Trauma überwinden, trotz allem ist sie innerlich eine starke Persönlichkeit. Ich glaube, unsere Beziehung half ihr sehr dabei.

Nur schwimmen geht sie überhaupt nicht gern, und wenn die Kinder im Wasser sind, sitzt sie am Beckenrand und lässt sie nicht aus den Augen. Aber ansonsten beeinflusst es unser Leben nicht. Nur zwei Mal hatte sie deshalb einen Zusammenbruch, seitdem wir uns kennen. Das erste Mal, als sie es mir erzählte, kannten wir uns erst seit ein paar Wochen. Das zweite Mal, als Emilia sechs war.

Juliane ging mit ihr eine Schultasche kaufen und rief mich dann weinend an, ich solle sofort kommen, und nannte mir die Adresse. Als ich dort ankam, stand sie völlig aufgelöst vor dem Geschäft, neben ihr eine ziemlich verstörte Emilia. Juliane schluchzte so heftig, dass sie kaum Luft bekam. Sie konnte sich nicht beruhigen, und ich musste sie nach Hause fahren, wo sie den restlichen Tag im Bett lag, weinte oder schreiend auf die Bettdecke schlug. Das war schlimm für mich, sie so zu sehen. Ich musste den Hausarzt anrufen, der ihr ein Beruhigungsmittel gab. Emilia hatte sich eine dunkelrote Schultasche ausgesucht, die genauso aussah wie die, die Juliane mit ihrem kleinen Bruder gekauft hatte, zwei Tage vor seinem Tod. Einen Monat später wäre er eingeschult worden. Ich ging dann mit Emilia eine Woche darauf eine blaue kaufen.

Wie der Unfall passiert ist?

Sei mir nicht böse, aber ich kann dir dazu nicht mehr sagen, weil Juliane das nicht möchte. Ich musste ihr in den ersten Wochen unserer Beziehung versprechen, ja sogar schwören, dass ich es nie jemandem erzählen werde, nicht einmal meiner Familie. Dir gegenüber erwähne ich es jetzt nur, weil du seit fünfundzwanzig Jahren in Sydney lebst und morgen dorthin zurückfliegst. Was deine Wiener Kontakte betrifft, würde ich dich bitten, diskret zu sein.

Mein Vater fand es natürlich heraus, er ließ Nachforschungen über sie anstellen, über einen Anwalt in Innsbruck, den er kannte. Ich reagierte extrem zornig, aber ich muss hinzufügen, meine Eltern haben es nie gegen sie ausgespielt, sie haben sie von Anfang an in ihr Herz geschlossen. Sie spürten, dass sie die Richtige für mich war. Warum? Weil sie diese Ausstrahlung hatte. Das ist jetzt schwer zu beschreiben. Sich zurücknehmen zu können, gerne im Hintergrund zu sein.

Sie ist so ganz anders als Isabella, nicht nur äußerlich, in jeder Hinsicht. Und ehrlich gesagt war das der Grund, warum ich mich überhaupt für sie interessierte. Nach meiner Scheidung war ich davon überzeugt, dass das Thema Frauen für mich endgültig erledigt war.

Und ich verliebte mich in Juliane auch nicht sofort, so wie es bei meiner ersten Frau gewesen war. Bei Isabella war am Anfang zu viel da, und es wurde immer weniger, bis nichts mehr da war. Bei Juliane war es genau umgekehrt, das wuchs langsam. Im Nachhinein finde ich es so viel schöner.

Weißt du, ich bin überzeugt davon, dass wir Männer uns immer noch gern als Jäger betätigen, für uns macht doch genau das den Reiz aus, wenn wir eine Frau erobern können und sie es uns nicht zu einfach macht, oder? Erst nach vier Monaten schliefen wir miteinander, und ich war der Erste für sie. Nein, das ist kein Scherz. Bei Isabella dauerte es nicht einmal vierundzwanzig Stunden, dass wir übereinander herfielen, weil sie mich verführte.

Was wir vier Monate lang gemacht haben?

Geredet und geredet. Essen gegangen. Konzerte besucht. Tennis gespielt. Kurzurlaube gemacht. Kinofilme angeschaut. Spazieren gegangen. Du lachst? Das kommt dir langweilig vor? Glaub mir, die Leute sollten viel mehr spazieren gehen, dann würden sie sich nicht so gestresst fühlen. Beim Spazierengehen kommt man runter, so würde das Emilia bezeichnen. Am Sonntag die Messe besucht. Ja, auch das.

Und heute machen wir das alles immer noch. Wir führen eine gute Ehe. Verstehen uns gut, weil wir über die wichtigen Dinge gleich denken. Nur was die Erziehung betrifft, haben wir manchmal Differenzen. Juliane bietet den Kindern einen liebevollen Versorgungsrahmen, mehr nicht. So bezeichne ich das zumindest. Dazu steht sie auch. Sie möchte, dass sie sich frei entwickeln und herausfinden können, welches Leben sie einmal führen möchten. Einfluss darauf nehmen soll man nur, indem man ihnen etwas Bestimmtes vorlebt. Das würde genügen, sagt sie.

Wie alt sie jetzt sind? Emilia ist siebzehn, sie macht im nächsten Schuljahr ihre Matura. Leon ist zehn und kommt im Herbst ins Gymnasium. Ja, in dasselbe, in das wir gingen.

Ich will sie aber in eine bestimmte Richtung lenken, ich will Einfluss auf ihre Meinungsbildung nehmen, auf ihre Berufswahl, auf ihre Prinzipien und Einstellungen. Dass man sie formt, das ist für mich Erziehung. Bei dem Sichselbst-Finden muss geholfen und gelenkt werden. Sonst torkelt man orientierungslos durch das Leben.

Ich begehe den gleichen Fehler wie meine Eltern?

Dass es kein Fehler war, das merkte ich später als Erwachsener.

Ob meine Ehe immer noch gut ist, trotz Julianes Affäre mit meinem Klienten, willst du wissen?

Sie hat eigentlich kein Gewicht oder zumindest fast keines, sie wird unsere Ehe nicht zerstören.

Nicht das.

Ich bestell mir noch einen Whiskey, der war nämlich gar nicht mal so schlecht. Du auch?

Nein, es geht mir gut, mach dir keine Sorgen.

Dezember 2015
JULIANE

Weißt du, ich bin nicht der Meinung, dass eine Affäre mit dem betrogenen Partner etwas zu tun hat. In den meisten Fällen zumindest nicht. Die Verantwortung liegt bei einem selbst. Affären passieren, weil wir menschlich sind! Weil wir von einem anderen Menschen angezogen werden. Weil wir geil sind auf diesen anderen und das ausleben wollen. Ich halte nichts von den lächerlichen Schuldzuweisungen, das Verhalten des Partners sei im Alltag, im Sexualleben so unbefriedigend gewesen, er oder sie war so böse und ekelhaft zu mir, deshalb konnte ich nicht anders, ich wurde quasi in die Arme des anderen getrieben. Das dient doch nur der Rechtfertigung, dazu, sein Gewissen etwas zu erleichtern, das ist alles. Zu verschleiern, dass man eben gierig war, gierig nach dem Kick, nach dem Prickeln, nach den Schmetterlingen im Bauch, und sich nicht begnügen wollte. Mit was? Mit Vertrauen und Halt, mit echter Zuneigung, ja, auch mit stiller, langweiliger Routine, das gehört vermutlich dazu.

Du denkst anders darüber? Viele denken wahrscheinlich anders darüber. Ich habe jedenfalls viel darüber nachgedacht.

Paul beschäftigt sich auch viel mit der Frage. Ob es immer schon zum Wesen des Menschen gehört hat, dass ein Schuldiger gefunden werden muss und wir nicht akzeptieren können, dass Dinge einfach so passieren? Oder entwickelte sich dieses ausgeprägte Schuldempfinden erst im Laufe der Zivilisation? Er verfasste seine zweite Doktorarbeit darüber.

Damals, vor zwei Jahren, gab ich meinem Mann die Schuld und fühlte mich absolut im Recht, diese Affäre zu beginnen. Heute weiß ich, dass es nicht ganz so einfach war, dass bei mir auch etwas anderes mitspielte. Ich hätte Paul zur Rede stellen können! Ihm sagen, dass ich ihn mit Isabella im Café gesehen hatte. Dadurch, dass ich meine Beobachtung verschwieg, war ich selbst nicht ehrlich.

Was bei mir mitspielte? Was wohl? Mein Wunsch, Felix wiederzusehen, und meine Lust auf ein Abenteuer!

Das wurde mir aber erst Wochen später bewusst, und zwar durch einen Traum.

Zuerst aber will ich dir erzählen, wie es an dem Wochenende weiterging.

Ich holte Leon bei seinem Freund ab und fuhr mit ihm nach Hause. Ich ließ ihn eine DVD schauen, weil ich so unkonzentriert war und nicht mit ihm *Monopoly* spielen wollte.

Bei mir war eine Toleranzgrenze überschritten worden, das spürte ich, ich kochte vor Zorn. Ich saß jeden Samstag alleine mit den Kindern zu Hause, weil mein Mann so viel Arbeit hatte, zumindest gab er mir gegenüber das an, aber Zeit für ein ach so inniges Gespräch mit seiner Ex-Frau hatte er! Ich war mir sicher, dass sie nicht miteinander schliefen, ich vertraute Paul in dem Punkt vollkommen, aber Sex war bei weitem nicht alles. Hätte ich sie bei einem harten gefühllosen Quickie überrascht, wäre es eventuell sogar leichter für mich gewesen.

Ja, ich weiß, das stimmt wahrscheinlich nicht, aber an dem Nachmittag dachte ich das. Die Tatsache, dass sie sich trafen, heimlich, und so liebevoll miteinander redeten, er ihr das Gesicht so zärtlich streichelte, sie vor ihm weinte, erschien mir an dem Tag ein größerer Verrat an unserer Ehe als ein Quickie. Das kannst du verstehen, ja?

Meine Gedanken rotierten. Einerseits überlegte ich, Felix

abzusagen und Paul direkt auf sein Rendezvous anzusprechen, es wäre wahrscheinlich der richtige Weg gewesen, andererseits dachte ich schon darüber nach, was ich am nächsten Abend anziehen sollte.

Als Paul nach Hause kam, war ich gespannt, ob er von seinem Treffen mit Isabella erzählen würde. Er war hundemüde und schlief auf dem Sofa ein. Er erwähnte es mir gegenüber nicht, nicht an dem Tag und nicht am nächsten, und mich zerriss es innerlich fast vor lauter Zorn und Demütigung. Für mich bedeutete dieses Verschweigen, dass mein Mann mir etwas verheimlichte. Hatten sie sich immer wieder mal getroffen, um sich nahe zu sein, um sich auszusprechen? Worüber redeten sie? Über mich? Bei dem Gedanken drehte ich fast durch.

Kurz durchzuckte es mich auch: Was machte mich so sicher, dass sie nicht miteinander schliefen? Vielleicht taten sie es doch und hatten es die ganze Zeit über getan? Spielte Paul ein verlogenes Spiel mit mir? Es passte so überhaupt nicht zu ihm! Hatte ich mich wirklich so in ihm getäuscht? Mich fragte er kurz vor dem Schlafengehen, ob ich mir das Bild in dieser Galerie angeschaut hatte, ansonsten redeten wir nicht über den Tag, wie wir es sonst taten. Ich überlegte und antwortete dann: ›Sieht mir nur ähnlich.‹

So fingen die Lügen zwischen uns an. Du kannst mir glauben, es war ein furchtbares Wochenende.

Und dann fuhr ich zum ersten Mal zu Felix. Es kommt mir vor, als ob es gestern gewesen wäre. Paul ging untertags mit Leon Skifahren, Emilia lernte für eine Schularbeit, ich versuchte, ein neues Stück von Bach zu üben, konnte mich aber kaum konzentrieren.

Zu Paul sagte ich abends, ich würde mit einer Freundin etwas trinken gehen, und er fragte mich, ob ich noch zu Hause Spaghetti Carbonara essen wolle, er würde gerade welche kochen, ja, dieses Detail weiß ich noch. Ich lehnte ab und zog mich um.

Als ich ging, saßen alle drei am Esstisch, aßen und plauderten. Ich stand an der Tür zum Flur, blickte zu ihnen zurück und fühlte mich miserabel. Das war meine Familie, und ich war dabei, sie zu verraten. Ich wusste, ich hätte immer noch bleiben können.

Leise verabschiedete ich mich, Leon winkte mir fröhlich zu und zog die Tür hinter mir zu. Was bedeutete meine Entscheidung zu gehen? Das fragte ich mich, als ich zum Auto ging. Dass ich eine neue Freiheit erlangt hatte oder Ideale aufgegeben? Während der Fahrt fragte ich mich, ob ich jetzt aus Geilheit oder Wut zu Felix fuhr.

Um Punkt acht drückte ich auf die Klingel mit dem Namen Hofmann. Wie ich mich fühlte? Ich war so aufgeregt, das kannst du dir nicht vorstellen, das Herz klopfte mir bis zum Hals, und meine Wangen glühten. Zur Begrüßung küsste mich Felix auf beide Wangen, und seine rechte Hand ließ er eine Spur zu lange auf meinem Oberarm, die Berührung war elektrisierend. Ich stellte fest, dass er beim Friseur gewesen war, und merkte, dass mich das rührte.

Und plötzlich war meine Aufgeregtheit wie weggewischt, und ich fühlte mich einfach nur noch wohl. Weißt du, das konnte er gut, dass man sich in seiner Gesellschaft wohl fühlte. Nicht viele haben dieses Talent. Ich fühle mich oft angespannt unter Menschen.

Passt zur Einzelgängerin, sagst du?

Sein Humor war gut, und er strahlte Gelassenheit aus. Ob mir andere Eigenschaften einfallen? Natürlich, ich könnte dir viele aufzählen, aber diese zwei fielen mir am ersten Abend besonders auf. Ich hatte es lustig mit ihm, er brachte mich oft zum Lachen, und ja, das tat mir gut. Ich spürte eine Leichtigkeit, wenn ich mit ihm zusammen war, die ich sonst selten spürte.

Früher fühlte ich oft diese Schwere, gegen die ich mich nicht wehren konnte. Kennst du das? Wenn man weiß, dass man glücklich ist, im Kopf, aber es nicht empfinden kann, oder zumindest selten?

Ich musste es mir vorsagen: *Alles ist gut. Du hast einen lieben Mann, zwei großartige Kinder, du liebst sie. Du bist eine gute Cellolehrerin, du hast ein schönes Haus, nichts fehlt dir. Alles ist gut. Du bleibst ruhig, du bist stark.*

Ich wollte es mir aber nicht mehr vorsagen müssen! Ich wollte, dass meine Poren im ganzen Körper damit durchdrungen sind, mit einem unbeschwerten Glücksgefühl. Bei Felix war das so. Er wirkte wie ein glücklicher Mensch.

Er jonglierte mit zwei Eiern in der Küche herum, bevor er sie roh auf den belegten Pizzateig schlug, das sei seine Spezialität, sagte er: Spiegeleier auf Pizza. Er erzählte mir Anekdoten aus seiner Kindheit. Auf einem abgelegenen Bergbauernhof in einem engen Südtiroler Tal war er aufgewachsen, zusammen mit seinem Bruder Mathias, und oft hatten sie den italienischen Gästen Streiche gespielt. Er servierte das Essen und schenkte den Wein so ein, als wäre er ein Oberkellner. Nein, nein, es war nicht aufgesetzt oder übertrieben, es passte zu ihm. Er war authentisch.

Und seine Altbauwohnung trug auch dazu bei, zum Wohlfühlfaktor, meine ich, sie war stilvoll und gemütlich zugleich eingerichtet. Die Wände waren voll mit gerahmten Fotos, welche er auf seinen Reisen aufgenommen hatte, einige Fotos von einer blonden, hübschen Frau waren auch darunter. Er erzählte mir, dass sie, Antonia, seine Traumfrau sei, mit der er leider vor sechs Jahren Schluss gemacht hatte, nach fünf Jahren Beziehung, weil er das typische Männerproblem hatte.

›Das wäre?‹, fragte ich.

›Sie wollte zusammenziehen und eine Familie gründen, heiraten und ein eigenes Haus bauen, aber ich hatte Angst um meine Freiheit‹, antwortete er, ›ich war ein Idiot. Heute bereue ich es.‹

Seine Offenheit gefiel mir.

Auch einige Bilder von Max Bauer hingen an den Wänden.

›Woher kennst du Bauer eigentlich?‹, wollte ich wissen, ›der scheint ja seit ein paar Jahren ganz gut im Geschäft zu sein.‹

Da schaute er mich irritiert an: ›Du kennst ihn auch! Er saß mit uns damals im Zug.‹

Ich war völlig überrascht, als ich das hörte!

Maximilian, der junge Mann mit dem pickligen Gesicht und den langen fettigen Haaren, der an jedem Bahnhof, an dem der Zug stehen blieb, herausgesprungen war, um schnell eine Zigarette zu rauchen, der kaum etwas geredet hatte, sollte der bekannte Maler Max Bauer sein?

›Der junge Koch?‹, fragte ich ungläubig.

›Genau der‹, erwiderte Felix lachend, ›jetzt solltest du dein Gesicht sehen!‹

›Ihr seid in Kontakt geblieben?‹, wollte ich wissen.

›Ja, er hat sich damals ein paar Monate später bei mir gemeldet, und wir sind auf ein Bier gegangen. Wir haben sogar drei Jahre zusammengewohnt, hier in der Wohnung, mit noch einem Studenten, war eine gute Wohngemeinschaft‹, sagte Felix, ›und du? Hast du noch Kontakt mit diesem Anwalt?‹

Jetzt musste ich lachen, und Felix konnte es kaum glauben, als ich ihm sagte: ›Den Anwalt habe ich geheiratet.‹

Ich erzählte ihm, wie ich Paul in Assisi wiedergetroffen hatte und dass er es gewesen war, der mir geholfen hatte, nach dem Sommer nach Wien zu übersiedeln. Wir brauchten eine Weile, um uns zu beruhigen.

›Wir sollten uns mal zu viert treffen‹, schlug Felix begeistert vor, ›im Ernst, wir sollten das machen, das wäre doch nett! Anfang Juli, okay? Wir gehen piekfein essen und feiern ein Zwanzig-Jahre-Jubiläum. Mein Gott, Max wird mir das nicht glauben, wenn ich ihm das erzähle!‹

Paul wird es mir auch nicht glauben, dachte ich.

Ob wir das dann machten im Juli, das mit dem Treffen zu viert, willst du wissen. Nein, natürlich nicht. Ich begann ja noch in derselben Nacht meine Affäre mit Felix, und es wäre für mich undenkbar gewesen, gemeinsam mit meinem Mann und meinem Geliebten an einem Tisch zu sitzen und zu smalltalken. Eine witzige Vorstellung, meinst du? Felix meinte das auch einmal, er sah das lockerer als ich. Ich jedenfalls hätte das nicht geschafft, so abgebrüht und dreist bin ich nicht.

Aber einmal saßen wir doch zu viert zusammen, Felix, Max, Paul und ich, das war im Krankenhaus, viel später. Geduld, das erzähle ich dir schon noch.

Weißt du, was das Schönste war in der Nacht? Abgesehen davon, dass der Sex gut war.

An den Wänden des Wohnzimmers hingen zwei Gitarren, und nach dem Essen deutete ich auf sie und fragte ihn, ob er mir etwas vorspielen würde.

›Nur wenn du mitspielst‹, antwortete er und holte beide Gitarren von der Wand.

Er legte eine Mappe mit Songtexten vor mich hin, und ich blätterte darin herum. Es waren Songs, die ich kannte und liebte. *Bobby Brown* von Frank Zappa, *If You Can't Give Me Love* von Suzi Quatro, *Streets Of London* von Ralph McTell, *Take Good Care Of My Baby* von Smokie, *No Woman No Cry* von Bob Marley und noch viele andere.

Felix spielte mir von Shawn Elliott *Shame And Scandal In The Family* vor, einen Song, den ich bis dahin noch nie gehört hatte. Er hatte eine gute Stimme, und er schaute mir die ganze Zeit in die Augen, während er sang, und ich schmolz tatsächlich dahin. Ja, es klingt kitschig, ich weiß!

Es war auch kitschig, so, wie er vor mir saß, sang und mir tief in die Augen sah.

Danach spielte er noch einen Song von Freddy Quinn, und zwar *Die Gitarre und das Meer,* dabei musste ich aber nur lachen, weil er das R so rollte und den pathetischen Gesichtsausdruck des Sängers imitierte. Und dann spielten und sangen wir gemeinsam zwei Songs, *A Whiter Shade Of Pale* von Procol Harum und *Wonderful Tonight* von Eric Clapton.

Es klang nicht nur gut, es fühlte sich obendrein gut an. Es war wunderschön, gemeinsam zu musizieren! So, so, so wunderschön, ich kann das Gefühl gar nicht beschreiben! Ich habe es immer bedauert, dass Paul kein Instrument spielt und dass die Kinder sich weigerten, eines zu erlernen.

Felix hängte die Gitarren wieder auf, und wir setzten uns auf das Sofa, mit unseren Weingläsern. Und dann, das weißt du ja schon, drehte ich mich zu ihm, berührte seinen Oberarm, und wir küssten uns. Zwei Stunden später fuhr ich heim, und um halb drei fiel ich in mein Bett, todmüde und gleichzeitig glücklich. Paul drehte sich im Halbschlaf zu mir und fragte murmelnd, ob es nett gewesen war mit meiner Freundin.

Am nächsten Tag wachte ich auf, fühlte mich verkatert, zerschlagen und einfach nur miserabel. Im Haus war es völlig ruhig, Paul hatte mich schlafen lassen, das Frühstück gemacht und die Kinder mit zur Schule genommen, er tat das immer, wenn ich am Tag zuvor ausgegangen war, und auch sonst manchmal. Ich musste ja erst gegen ein oder zwei Uhr nachmittags in der Musikschule sein.

Ich versuchte, noch ein bisschen weiterzudösen, normalerweise liebe ich diesen Zustand zwischen Schlafen und Wachsein. Mir fiel schlagartig ein, was am Wochenende alles passiert war, es waren fremde, unwirkliche Bilder, und ich hoffte, dass es Reste eines Traumes waren, die sich allmählich auflösen würden. Aber nein, verdammt, ich hatte sie ja wirklich erlebt! Ich hatte Paul mit Isabella im Café gesehen, er hatte ihre Wange gestreichelt, und letzte Nacht hatte ich ihn betrogen. Das erste Mal, seitdem wir ein Paar waren. Er hatte mir etwas verschwiegen, ich hatte ihn nicht ehrlich danach gefragt und ihn angelogen. Und vor allem war ich mit dem ersten Mann, der mir über den Weg gelaufen war, ins Bett gestiegen, um mich besser zu fühlen und um mich zu rächen.

Ich fühlte mich aufgewühlt und gleichzeitig leer, irgendwie war die Unschuld verschwunden zwischen uns, so ein Gefühl hatte ich. Nie hatte ich mir gedacht, dass Paul und ich jemals eine derartige Beziehung führen würden, eine voller Lügen und Heimlichkeiten, ich hatte unsere Beziehung immer für etwas Besonderes gehalten.

Du auch? Für dich waren wir das Traumpaar schlechthin? Das freut mich im Nachhinein zu hören. Ich empfand uns selbst auch als Traumpaar.

Ich hatte Angst davor, wie sich die vertrauten Gewohnheiten zwischen Paul und mir von nun an anfühlen würden. Wie eine verlogene Farce? Mit einem gewissen Gefühl der Stärke und Freiheit war ich schlafen gegangen, jetzt erwachte ich als Verliererin.

Als ich mir dann im Badezimmer die Zähne putzte, betrachtete ich mein Gesicht im Spiegel, ich fühlte mich alt und erschöpft. *Ich habe kein Talent für so eine Rolle,* dachte ich mir. Ich wünschte mir nur noch, dass alles wieder so wurde, wie es gewesen war, bevor ich die Galerie besucht und Paul mit seiner Ex-Frau gesehen hatte. Dann kam wieder der Zorn in mir hoch, und ich fühlte mich im Recht, dann schämte ich mich wieder.

Zwei Jahrzehnte lang war alles so selbstverständlich gewesen, mein Leben, meine Ehe, jetzt war alles irgendwie schmutzig übertüncht. Ich hatte das Gefühl, etwas sehr Wertvolles verloren zu haben.

Das Gefühl hielt sich zwei Tage, dann trudelte eine SMS von Felix ein, und mein Herz schlug schneller, als ich sie las. Er lud mich wieder zum Abendessen ein. Wie ein verliebter Teenager drückte ich das Handy an meine Brust, nachdem ich die SMS zehnmal gelesen hatte. Was? Natürlich löschte ich sie! Aber vorher sagte ich ihm zu.

Etwas anderes stellte sich ein: Die Gedanken an Felix und seinen nackten Körper wurden stärker als die Wut auf meinen Mann.

Ich war verrückt nach ihm. So wahnsinnig verrückt. Wie ein fiebriger Rausch war es, wie eine Sucht, ich kannte mich selbst nicht mehr. Du hältst mich für kühl und beherrscht? In diesem Frühling war ich es überhaupt nicht, glaub mir.

Meine Gedanken drehten sich nur um ihn, im Alltag war ich ziemlich geistesabwesend. Eine Arbeitskollegin in der Musikschule fragte mich einmal mitfühlend, ob bei mir der Wechsel frühzeitig eingesetzt habe, daraufhin riss ich mich zusammen und gab mehr acht.

Ich sah ihn anfangs dreimal in der Woche, nach einer Weile pendelte es sich auf zweimal ein. Ich kam entweder am späten Vormittag zu ihm oder am Abend. Am Vormittag war es wesentlich einfacher für mich, da niemand im Haus war und ich meine Abwesenheit nicht rechtfertigen musste. Felix bevorzugte es, wenn ich abends kam und bis ein oder zwei Uhr nachts blieb, er war ein Nachtmensch.

Mir war es am Vormittag lieber, wenn wir gemeinsam nackt in seinem Bett frühstückten, während die Sonne hereinschien, und wenn ich mich am nächsten Tag nicht so gerädert fühlte.

Mai 2015
FELIX

Hast du Schmerzen? Soll ich nach der Schwester läuten? Nein?

Du kannst nicht schlafen? Mir geht es genauso.

Wie gerne wäre ich jetzt in meiner Wohnung. Ich würde kochen, Gitarre spielen, mir einen guten Film ansehen. Ja, meinetwegen auch alleine. Ich habe nichts gegen das Alleinsein, konnte immer etwas mit mir selbst anfangen. Oder vielleicht würde ich doch jemanden einladen? Die Frau, die immer die Papaya bringt? Ja, vielleicht sie.

Sie heißt Juliane.

Die Abende finde ich immer am schlimmsten, sie ziehen sich ewig dahin. So als hätte ich alle Zeit der Welt, fühlt sich das manchmal an, obwohl mein Zeitproblem eigentlich äußerst eklatant ist.

Am liebsten würde ich aufstehen, mich anziehen und einfach hinausmarschieren aus diesem gottverdammten Zimmer, mit dem Lift hinunterfahren und hinaus in die frische Luft spazieren. Ich ersticke hier! Der Geruch in diesem Zimmer ist für mich beinahe unerträglich. Ich bin schon viel zu lange hier. Wahrscheinlich komme ich gar nicht mehr raus.

Das glaubst du nicht? Das ist nett, dass du das sagst. Ich soll nicht so viel grübeln, sondern weitererzählen?

Die Südtiroler Geschichten gefallen dir also? Es freut mich, wenn sie dich ablenken.

Was Südtirol betrifft, schwingt immer ein bisschen Mythos mit, nicht wahr? Oder lass es mich anders ausdrücken, eine gewisse Rührseligkeit. Ein Tränendrüsenfaktor.

Wo habe ich gestern aufgehört? Mit dem italienischen Finanzer, richtig. Von ihm erfuhr ich erst nach dem Tod der Mutter. Durch seine Briefe.

Sie starb 1990, da war ich sechzehn und mein Bruder neunzehn.

Uns ging es gut in der Zeit. Ich besuchte die Oberschule, Mathias hatte die Schlosserlehre beendet und sich mit einer kleinen Werkstatt am Hof selbständig gemacht. Er übernahm aber nur wenige Aufträge, weil der Vater die ganze Arbeit mit der Landwirtschaft nicht mehr alleine schaffte. Später sollte mein Bruder den Hof übernehmen, mein Plan war es, irgendwo zu studieren, entweder in Österreich oder in Italien.

Mittlerweile besaßen wir an die sechzig Stück Vieh und eine Almwirtschaft, und es war immer mehr als genug zu tun. Ich musste viel helfen, vor allem in den Sommermonaten, nicht nur bei der Heuarbeit, sondern auch bei den Gästen. Meine Mutter führte seit Ende der siebziger Jahre einen kleinen Gastbetrieb in unserer größeren Stube, im Sommer bewirtete sie Wanderer, im Winter Langläufer. Nein, es waren mehr ausländische Gäste, aus Österreich, Deutschland, Italien, die Einheimischen kamen eher sonntags zum Mittagessen. Sie mochte diese Arbeit, weil sie gerne kochte und mit Leuten plauderte.

Im Juni und September waren es die Österreicher und Deutschen, die kamen, zu viel aßen, tranken und jammerten: ›Es ist einfach unfassbar, dass das schöne Südtirol zu Italien gehört!‹

Dazwischen, in den heißen Monaten, flüchteten die Italiener aus ihren Städten in unsere kühlen Berge, aßen, tranken zu viel und seufzten dann zufrieden: ›Welcher Segen, dass dieses schöne Alto Adige zu Italien gehört!‹

Dann richtete sie eine Gästewohnung im Haus ein und vermietete sie, um zusätzlich Geld zu verdienen. Sie wollte in der Lage sein, uns ein Studium zu finanzieren. Anfangs kamen nur Österreicher und Deutsche, Italiener erst später, da sich der Vater lang dagegen gewehrt hatte, er wollte überhaupt keine fremden Leute auf dem Hof haben und schon gar keine *Walschen*. Die Mutter setzte sich aber durch, und später gab er zu, dass es eine gute Idee gewesen war, weil es leicht verdientes Geld war. Sie rackerten ja sonst genug. Und vor allem, weil er die Italiener hautnah kennenlernte, normale Menschen, die nichts mit der Unterdrückung der deutschen Minderheit zu tun gehabt hatten. Die meisten wussten nicht einmal etwas von unserer Geschichte. Ich glaube, er konnte sich ein bisschen mit allem aussöhnen.

Dem Vater passte das nicht, dass ich studieren wollte. Die Mutter unterstützte meinen Wunsch, er wehrte sich dagegen. Er wünschte sich, dass beide Söhne im Dorf blieben, einer sollte den Bauernhof weiterführen, der andere konnte sich auf dem Grundstück daneben etwas aufbauen, ein kleines Hotel oder eine Gästepension. Gegenseitig sollten wir uns unterstützen und unsere Kinder aufwachsen sehen. Eine Großfamilie sein. Mein Vater hielt nichts davon, wenn jeder alleine vor sich hin wurschtelte.

›Ich habe ja nur zwei Kinder‹, sagte er, ›wenn ich fünf oder sechs hätte, wäre es mir vielleicht egal, wenn einer wegziehen will.‹

Immer wieder versuchte er, mir das Grundeigentum und die Selbständigkeit schmackhaft zu machen.

›Wozu studieren, wenn du dir hier etwas schaffen kannst, auf deinem eigenen Grund und Boden? Willst du als Angestellter irgendwo im Ausland enden?‹, so stritt er mit mir, und es ging mir auf die Nerven.

Es tut mir leid, ich bin wieder abgeschweift. Eigentlich wollte ich von dem italienischen Finanzer erzählen.

Meine Mutter starb also überraschend im Mai 1990 an

einer Hirnblutung. Es war furchtbar für uns alle, wir waren gelähmt vor Schock und Trauer. Ich habe noch nie einen Menschen so weinen gesehen wie meinen Vater an ihrem Grab. Er stellte stundenweise eine Haushaltshilfe ein, weil seine alte Tante den Haushalt und die Arbeit mit den Gästen nicht alleine schaffte. Aber es funktionierte auch mit ihr nicht, weil einfach der Einsatz meiner Mutter fehlte, die Herz und Seele am Hof gewesen war. Wir mussten schließlich die Gaststube schließen, und die Gästewohnung vermieteten wir auch nicht mehr. Gebucht hatte ohnehin keiner mehr. Wer wollte schon in einem Männerhaushalt seinen Urlaub verbringen?

›Hätte ich wenigstens eine Tochter‹, beklagte sich mein Vater nach der Messe beim Pfarrer.

Es verletzte mich.

Ein paar Monate nach ihrem Tod kam ein Brief an meine Mutter. Die Adresse war mit regelmäßiger, schöner Handschrift geschrieben, ein Absender fehlte. Der Vater nahm den Brief in die Hand, sah ihn sich genau an und warf ihn schließlich ungeöffnet ins Feuer des Ofens.

Ein halbes Jahr später brachte der Briefträger wieder einen Brief für die Mutter. Ich fing ihn ab und versteckte ihn unter meiner Matratze. In der Nacht las ich ihn. Er war auf Italienisch geschrieben und mit Davide unterschrieben, im Briefkopf stand der vollständige Name, Davide Bianchi, und eine Adresse in Rom. Auch zwei Fotos waren beigelegt, eines zeigte einen älteren Mann, ich schätzte ihn auf ungefähr sechzig, mit einem Baby im Arm. Das zweite zeigte denselben Mann zusammen mit einem sehr jungen Mann. Die beiden sahen sich ähnlich. Der ältere Mann kam mir bekannt vor. *War er einmal Gast bei uns gewesen?,* überlegte ich. Auf der Rückseite des Fotos stand geschrieben: Alessandro und ich. Als ich den Namen *Alessandro* las, wusste ich sofort, woher ich den Mann kannte: Es waren der Römer und sein Sohn, den ich damals am Gardasee kennengelernt hatte. Er hatte Davide geheißen, fiel mir ein. Waren meine Mutter und der Mann in Briefkontakt geblieben?

Der Brief war nicht sehr lang, und ich konnte ihn mühelos lesen. Davide beschrieb seinen Alltag, offensichtlich war er Witwer und vor kurzem in Pension gegangen. Er berichtete von der Unmenge von Touristen, die Rom zurzeit belagerten, von einer Segeltour mit seinem Jüngsten, Alessandro, von seiner Tochter Francesca, die das dritte Kind bekommen hatte. Und von seiner Einsamkeit schrieb er auch und dass sie, Anna, immer in seinen Gedanken sei und er auf einen Brief hoffe und auf ein Wiedersehen, auch wenn es nur ein kurzes sei. Mehr wolle er nicht.

Ich las den Brief ein paarmal und verbrannte ihn dann. Was ich davon halten sollte, wusste ich nicht. Waren sich die beiden am Gardasee so nahe gekommen?

Ich ging weiterhin zur Schule, und in meiner Freizeit arbeitete ich zu Hause. Der Vater riss den alten Stall ab, der mehr als baufällig gewesen war, und baute ihn neu auf. Außerdem baute er das Obergeschoss aus und richtete neben der einen Gästewohnung noch drei weitere ein. Er wirkte getrieben.

›Ich will meinen Söhnen etwas Besseres als einen heruntergekommenen Hof übergeben‹, sagte er.

Dabei übernahm er sich finanziell. Wir konnten uns bald keine Handwerker mehr leisten, die Haushaltshilfe sowieso schon lange nicht mehr, und machten die meiste Arbeit selbst. Du kannst dir nicht vorstellen, wie trostlos das alles war. Die Baustellen nahmen einfach kein Ende, es war immer alles dreckig, keiner wartete in der Küche mit warmen Mahlzeiten und einem Lächeln auf uns.

So verging die Zeit. Noch ein Brief kam, und ich hatte das Glück, ihn wieder abfangen zu können. Davide beschrieb seinen Alltag auf eine sehr liebevolle Art und bat meine

Mutter, ihm zurückzuschreiben. Er lud sie ein, nach Rom zu kommen: *Ich würde dir so gerne meine Stadt zeigen!*

Die Gästezimmer wurden fertig, und der Vater übertrug uns die Aufgabe, einen Prospekt zu gestalten und an alle Gäste zu versenden. Als ich mit ein paar Freunden meinen achtzehnten Geburtstag feierte, richtete er es so ein, dass ein Foto aufgenommen wurde, auf dem er, Mathias, ich und zwei junge hübsche Frauen vor dem Haus zu sehen waren. Dieses Bild verwendeten wir auf dem Prospekt als Familienfoto.

Ja, ja, ich weiß, warum du lachst und was du sagen willst. Eine gewisse Bauernschläue ist manchmal notwendig, glaub mir das.

Langsam trudelten Buchungen ein, und wir stellten wieder stundenweise eine junge Frau, Sabine, ein, die uns mit den Gästen half. Ich war den ganzen Sommer damit beschäftigt, die Zimmer zu putzen, das Frühstück vorzubereiten, die Gäste bei Laune zu halten. Ich weiß, dass es mir nicht so schlecht gelang. Wenn ich ihnen auf der Gitarre vorspielte, schmolzen sie alle dahin.

›Du bist unsere Geheimwaffe‹, sagte Mathias zu mir, ›du kommst gut an.‹

Wir begannen auch in den Wintermonaten zu vermieten, und da eine Langlaufloipe neben unserem Haus vorbeiführt und der Skilift nicht weit weg ist, lief das von Anfang an gut. Es ging bergauf.

Dann kam wieder ein Brief von Davide. Dieses Mal fiel ein altes Foto heraus, als ich ihn öffnete. Darauf waren eine junge Frau und ein junger Mann zu sehen, sie saßen auf einer Bank vor einem Haus. Es war eindeutig mein Elternhaus. Der Mann hatte den Arm um die Schulter gelegt und schaute die junge Frau an. Es war meine Mutter, sie lächelte geheimnisvoll in die Kamera. Er schrieb von alten Zeiten und dass er sie nicht vergessen könne: *Ich denke so viel an dich und werde oft ganz wehmütig dabei. Du warst meine große Liebe. Einmal wenigstens möchte ich dich wiedersehen, wer weiß, wie viel Zeit uns noch bleibt. Warum schreibst du mir nicht mehr?*

Romantisch, sagst du? Ja, das ist es. Aber wenn es deine eigene Mutter betrifft, die von einem fremden Mann Briefe bekommt, findest du es vielleicht nicht nur romantisch, sondern vor allem befremdend.

Ich fragte meinen Bruder: ›Hat dir Mutter einmal etwas von einem Davide erzählt?‹

Mathias wusste natürlich nichts, ich hatte auch nichts anderes erwartet. Wenn, dann hätte sie es eher mir erzählt, ich war ihr Lieblingskind gewesen. Ich hatte sogar den Mut, meinen Vater zu fragen, er gab mir aber keine Antwort und erwiderte nur: ›Bohr nicht in der Vergangenheit herum.‹

Ich schrieb Davide einen Brief, in dem ich ihm mitteilte, dass meine Mutter vor drei Jahren gestorben war. Die neugierigen Fragen, wann und wo er sie kennengelernt und in welchem Verhältnis er zu ihr gestanden hatte, konnte ich mir nicht verkneifen.

Mit neunzehn schloss ich die Schule ab und bestand die Matura. Hin und her überlegte ich, was ich machen sollte: auf dem Hof bleiben oder doch studieren? Ich wusste, ich wurde dringend gebraucht, ich wollte meinen Bruder nicht im Stich lassen, ich fühlte mich verpflichtet zu bleiben. Ich war derjenige, der mit den Gästen am besten umgehen konnte, ohne mich hätten sie die Pension wieder zusperren können, ich stand in der Verantwortung. Ich redete mir ein, dass alles in Ordnung sei, die Mädchen im Tal umschwärmten mich, in der Musikkapelle war ich gut integriert, ich ging viel aus.

Aber ich wusste, dass es mir zu eng war im Dorf und es immer mein Traum gewesen war, wegzuziehen. Obwohl der Traum, das musste ich mir eingestehen, seit dem Tod meiner Mutter verblasst war. Warum? Es hat einfach zu viele andere Prioritäten gegeben. Und die Mutter war die Einzige gewesen, die meinen Wunsch ernst genommen und unterstützt hatte. Der Vater bot mir an, mich anzustellen und einen angemessenen, sogar großzügigen Lohn zu zahlen, und ich nahm an.

Ich dachte mir: *Kommt Zeit, kommt Rat, jetzt mache ich das für ein Jahr und dann sehe ich weiter, ich kann immer noch studieren.* Aber schon im Herbst bereute ich meine Entscheidung. Die Nächte wurden länger, die Tage kürzer, keine Gäste waren im Haus, die nächsten würden erst um die Weihnachtszeit eintreffen, und das Leben auf dem Hof, im Dorf, langweilte mich.

Im Frühling erhielt ich dann einen Brief von Davide. Er lud mich ein, nach Rom zu kommen: *Mein Sohn Alessandro und ich würden uns sehr freuen, wenn du uns bei unserer alljährlichen Segeltour im Juli begleitest. Dann erzähle ich dir gern, wann und wo ich deine Mutter kennenlernte.*

So hat er geschrieben.

Ob ich gefahren bin? Ja, das bin ich.

Das erzähle ich dir aber morgen.

Jetzt sollten wir wirklich schlafen.

In genau fünf Stunden schon kommt die Schwester, wünscht uns laut einen *Guten Morgen,* reicht uns die Fiebermesser und fordert uns fröhlich auf: ›Meine Herrschaften, bitte Temperatur messen!‹ So wie jeden Tag.

Dieses Ritual scheint wichtig zu sein. Wahrscheinlich will man damit die Patienten sofort nach dem Aufwachen an ihre kranken Körper erinnern. Wenn dieses Ritual eines Morgens ausfällt, wissen alle, dass etwas Schreckliches auf der Station vorgefallen sein muss.

Entweder bedrohte ein Amokläufer das Pflegepersonal mit einer Pistole und verlangte alle Fiebermesser, die er dann mit nach Hause nahm, wo er sie mit Vergnügen auf dem Boden zertrat. Seine Aversion gegen Temperaturmesser ist sehr groß, da seine Mutter ihn immer mit rektalen Messungen quälte, sie war der Meinung, diese wären wesentlich genauer. Oder ein Arzt vergiftete die diensthabende Krankenschwester, weil sie ihn verlassen hatte.

Ich weiß, ich rede Blödsinn.

Ich verspreche dir, ich höre auf, zu stöhnen, zu seufzen und mich herumzuwälzen. Stattdessen werde ich Gedanken wälzen. Sie lassen mir vor allem in der Nacht keine Ruhe, sie verirren sich in mir, bleiben stecken. Nie ergreifen sie die Flucht.

Ich liege da, lasse sie in mir herumfliegen und warte.

Bis ich endlich einschlafen kann.

Gute Nacht!

September 2015
MAX

Warum ich mich für die Kochlehre entschieden habe?

Das hatte drei Gründe. An dem Tag, an dem mich meine Mutter ins Heim brachte, backte sie vorher noch einen Apfelstrudel für mich. Mit einem richtigen Strudelteig, den sie auf dem Tisch mit kleinen Ziehbewegungen auszog. Es kam mir wie ein Wunder vor, dass der Teig immer noch größer und dünner wurde! Das ist eigentlich die einzige Erinnerung an sie, die ich habe. Wir waren alleine in der Wohnung, mein Vater war in der Arbeit. Sie sah sehr schön aus, gut, ich weiß von Fotos, sie war keine schöne Frau, aber mir als Vierjährigem kam sie damals wunderschön vor. Ihr Gesicht leuchtete besonders und auch ein bisschen traurig, wie eine traurige, stille Prinzessin sah sie für mich aus. Sie schälte viele Äpfel, schnitt sie in Stücke, und mir gab sie ab und zu eines.

In den ersten Tagen im Heim war ich natürlich sehr unglücklich und hatte Sehnsucht nach meiner Mutter. Ich verstand die Welt nicht mehr. In der Küche fühlte ich mich am wohlsten, da hörte ich auf zu weinen. Ich saß auf der Anrichte neben der Spüle, spielte mit Töpfen, Nudelholz, Salatbesteck und sah beim Kochen zu. Wurde mir später von der Köchin erzählt. Sie hieß Berta und war genauso, wie man sich eine typische Köchin vorstellte. Eine Köchin aus dem Bilderbuch. Oder wie eine Oma. Rundlich, graue aufgesteckte Haare, weiche Gesichtszüge. Sie war ein Engel! Sie trug mich herum, erzählte mir Geschichten, streichelte und knuddelte mich. Die Betreuer hielten nicht viel von Körperkontakt.

Da hast du recht, irgendwie hatte ich immer Glück im Unglück. Ich verbrachte viel Zeit bei ihr in der Küche, auch als ich schon in der Hauptschule war. Ich half ihr beim Kochen, am liebsten richtete ich die Speisen schön auf den Tellern an, dazu hatte sie nämlich keine Zeit. Und sie war die Einzige, der ich meine Bilder zeigte.

›Du hast ja Zauberhände‹, sagte sie einmal zu mir.

Ein Betreuer wollte unbedingt, dass ich Tischler werde. Weil er mich für geschickt hielt und weil sein Bruder einen Lehrling in der Werkstatt suchte. Alle Betreuer redeten auf mich ein: *Sag doch zu, es ist so schwer, einen guten Lehrbetrieb zu finden!* Aber ich wollte unbedingt Koch werden. Wenn schon keine Matura, kein Studium, keine Künstlerkarriere, dann eben Koch. Berta unterstützte meinen Wunsch.

Die Lehrstelle suchte ich mir selbst. Weil ich kein gewöhnliches Restaurant wollte, in dem man die fettigen Berner Würstel samt Pommes den Touristen auf die Teller klatschte. Ich wollte ein erstklassiges Haubenrestaurant, in dem ich von den besten Köchen lernen konnte. Wie man ein Schnitzel machte, das wusste ich ja schon. Man nahm mich dann im zweiten Hotel meiner Wahl, ich hatte mir eine Wunschliste zusammengestellt. Wieder Glück im Unglück? Dieses Mal war Bertas Drill ausschlaggebend, davon bin ich überzeugt. Nach den drei Schnuppertagen in der Hotelküche sprach der Küchenchef mich an: ›Ich habe noch nie einen Fünfzehnjährigen gesehen, der so schnell und exakt Kartoffeln schälen und Gemüse schneiden kann. Du hast die Stelle. Enttäusch mich nicht.‹

Nein, ich habe ihn nicht enttäuscht, das weiß ich, er sagte es mir einmal, und ich habe es auch nie bereut, Koch geworden zu sein. Obwohl die ersten Lehrjahre ziemlich hart waren.

Die ersten Jahre als Maler waren genauso hart, wenn nicht sogar noch härter. Was am schwierigsten war? In der Öffentlichkeit zu stehen, viel reden zu müssen, meine Werke zu erklären. Mich gut verkaufen zu müssen.

Das sagte 2004 ein PR-Manager in Berlin zu mir, mit dem Leo einen Termin vereinbart hatte, weil er dachte, ich bräuchte einen Coach. Ich sagte ihm, dass ich meine Bilder und nicht mich verkaufen will, daraufhin hielt er mir einen Vortrag.

Er sagte: ›Ich kann das schon gar nicht mehr hören! So läuft es eben heute nicht mehr! Kunst ist Business! Sie müssen lernen, sich selbst zu verkaufen! Darum geht es! Die Leute wollen meistens nicht ein Bild irgendeines Künstlers kaufen, weil es ihnen gefällt. Der Punkt ist, dass die Käufer Ihrer Bilder zu den Freunden sagen wollen: *Ich habe einen Max Bauer zu Hause hängen. Einen Max Bauer!* Und jeder soll mit dem Namen Ihr Gesicht in Verbindung bringen, Ihr Leben, ja auch Ihre Kindheit im Heim, Ihre Vergangenheit als Koch! Ihr Name muss Ihr Markenzeichen sein! Sie müssen präsent sein, überall!‹

Dann fügte er noch hinzu, dass ich Gott sei Dank jung und gutaussehend sei, das wäre bei der Vermarktung hilfreich. Zum Kotzen war das.

Als Koch konnte ich mich in der Küche verstecken und musste nicht eloquent sein, meine Kunstwerke wurden zu Tisch getragen, bewundert und verspeist. Ich musste nicht danebenstehen und über meine Kindheit labern. Oder was für mich das Kochen bedeutet. Das Lob richtete mir das Servicepersonal aus, und es war mir genug.

Ob ich es nicht dann doch zu genießen begann? Den Rummel um mich und den Ruhm? Nein, ehrlich gesagt nie. Aber irgendwann wurde es zur Routine. Ich wuchs in die Rolle hinein, legte mir bestimmte Sätze zurecht und war nicht mehr so aufgeregt. Mittlerweile habe ich den Mut, viele Termine abzusagen. Ich kann es mir leisten.

Die meisten fragten mich, was einen Künstler ausmacht. Was den Künstler in mir ausmacht. Oder was Kunst für mich ist. Redakteure, Moderatoren, Leute, die meine Bilder kauften. Das war mir dann am Anfang meiner Karriere immer ein bisschen peinlich, weil ich dachte, die erwarten jetzt eine sehr intellektuelle Aussage von mir.

Du willst das jetzt von mir wissen?

Du bist aber ein neugieriges Aktmodell!

Ich male, weil ich dieses Talent habe. Wie andere das Talent haben, aus Holz wunderschöne Möbel zu machen. Oder das Talent, mit Kindern einfühlsam umzugehen oder mit alten Menschen. Natürlich ist das auch ein Talent! Mit dem man nicht so viel Geld verdienen kann? Da hast du vermutlich recht. Aber mit dem man glücklich werden kann. Ich finde nicht, dass ein Talent mehr wert ist als das andere.

Ich male, weil ich dafür brenne. Ich werde depressiv, wenn ich längere Zeit nicht male. Ich sauge Eindrücke in mich auf und muss sie auf die Leinwand bringen. Sonst zerreißt es mich. Die Eindrücke stürzen in farbenprächtigen Bildern auf mich ein und krallen sich in mir fest. Ich nehme Dinge um mich herum sehr intensiv wahr, und ich erlebe auch sehr intensiv. Mein Innenleben geht oft über vor lauter Farben, Bilder und Szenen.

Warum noch?

Weil ich mir das Handwerk mühsam beibrachte und jetzt das Gefühl habe, dass ich es beherrsche. Zumindest ansatzweise. Farbenlehre, Mischtechnik, Perspektive, Proportionalität.

Weil ich diszipliniert arbeite. Na ja, das mit der Disziplin stimmt nur teilweise. Was die Zeit betrifft, nicht den Perfektionismus. Es gibt Wochen, da geht gar nichts. Die muss ich einfach vorüberziehen lassen. Perfekt müssen meine Bilder zum Schluss sein. Das ist subjektiv, ich weiß. *Ich* muss sie als vollkommen empfinden, vorher lege ich den Pinsel oder Stift nicht aus der Hand. Und niemand bekommt sie vorher zu sehen. Erst dann, wenn ich das Gefühl habe: Das ist es jetzt!

Talent, Leidenschaft, Handwerk und Disziplin. Das sind

für mich die Zutaten meiner Kunst. Ich schwebe nicht in irgendwelchen Sphären, die für andere nicht zugänglich sind. Ich bin ein normaler Mensch.

Mit Juliane redete ich manchmal darüber. Es war etwas, das sie sehr interessierte. Weil sie Musikerin war. Sie hätte gerne als Cellistin Karriere gemacht, nicht als Konzertcellistin, nein, als junge Frau hatte sie den Traum, mit einem eigenen Ensemble aufzutreten, zu zweit oder zu dritt, mit wechselnden Instrumenten. Das erzählte sie uns im Zug nach Rom, aber erst, nachdem sie von Felix' Rotwein getrunken hatte. Da taute sie ein bisschen auf. Sie wollte Stücke von alten Komponisten umschreiben, neu arrangieren, teilweise verjazzen. Den Traum gab sie schon während des Studiums auf. Weil sie sich für ihren Mann und für Familie entschied. Beides war für sie nicht vereinbar.

Warum? Weil sie als Musikerin perfekt sein wollte! Weil sie dafür brennen wollte! Ein Mittelding war für sie unvorstellbar. Neben einer Familie und den Pflichtterminen, die sie ständig mit ihrem Mann hat – der Typ engagiert sich in zig Vereinen und hat eine Menge Ehrenämter –, wäre das Auftreten auf einer Bühne mit einem eigenen Ensemble nie zur Berufung geworden, sondern mehr ein Hobby geblieben. Und die Angst, nicht gut genug zu sein, hätte sie dann ständig begleitet. Das wollte sie nicht.

Ich konnte sie gut verstehen. Felix weniger. Er wollte sie dazu überreden, doch noch eine Karriere zu starten, es wäre nie zu spät, sagte er. Sie lachte nur. Es war ein abgeklärtes Lachen. Sie hat abgeschlossen damit und ist nicht unglücklich deswegen. Cellolehrerin für ein paar Stunden zu sein reicht ihr völlig. Sie ist nicht naiv. Es war ein Entweder-oder für sie gewesen, und sie hatte gewählt.

Ob ich die zwei oft sah? Letztes Jahr im Frühling nur ein- bis zweimal im Monat. Manchmal lud mich Felix zum Essen ein, und sie war dabei. Ab und zu gingen wir ins *Kosmos* etwas trinken. Die Bar kennst du nicht? Da hast du auch nichts verpasst. Sie befindet sich gleich in der Nähe von Felix' Wohnung. Alter Wohnung. War früher unter Studenten sehr beliebt. Dort hatte sie keine Angst, dass ein Bekannter sie sehen würde.

Ach ja, und einmal sahen wir uns sogar in München. Nicht zufällig, nein. Ich hatte dort eine Vernissage, und die beiden kamen und feierten mit mir. Sie schliefen zwei Nächte lang in einem Hotel und ließen es sich gutgehen. Behauptete zumindest Felix. Juliane sah nicht so aus, als ob es ihr gutgehen würde, sie wirkte angespannt. Zu ihrem Mann hatte sie gesagt, dass sie mit einer Freundin in München sei, wegen eines Konzertes. Es war ein Lügenmarathon gewesen, um mit Felix mitfahren zu können, und es fühlte sich falsch an, gestand sie uns ehrlich nach der Vernissage, beim Ausgehen.

Ja, Juliane wusste, dass ich über ihre Affäre Bescheid wusste, und es war in Ordnung für sie. Sie vertraute mir, dass ich es nicht herumposaunen würde.

Nein, meine Liebe, du bist die Erste, die es jetzt von mir erfährt. Und jetzt ist Diskretion auch nicht mehr von Relevanz. Obwohl ich dich trotzdem darum bitte.

Warum? Weil es keine Affäre mehr gibt.

Und weil ihr Mann es dann ohnehin erfuhr und weil einige von Felix' Freunden es auch ahnten, vermutlich auch seine Familie. Niemand fragte danach. Es gab kein blödes Getuschel wie sonst: *Oh, mein Gott, haben die zwei etwas miteinander?*

Das war alles erst in diesem Frühling, nicht letztes Jahr. Jeder spürte einfach, dass es gut war, dass sie für ihn da war. Ich glaube, seine Familie war ihr sogar ein bisschen dankbar. Und ich war es auch, sehr sogar. Ihre Anwesenheit erleichterte einiges.

Was los war?

Felix war schwer krank. Krebs.

Ich war froh, dass sie sich während seiner Krankheit so um ihn kümmerte, fast erleichtert war ich. Er klammerte sich auch ziemlich an sie.

Weißt du, es gibt Frauen, die durch und durch *Mutter* sind, und dieses Mütterliche verleiht ihnen Stärke und Kraft. Sie wirken immer wie ein ausgleichender Ruhepol auf andere. So ein Typ ist sie. Aber gleichzeitig hat sie etwas Anschmiegsames an sich, Anpassungsfähiges, Weiches und Verletzliches. Ein richtiges Weibchen, meinst du? Wie abwertend du das sagst, habe ich da etwa eine eingefleischte Emanze vor mir?

Nein, kein Weibchen, so wollte ich das nicht ausdrücken. Ich habe nie zuvor einen ambivalenteren Menschen kennengelernt. Als wüsste sie selbst nicht, wer sie ist.

Warum ich so viel von ihr rede? Und nicht von meinem Freund? Ist mir gar nicht aufgefallen. Ist da etwa jemand eifersüchtig? Nein?

Dann bin ich ja beruhigt.

Auf alle Fälle tat es Felix einfach nur gut, dass sie so viel Zeit mit ihm verbrachte. Wie sie tickte oder warum sie es tat, war ohnehin in seiner Situation mehr als belanglos.

Es hätte etwas Armseliges an sich gehabt, meiner Meinung nach, wenn er alleine gewesen wäre. Wenn es da nur einen Bruder und dessen Familie gegeben hätte und zwei, drei Freunde. Ja, das wäre traurig gewesen. Traurig war ohnehin der ganze Rest. Und einfach nur furchtbar.

Ich fand es schön für ihn, dass es da auch noch eine Frau gab, die ihn jeden Tag besuchte, etwas mitbrachte, sich sorgte, an seinem Bett saß und seinen Rücken massierte.

Und ihm das Gefühl gab, geliebt zu werden.

Juni 2015
PAUL

Im nächsten Monat werden es einundzwanzig Jahre, dass ich meine Frau im Zug kennenlernte. Ich war damals neunundzwanzig und seit kurzem geschieden, aber schon lange getrennt. Mit Isabella stritt ich jedes Mal, wenn ich Jade abholte, mit meinem Vater stritt ich fast jeden Tag in der Kanzlei. Ich fühlte mich einsam, wollte aber von Frauen nichts mehr wissen. Es ging mir miserabel.

Übrigens unternahm ich diese Reise, um mir darüber klarzuwerden, ob ich dein Angebot annehmen sollte. Erinnerst du dich? Du hast mir bei deinem Besuch in Wien vorgeschlagen, nach Sydney zu kommen für ein, zwei Jahre. Du hast mir eine Stelle als Assistent an der Uni vermittelt, und ich hätte anfangs bei dir wohnen können. Du wolltest mir helfen, weil es mir zu der Zeit schlechtging.

›Du musst einfach mal weg aus Wien, damit du wieder einen klaren Kopf bekommst‹, hast du gesagt.

Ich bin dir heute noch dankbar für dein Angebot. Ja, es ging mir verdammt schlecht. Aber auf dieser Reise wurde mir klar, dass ich mich nicht so einfach aus dem Staub machen konnte, sondern bleiben musste. Da war meine kleine Tochter, Jade, sie war damals erst sechs und brauchte mich.

Und ich lernte Juliane auf dieser Reise kennen. Sie war vielleicht die letzte ausschlaggebende Kraft, um mich für das Bleiben zu entscheiden.

Ich fuhr ziemlich planlos weg, das weiß ich noch. Nach Italien. Ich wollte zwei, drei Tage in Rom verbringen, danach ein paar Tage lang irgendwohin wandern. Einfach nur gehen, über meine Situation nachdenken und mir über

Dinge klarwerden. Mit meinem Vater hatte es in der Kanzlei wieder einmal Streit gegeben, und ich ertrug die Stimmung zwischen uns nicht mehr. Ich packte am nächsten Tag meinen Rucksack und fuhr zum Bahnhof. Weil ich keine Fahrkarte für einen Schlafwagen oder Liegewagen mehr bekam, saß ich in einem Sechserabteil, aber das war mir völlig gleichgültig. Ich wollte nur weg aus der heißen Stadt.

Im Abteil saß ich zusammen mit drei jungen Leuten, die nach einer Weile anfingen, Rotwein zu trinken und sich zu unterhalten. Sie redeten unter anderem über ihre Zukunftspläne, und ich hörte amüsiert zu. Sie waren so jung! Mindestens zehn Jahre jünger als ich, die Frau schien etwas älter zu sein, zumindest wirkte sie reifer als die Männer, die viel herumblödelten. Es waren eine Frau und zwei Männer. Ob sie miteinander reisten? Nein, niemand hatte sich vorher gekannt.

Die Frau, Juliane, hatte ihr Cello dabei und einen Schemel und einen kleinen Rucksack auf dessen Hülle geschnallt. Sie wollte sich zuerst Rom ansehen, dann mit dem Zug weiter nach Spoleto fahren und ein paar Tage lang zu Fuß gehen, bis nach Assisi. Mit dem Cello auf dem Rücken.

›Wenn ich Lust habe zu spielen, setze ich mich unter einen schattigen Baum‹, sagte sie, ›und in den Dörfern spiele ich vor den Kirchen.‹

›Für Geld?‹, fragte einer der Männer, und sie verneinte das: ›Nein, einfach so.‹

Das beeindruckte mich. Eine junge Frau, die mit ihrem Cello durch Italien wanderte und vor Kirchen musizierte. Ich redete eine Weile mit ihr, über das Instrument und über Musik, und staunte über ihr Wissen. Später unterhielt sie sich viel mit dem einen Mann, einem Südtiroler, er hieß Felix Hofmann und saß ihr gegenüber.

Richtig, genau der. Für den sie das Bananensplit vor sechs Monaten gemacht hat.

Es war offensichtlich, dass sich die beiden füreinander interessierten. Er flirtete mit ihr, sie war eher schüchtern. Sie vereinbarten ein gemeinsames Abendessen für den nächsten Tag in Rom, sie nannte ihm den Namen ihres Hotels, und er nannte ihr die Uhrzeit, wann er sie dort abholen würde. Um vier Uhr früh zogen wir die Sitze aus, um doch ein bisschen zu schlafen. Sie lag neben dem Fenster, der Südtiroler neben ihr, dann der andere junge Mann und ich. Seine Füße, die ich im Gesicht hatte, rochen nicht gerade angenehm, weshalb ich anfangs nicht einschlafen konnte. Ich bekam mit, dass die beiden anfingen, sich zu küssen, Hofmann und die junge Frau.

Drei Tage später sah ich sie wieder, kurz nach der Stadt Spoleto, auf der Pilgerstrecke nach Assisi. Nein, alleine, ohne den Mann. Der hatte ganz andere Pläne in Rom gehabt, wenn ich mich richtig erinnere, wollte er einen alten Freund seiner Familie besuchen, oder seiner Mutter, ich weiß es nicht mehr. Ich war früh in Spoleto aufgebrochen und schon vier Stunden unterwegs, als ich auf einmal Cellomusik hörte. Ich wusste sofort, dass sie es sein musste. Sie saß im Schatten, unter einem großen Baum, etwas abseits vom Weg, und spielte, ich ging zu ihr, setzte mich neben sie und hörte ihr zu.

Ob es ein Zufall war, dass ich sie da wiedertraf?

Nicht ganz.

Ich hatte mir gemerkt, welche Pilgerstrecke sie gehen wollte, und entschied mich spontan für dieselbe, weil ich dann doch nicht von Rom aus losgehen wollte. Die Gegend dort war mir zu überfüllt und touristisch. Konkrete Pläne hatte es vorher keine gegeben. Ja doch, ich gebe es zu, einerseits hoffte ich, sie wiederzusehen, andererseits dachte ich, das wäre ohnehin aussichtslos, sie wäre sicher in Rom hängengeblieben. Mit dem Südtiroler.

Sie freute sich, mich zu sehen, sogar sehr, das konnte ich

spüren, und ich freute mich auch. Von da an gingen wir gemeinsam weiter, bis nach Assisi, drei Tage lang, und dann weiter nach Gubbio. Die meiste Zeit trug ich ihr Cello und sie meinen Rucksack. Wir gingen in den frühen Morgenstunden, wenn es zu heiß wurde, legten wir uns unter einen Baum und schliefen oder lasen, sie las Kafkas *Der Prozess*, und das beeindruckte mich. Manchmal packte sie auch ihr Cello aus und spielte. Sie trug eine kurze ausgefranste Jeans, knapp oberhalb der Knie abgeschnitten, aber jedes Mal, bevor sie spielte, zog sie darüber ihren langen bunten Rock an.

›Cellospielen in Shorts, das geht gar nicht‹, erklärte sie.

Wir gingen nebeneinanderher, oft auch lange Zeit schweigend, und es fühlte sich nie eigenartig an, es herrschte so etwas wie Einklang zwischen uns. Sie konnte gut zuhören. Da war eine Harmonie, die eine beruhigende Wirkung auf mich hatte. Darüber staunte ich.

Warum? Weil sie so jung war! Sie war erst zwanzig! Neun Jahre jünger als ich.

Sie erzählte mir, dass sie seit einem Jahr Medizin studierte, weil ihre Mutter sie dazu überredet hatte, viel lieber hätte sie an einer Musikhochschule Cello studiert. Sie träumte von einer Karriere als Musikerin. Dass sie liebend gern wegziehen würde aus ihrem Heimatdorf, in eine große Stadt, aber ihre Mutter nicht alleine lassen wollte.

Als wir in Assisi ankamen, spielte sie eine Stunde lang vor der Basilika San Francesco, während ich in der Kirche in der letzten Bankreihe saß und ihr durch die geöffnete Tür zuhörte. Anschließend aßen wir eine Pizza, und sie begann plötzlich, von Schuld zu reden, ich weiß nicht mehr genau, was sie sagte, *Wie kann man sich von Schuld befreien, die so schwer ist, dass sie einen erdrückt* oder so ähnlich, und ich ahnte, dass es da etwa geben musste, etwas, das sie belastete. Ab dem Zeitpunkt war mein Interesse, sie näher kennenzulernen, noch größer.

Das Thema Schuld hat mich auch immer schon interessiert, wie du weißt, wir haben oft darüber diskutiert. Ich sei ein Phänomen, was das betrifft, sagst du? Ich hätte alleine deswegen permanent ein schlechtes Gewissen, weil ich als der geboren wurde, der ich bin? Vielleicht hast du recht. Vor allem als junger Mensch empfand ich es als Last, dass ich mir nichts selbst aufbauen musste und mir das meiste in die Wiege gelegt wurde, ich musste nie kämpfen so wie andere. In gewisser Weise ist das auch eine Schuld.

Warum sie dieses Thema beschäftigte, erfuhr ich dann erst drei Monate später. In Wien. Als sie mir anvertraute, was damals passiert war in dem Sommer, war sie so verzweifelt und wirkte so verletzlich. Ich glaube, in dem Moment wusste ich es. Dass ich mich in sie zu verlieben begann.

In Gubbio stiegen wir in den Zug und fuhren ans Meer, nach Grado, wo meine Eltern eine Wohnung haben. Aber dort fühlte sie sich unwohl, sie war plötzlich anders als vorher, und sie sagte, dass es die falsche Entscheidung gewesen sei, mit mir hierherzukommen. Sie entschloss sich schon nach einer Nacht zurückzufahren, und ich fuhr mit.

Im Zug redete ich ihr zu, sie solle doch den Mut haben und nach Wien ziehen, ich würde ihr helfen, bei der Wohnungssuche, bei allem. Ich hatte das Gefühl, dass sie sich gerne überzeugen ließ. Wir tauschten unsere Telefonnummern, und in Innsbruck stieg sie aus. Nach vier Tagen rief ich sie an und plauderte mit ihr, nach zwei Tagen rief sie mich an und sagte, sie hätte sich entschieden. Sie wollte nach Wien ziehen und Cello studieren. Ich bot ihr an, sie und ihre Sachen abzuholen, und sie bedankte sich dafür.

Ende August fuhr ich also nach Tirol. Vorher hatte ich eine kleine Wohnung in der Innenstadt gefunden und in ihrem Namen gemietet. Sie war in der Nähe von Innsbruck aufgewachsen, in einem kleinen Ort, in einem schönen Haus am Waldrand. Ich achtete darauf, das gebe ich zu, ich war neugierig auf ihre Herkunft. Weil die Herkunftsfamilie wichtig ist. Ich merkte, dass ich sie mit Isabellas Familie verglich.

Nein, es ging mir nicht um den Wohlstand, reich ist Julianes Mutter auch nicht, versteh mich nicht falsch! Es ging mir um die Stimmung zwischen den Menschen, um Umgangsformen, Wertschätzung, vielleicht auch um Bildung, um eine gewisse Atmosphäre. Das Haus war gepflegt, hell und freundlich eingerichtet, das fiel mir auf den ersten Blick auf, aber gleichzeitig wirkte es auch still und strahlte eine Leere aus. Dasselbe traf auf die Mutter zu. Sie war freundlich, gepflegt, obendrein sehr gebildet und beruflich ehrgeizig, weshalb sie meine Eltern von Anfang an sehr schätzten, aber auch ruhig, und eine gewisse Traurigkeit ging von ihr aus. Sie war Chirurgin, spezialisiert auf Organtransplantationen, eine der ersten Frauen auf dem Gebiet. Die Eltern waren geschieden, und es gab keine Geschwister. Von ihrem toten Bruder wusste ich zu dem Zeitpunkt noch nichts. Die beiden hatten eine gute Beziehung, die Mutter war jedoch übertrieben fürsorglich, Juliane eher distanziert.

In Wien stürzte sie sich voller Elan in das Studium. Wir sahen uns im Herbst regelmäßig, und sie gefiel mir immer besser, ich spürte, dass ich mit ihr zusammenleben wollte, und bemühte mich besonders um sie. Ich war im dreißigsten Lebensjahr und schon zu lange alleine. Vor Weihnachten stellte ich sie meiner Familie als meine Freundin vor und war erleichtert, weil sie sie akzeptierten und mochten. Ein Jahr später zog sie zu mir in die Wohnung, und zwei Jahre später begannen wir mit der Hausplanung, da war sie schon schwanger mit Emilia. Mit vierundzwanzig war sie verheiratete Mutter und hielt mir den Rücken frei. Sie machte ihre Sache von Anfang an sehr gut und wirkte zufrieden, aber ich sah sie manchmal an und hatte ein schlechtes Gewissen.

Die Liebe sucht nicht ihren Vorteil, heißt es im 13. Kapitel des Ersten Korintherbriefes. Ja, im Hohelied der Liebe. Sie soll also selbstlos sein. Das war ich nicht.

Ich spüre, dass du ungeduldig wirst mit mir.

Du sagst, ich sei zu streng mit mir selbst. Ich soll mich nicht immer so zerfleischen. Dass ich einer jungen Frau, die mir gefallen hat, den Hof machte, ist nichts Schlimmes, das sei doch das Natürlichste der Welt. Wenn sie nicht interessiert gewesen wäre, hätte sie mir ja einen Korb gegeben. Sie hatte die Wahl, nicht nur ich. So sieht das nach außen aus.

Ich weiß es besser.

Sie war jung und schwer traumatisiert. Ich war ihr in allem überlegen. Nein, ich ließ sie das nicht spüren, im Gegenteil, ich mochte das ja an ihr. Ich nützte es aus, subtil, aber durchaus bewusst. Ich wusste über ihr Trauma und die Zeit danach Bescheid und spürte, was sie brauchte, und setzte es gezielt ein. Sie war wochenlang in der Psychiatrie gewesen, ihre Eltern hatten sich scheiden lassen, weil sie den Unfall nicht verkraftet haben. Juliane war schwer depressiv gewesen, war nie ausgegangen, hatte sich nicht mit jungen Männern getroffen, war nicht mit Freundinnen verreist. Sie hatte nicht das Leben einer normalen Jugendlichen geführt, sondern war in einem Zuhause aufgewachsen, wo es plötzlich kein Familienleben mehr gegeben hatte, und hatte musiziert. In einem leeren Haus, weil die Mutter sich noch mehr in die Arbeit gestürzt hatte. Ihr einziger Trost war ihr Cello gewesen, die Gitarre, das Klavier, die Musik im Allgemeinen.

Ich hatte mehr Erfahrung und wesentlich mehr Menschenkenntnis als sie, auch durch meinen Beruf, und war ihr von Anfang an ein Freund, der sie in allem unterstützte, damit der Start in der Großstadt nicht so schwer sein würde. Ja, ich lullte sie ein mit meiner väterlichen Freundschaft und mit dem angenehmen Leben, das ich ihr ermöglichte, ich weiß, es ist ein blödes Wort, *einlullen,* aber es trifft genau das, was ich mit ihr tat. Sie hatte keine Chance, sich zu wehren, gegen was auch? Konkret war da nichts, wogegen sie sich hätte wehren sollen. Wer wehrt sich gegen Aufmerksamkeiten, gegen Zuwendung, gegen Geschenke, gegen Einladungen zu Konzerten, gegen Wellnessurlaube und vor allem gegen eine Familie, die dich mit offenen Armen aufnimmt? Wer wehrt sich gegen Liebe?

Juliane war wie ein Schwamm, der alles dankbar aufsaugte. Sie kam gar nicht auf die Idee, sich etwas anderes zu wünschen. Beispiele? Ich holte sie Freitagabend ab und verbrachte das Wochenende mit ihr. Auch während der Woche sahen wir uns fast jeden Abend. Sie hatte gar keine Möglichkeit, mit anderen Leuten, Studienkollegen, auszugehen.

Wenn es selbstlose Liebe gewesen wäre, hätte ich sie auch so unterstützt, ohne den Hintergedanken, sie für mich haben zu wollen. Ich hätte sie ziehen lassen müssen, damit sie sich umschauen und das nachholen konnte, was sie ohnehin schon versäumt hatte. Sie dazu sogar ermuntert. Ausgehen, Männer kennenlernen, eine Band gründen, so, wie sie es vorhatte, sich austoben. Ihren Weg finden. Vielleicht hätte der Weg sie zum Schluss zu mir geführt, aber vielleicht auch nicht, und das wollte ich nicht riskieren.

Ich wollte sie nämlich unbedingt haben. Nicht weil ich so verliebt in sie gewesen wäre oder ohne sie nicht hätte sein können. Wie es bei meiner ersten Frau der Fall gewesen ist. Nein, mein Verstand sagte mir, dass es mit ihr gutgehen würde. Was? Eine Ehe. Eine, bis der Tod sie scheidet und nicht die Scheidung das erledigt.

Sosehr bei Isabella meine Ratio aus- und die Schwanzsteuerung eingeschaltet war – ja, du hast recht, ich bin ein bisschen betrunken –, war es bei Juliane genau umgekehrt. Ich war ein gebranntes Kind und sehr vorsichtig, was Frauen betrifft. Durch ihr Trauma war Juliane anders. Du hast sie damals nicht kennengelernt, nein?

Sie dachte ernsthaft, dass sie am Unfalltod ihres Bruders schuld sei, sie verwendete oft das Wort *getötet*. Das bremste sie in allem, in ihrer Persönlichkeit, in ihrer Art, wie sie an das Leben heranging, in ihren Handlungen. Die Neugier auf das Leben war da und auch der Wunsch, sich hineinzustürzen, endlich viel zu erleben, aber gleichzeitig schreckte sie davor zurück. Sie ging immer einen Schritt vor, zwei Schritte zurück. Sie war zurückhaltend, wenig selbstbewusst, oft ging sie an gewisse Dinge scheu heran, auch an Menschen. Als fühlte sie sich minderwertig, weil an ihr ein Defekt, ein Fehler haftete, von dem sie sich nicht befreien konnte. Sie war – wie soll ich es ausdrücken? – nicht so willensstark deswegen.

Eine sanfte Frau, die nie aufmüpfig wird, sagst du. Das klingt gehässig.

Du wolltest mich nur provozieren?

Gut, ich lasse mich provozieren und sage dir die Wahrheit. Weil das bei einer Beichte so sein soll. Ich hatte wirklich manchmal solche Gedanken in den ersten ein, zwei Jahren, nein, sie waren nicht permanent da und auch nicht meine einzige Motivation, Zeit mit ihr zu verbringen, um Gottes willen, das wäre jetzt übertrieben. Sie schwangen eben manchmal mit. Ich liebte sie und wollte sie nicht verlieren. Aber für mich war es angenehm zu wissen, dass die Frau an meiner Seite lenkbar sein würde, nicht dominant, nie keifend vor mir stehen würde, in unmögliche Tücher gehüllt, keine giftigen Vorträge halten würde über meine Abhängigkeit von meiner Familie.

Später schämte ich mich manchmal wegen dieser Gedanken, besonders in der Zeit, in der sie viel mit dem Baby und Jade in dem großen Haus alleine war, weil ich den Ehrgeiz hatte, mich in der Politik zu versuchen. Sie war mit Leib und Seele Musikerin und hätte das Talent gehabt, es als Cellistin weit zu bringen, und darin hatte ich sie nicht unterstützt. Mein Wunsch war es gewesen, zu heiraten und Kinder zu bekommen, und weil ich das wollte, wollte sie das auch. Und wenn Kinder da sind, können sich nicht beide beruflich verwirklichen, das war ihr und mir klar.

Dann schämte ich mich nicht mehr. Man vergisst so vieles, wenn die Jahre vorbeigehen. Es war dann auf einmal nicht mehr wichtig.

Dezember 2015
JULIANE

Zwei Wochen später erfuhr ich, warum Paul sich mit seiner Ex-Frau getroffen hatte.

Ihre Eltern waren im Urlaub in Bulgarien bei einem Verkehrsunfall ums Leben gekommen. Das Auto war komplett ausgebrannt. Sie hatte ihn gebeten, vorläufig niemanden zu informieren, bis Identität und Todesursache völlig geklärt waren.

Isabella hatte ein sehr enges Verhältnis zu ihnen gehabt und Paul am Telefon gebeten, ihn im Café in der Nähe der Kanzlei zu treffen, bevor sie losgefahren war. Wo sie ihm weinend gegenübergesessen und er ihr Gesicht gestreichelt hatte. Mehr nicht.

Ich schämte mich in Grund und Boden.

Bei Felix meldete ich mich vier Tage lang nicht, beantwortete keine seiner SMS. Ich nahm mir vor, ihn nicht mehr zu treffen, meine Schuldgefühle gegenüber Paul waren massiv. Aber ich schaffte es einfach nicht, die Sache zu beenden! Ich schaffte es nicht. In der Woche war ich fast krank vor Sehnsucht. Bis ich wieder auf eine SMS antwortete.

Ja, gute Formulierung, ich habe von der verbotenen Frucht gekostet und konnte nicht mehr davon lassen. Felix beherrschte meine Gedanken. Ich begann, mir einzureden, dass ich keine Rechtfertigung nötig hätte, dass jeder Mann, jede Frau früher oder später fremdgehen würde. Dass es nur eine harmlose Affäre war, die ich jederzeit beenden konnte. Dass ich etwas nachzuholen hatte. Ich meiner Familie dadurch nichts wegnehmen würde.

Dann holten mich die Schuldgefühle wieder ein, ich hatte sie nicht nur Paul, sondern auch den Kindern und sogar den Schwiegereltern gegenüber! Mir war bewusst, ich gehöre nur zu meiner Familie, in ihr liegt für mich der Sinn des Lebens. Aber auf der anderen Seite gab es Felix und meine Verliebtheit in ihn. Ich wusste mittlerweile, dass ich in ihn verliebt war. Und nicht nur ein bisschen. Ich fühlte mich hin- und hergerissen. Es war ein gewaltiges Wechselbad der Gefühle, das kannst du mir glauben.

Ein paar Tage nachdem Paul mir den Grund für das Treffen mit Isabella genannt hatte, träumte ich etwas sehr Eigenartiges. Am Morgen wurde mir einiges bewusst.

Ich träumte von dem Tag, als ich Felix in der Galerie begegnete. Ich ging beschwingt zu Pauls Kanzlei, freute mich darauf, ihm vom Bild zu erzählen und vom Wiedersehen mit dem Südtiroler, der damals auch im Zug gewesen war. Auf dem Parkplatz vor der Kanzlei standen zwei Autos: Pauls Wagen und ein Auto, von dem ich wusste, es gehörte Tanja Amat, Pauls freier Mitarbeiterin, sie war Mediatorin und arbeitete mit ihm zusammen, wenn ein Scheidungsfall es notwendig machte. Ich wusste auch, dass sie ihm gefiel, sie war die einzige Frau, bei der mir aufgefallen war, dass er sich um sie bemühte, wenn sie anwesend war. Die beiden Autos standen also nebeneinander und übten eine beunruhigende Wirkung auf mich aus. Was machte Tanja an einem Samstag in der Kanzlei? An einem Samstag kamen keine Klienten, die betreut werden mussten. Ja, ich verspürte im Traum Angst, mein Mann könnte mich mit dieser Psychologentussi betrügen. Ich hätte an der Tür läuten können, doch ich kramte in meiner Handtasche nach dem Schlüssel, Paul hatte darauf bestanden, mir einen zu geben.

›Damit du mich manchmal überraschen kannst‹, hatte er gesagt und mich geküsst, ›wenn ich abends zu lange arbeite.‹

Ich schloss leise auf und betrat den Empfangsraum, besser gesagt schlich ich mich hinein. Warum tat ich das? Wobei wollte ich die beiden erwischen?

Einen Meter hinter der Tür lag einer ihrer Stöckelschuhe, zwei Meter weiter der zweite, es waren klassische, schwarze Schuhe mit sehr hohen Bleistiftabsätzen, mit denen ich keinen Schritt gehen könnte. Auf dem Anmeldepult lag Tanjas Wildledermantel, auf dem kleinen Sofa, auf dem die Klienten warteten, lagen Rock und Strumpfhose, auf dem Boden, knapp vor dem Sitzungsraum, lagen Blazer und Bluse. Die zierliche, rothaarige Tanja liebte enge Rockkostüme. Aus dem Sitzungsraum drangen unmissverständliche Geräusche, und ich stand wie angewurzelt da, meine Hände waren nasskalt vor Schweiß. Ich dachte noch: *Das ist nicht Paul, der ist gerade eine Kleinigkeit essen, während die freie Mitarbeiterin mit ihrem Liebhaber schamlos die Kanzlei nützt, weil zu Hause der Freund wartet.* Aber dann sah ich am Garderobenständer Pauls Mantel hängen, den wir vor zwei Jahren gemeinsam gekauft hatten, und konnte mich nicht zurückhalten. Ich öffnete leise die Tür zum Sitzungsraum, nur einen kleinen Spalt, und lugte hinein. Tanja saß nackt auf dem ovalen großen Tisch, stemmte die Beine an zwei Stühlen ab, und Paul, in Hemd und Socken, ansonsten nackt, umfasste ihre Schenkel und bewegte sich in ihr auf und ab.

Und jetzt kommt es.

Der Anblick erschreckte mich überhaupt nicht! Tat er mir weh? War ich wütend oder eifersüchtig, am Boden zerstört? Nein, nichts war der Fall! Ich fühlte eine grenzenlose Erleichterung und Befreiung, die ich auch noch spürte, als ich aufwachte. Vor der Kanzlei umarmte ich stürmisch eine alte Frau und rannte weiter, zurück zur Galerie. Ja, du hast richtig gehört, Erleichterung und Befreiung.

Seltsam, meinst du? Finde ich nicht!

In der Galerie stand Felix im vorletzten Raum neben dem Bild mit der Cellospielerin, ich lief auf ihn zu und sprang an ihm hoch, umklammerte mit meinen Beinen seinen Oberkörper, er lachte und warf mich auf das große Bett, das plötzlich im Raum stand. Auf dem Bett rissen wir uns gegenseitig die Kleider vom Leib und liebten uns wild, dabei standen Leute um das Bett herum und sahen uns zu, darunter auch Max, er feuerte uns an, später kamen auch Paul und Tanja dazu. Es störte mich nicht, im Gegenteil, ich genoss es. Die Cellospielerin auf dem Bild wurde lebendig, sie lächelte zu uns herüber und begann zu spielen, Bachs Cello Suite No.1. Danach stand ich auf, zog mich seelenruhig an und verließ die Galerie zusammen mit Paul, ich griff nach seiner Hand, und er nahm sie.

Ein schräger Traum, sagst du? Ja, das ist er. Eindeutig schräg. Aber mir machte er etwas klar. Was?

Dass ich froh war, ein Motiv zu haben! Ein Motiv und eine Rechtfertigung, fremdgehen zu können. Und das mit Felix. Ja, es musste Felix sein und kein anderer! Ich habe mir schon damals im Zug gewünscht, vor zwanzig Jahren, dass er mit mir schläft. Paul betrog mich mit seiner Mitarbeiterin, und ich hatte jetzt die Freiheit, die Ehe mit einem Betrug meinerseits wieder ins Gleichgewicht zu bringen. Ich brauchte Pauls Liebe und Fürsorge nicht mehr bis zu meinem oder seinem Tod entgelten. Und er war fürsorglich gewesen, immer!

Was sagte mir also der Traum? Mein Mann gönnte sich eine Affäre und damit auch mir, das war es, mehr nicht. Er gewährte mir den Freiraum, den ich mir in der letzten Zeit manchmal gewünscht habe. Es war nie ein ernsthafter Wunsch gewesen, er war nur ab und zu aufgeflackert, wenn mir ein Mann gefiel, aber nach dem Wiedersehen mit Felix hätte ich ihn nicht mehr unterdrücken können, das wusste ich. Ich war froh, dass mir Paul einen Grund lieferte, mich mit ihm zu treffen, nur zu zweit. Warum ich Felix im Traum in der Öffentlichkeit liebte, vor allen Leuten, das weiß ich nicht, vielleicht komme ich noch darauf. Ich weiß aber genau, warum ich an Pauls Seite die Galerie verließ. Weil er der wichtigste Mensch in meinem Leben ist, weil ich nur mit ihm zusammenleben will.

Ich war verrückt nach Felix, und gleichzeitig war ich mir die ganze Zeit über bewusst, dass ich Paul liebe und brauche, dass ich mich nie von ihm trennen würde. Dass ich zu ihm gehöre wie das Amen in der Kirche.

Felix war kein Ersatz für Paul.

Ob er eine Ergänzung darstellte?, fragst du. Das Wort gefällt mir, ja, vielleicht war Felix eine Ergänzung, die ich zu der Zeit brauchte.

Mai 2015
FELIX

Im Juli 1994 schrieb ich Davide einen Brief und kündigte mein Kommen an. Mathias brachte mich nach Bozen zum Bahnhof, er wusste, wen ich treffen würde, meinem Vater hatte ich es nicht erzählt.

Mit dem Nachtzug fuhr ich nach Rom.

Am Morgen wurde ich auf dem Roma Termini abgeholt, direkt am Ende des Bahnsteigs. Davide stand da und hielt ein Schild mit meinem Namen hoch. Er umarmte mich, ich war das gar nicht gewohnt, von einem fremden Menschen umarmt zu werden. Gut, er war nicht wirklich ein Fremder, aber ich kannte ihn ja kaum.

Mit dem Auto fuhren wir zu seiner Wohnung, wo sein Sohn Alessandro das Frühstück vorbereitet hatte. Er umarmte mich auch und klopfte mir lachend auf den Rücken. Er war sehr groß, fast zwei Meter, ein Jahr älter als ich und studierte Wirtschaftswissenschaften. In seiner Freizeit ging er oft segeln, Davide und er besaßen gemeinsam ein Segelboot, das in Fiumicino im Hafen lag. Mit einer ansteckenden Begeisterung redete er nur vom Segeln. Ich musste an den Urlaub am Gardasee zurückdenken, wie der zehnjährige Alessandro mir stolz gezeigt hatte, wie man das Steuerrad hielt. Wie mir das Segeln an dem Tag gefallen hatte. Wie viel seither passiert war.

Untertags zeigte mir Davide Rom. Am Abend kamen wir in die Wohnung zurück, und die gesamte Familie war anwesend, Töchter, Ehemänner, Enkelkinder, sie hatten Pizza gebacken und den Tisch schön gedeckt. Wieder wurde ich von allen lautstark begrüßt und umarmt, wir tranken viel und saßen bis in die Nacht hinein, einmal drückte mir jemand eine Gitarre in die Hand, und ich musste ihnen vorspielen. Sie sangen alle mit.

Ich fühlte mich wahnsinnig wohl.

Am nächsten Tag fuhren wir zu dritt nach Fiumicino. Die kleine Segelyacht *Sofia* war mit einer Küche samt Essecke, zwei Schlafkajüten, einer Toilette mit Dusche und einem Segelstauraum mit kleiner Werkbank ausgestattet. Ich traute meinen Augen nicht, sie war wunderschön, alles an ihr glänzte. Da die Wetterbedingungen nicht günstig waren, entschied Alessandro, erst am nächsten oder übernächsten Tag auszulaufen. Wir saßen an Deck, tranken Wein, aßen Pasta, die Davide zubereitet hatte, und redeten die ganze Zeit über das Segeln. Als Davide einschlief, stellte Alessandro einen kleinen Sonnenschirm hinter ihm auf.

In der Nacht träumte ich dann von meiner Mutter. Der Traum ist mir in Erinnerung geblieben, weil mich Davide am Morgen fragte, ob ich in meiner ersten Nacht an Bord etwas geträumt hatte. Ich beschrieb ihm den Traum, obwohl darin nichts Besonderes passierte.

Meine Mutter lag in der gemähten Wiese vor der Almhütte, ein paar Meter entfernt war die Sense an den Holzzaun gelehnt. Sie sah jung und schön aus. Ich war ungefähr drei oder vier und spielte neben ihr. Ich lief den Hang hoch und rollte mich seitwärts herunter, dabei musste ich die ganze Zeit kichern. Rollend kam ich bei ihr an, legte mich auf ihren Bauch und kuschelte mich eng an sie. Ich fühlte mich so sicher bei ihr.

Am Nachmittag des nächsten Tages war der Wind perfekt, und die *Sofia* lief aus. Am Abend fragte ich Davide, wie er meine Mutter kennengelernt hatte.

›Das war im Mai 1962. Ich ging an Annas Hof vorbei hinauf zur Finanzwachthütte, weil mein Dienst begann. Aus dem Stall hörte ich lautes Muhen, das entsetzlich klang, und eine weibliche Stimme, die ständig etwas rief oder schrie, es hörte sich an wie ein Fluchen. Ich schaute also in den Stall hinein und sah deine Mutter zum ersten Mal. Sie trug eine Hose, die sie bis zu den Unterschenkeln hinaufgekrempelt hatte, und ein Hemd, das ihr viel zu groß war. Ihr rechter Arm steckte hinten in einer Kuh drin. Sie sah völlig fertig aus. Als sie mich bemerkte, schaute sie mich verächtlich an und schrie etwas auf Deutsch. Sie versuchte es auf Italienisch, es klang ziemlich komisch. Sie ließ mich dann aber doch helfen, und wir zogen gemeinsam das Kalb heraus.‹

›Du warst also ein Finanzer bei uns im Tal‹, stellte ich fest.

Er nickte.

Unmittelbar nach der Feuernacht im Juni wurde das kleine Land von Soldaten, Polizisten und Beamten der Finanzpolizei, kurz Finanzer, überrollt und bewacht. Unser Tal war dafür bekannt, dass dort sehr viel geschmuggelt wurde. Wenn man bei uns über das Kalksteinjöchl ging, war man schon in Österreich, der Fußmarsch dauerte nicht einmal fünf Stunden. Die eigentliche Aufgabe der Finanzer war es, Zölle einzutreiben, doch in unserem Tal kam eine weitere dazu: Sie mussten auf den Almen, in den Bergen, Ausschau halten nach Schmugglern, besonders nach denjenigen, die Sprengstoff von Österreich nach Südtirol trugen. Die Berge waren den Italienern fremd und machten ihnen Angst. Auf über 2 000 Metern Höhe mussten sie eine Grenze verteidigen, von der sie nur wussten, dass es sie gab, nicht aber, wo sie genau verlief. Wenn die Finanzer einen Verdacht hatten, wurden in den Dörfern die Häuser und Ställe durchsucht, denn die Schmuggler in den Bergen zu finden war beinahe unmöglich.

Davide begann zu erzählen.

Er war einer der Finanzer, den man im Sommer 1961 in unser Dorf versetzte. Fünfundzwanzig Jahre alt, in Rom aufgewachsen und aus einer Lehrerfamilie kommend. Er hatte sich freiwillig für zwei Jahre gemeldet und die kurze Ausbildung mit Auszeichnung bestanden, er war neugierig auf dieses Alto Adige, von dem er so oft in den Zeitungen gelesen hatte. Vielleicht auch abenteuerlustig. Er würde noch lange genug in einem muffigen Büro sitzen, so dachte er.

Die Arbeit war schwer, doch setzte sie ihm nicht so zu wie den anderen, er liebte die Berge, die Natur und die langen Wanderungen. Er lernte die Sprache und interessierte sich für die Menschen, deren Einfachheit und Tüchtigkeit ihn beeindruckten. Und ganz besonders interessierte er sich für Anna.

›Deine Mutter war ein ganz besonderer Mensch‹, sagte Davide, ›aber das wirst du ja wissen. Sie war nicht nur eine Schönheit, sie hatte auch Humor. Aber am meisten gefielen mir ihre Stärke und ihre Energie. Was sie in den ersten Jahren auf dem Hof leistete, war unglaublich. Niemand aus dem Dorf unterstützte sie, als ihr Vater krank wurde und starb. Viele schnitten sie offen. Im Grunde war sie eine Fremde wie ich.‹

›Sie hatte meinen Vater‹, warf ich ein, ›er kam oft zu ihr und half ihr.‹

›Vinzenz kam nach der Verhaftung seines Bruders seltener. Er hatte andere Sorgen und begann mit dem Schmuggeln von Donarit über die Berge‹, erzählte Davide weiter.

›Woher ich das weiß?‹, sagte er dann lachend, ›weil ich ihn einmal dabei erwischte und ihn laufenließ. Ich wusste, wie viel er Anna bedeutete, und sie hätte mir nie verziehen, wenn ich ihn verhaftet hätte.‹

1964 wurde Vinzenz beim Schmuggeln erwischt und verhaftet. Weil er einen Finanzer bei der Festnahme verletzte, bekam er mehrere Jahre aufgebrummt.

›Hattest du damit zu tun?‹, fragte ich Davide.

›Nein, an dem Wochenende hatte ich frei‹, antwortete er, ›wenn ich Dienst gehabt hätte, hätte ich ihn wieder laufenlassen, das musst du mir glauben.‹

Als Vinzenz dann im Gefängnis saß, hatte Anna niemanden mehr.

Davide besuchte sie oft, nicht nur nach Dienstschluss, auch in seiner Freizeit kam er vorbei und half ihr bei schweren Arbeiten, und nicht nur das. Er lernte mit ihr Italienisch, sie verbesserte sein Deutsch. Er schenkte ihr einen Plattenspieler, und sie hörten Musik und tanzten dazu. Er zeigte ihr, wie man Pizza machte, sie zeigte ihm, wie man Speckknödel zubereitete. Sie brachte ihm das Melken bei und er ihr das Küssen.

Bei seinen Besuchen passte er immer auf, dass ihn niemand sah, weil für Anna dann die Situation im Dorf noch schwieriger gewesen wäre, man hätte sie als Walschenliebchen bezeichnet. Aber seine Kollegen, die es natürlich mitbekamen, hänselten ihn, und das nicht wenig.

Nach zwei Jahren hätte er nach Rom zurückgehen können, er verlängerte aber seine Dienstzeit in Alto Adige immer wieder. Davide wünschte sich nichts sehnlicher, als dass Anna mit ihm nach Rom ginge. Sie war seine große Liebe, er konnte sich ein Leben ohne sie nicht mehr vorstellen. Andererseits konnte und wollte er nicht auf einem Bauernhof leben, er wusste, aus ihm würde nie ein Bauer werden, und allmählich begann er, das Stadtleben zu vermissen, und vor allem das Meer. Er wollte zurück nach Rom, mit Anna an seiner Seite.

›Dein Leben in Rom wäre wesentlich einfacher als hier auf dem Hof‹, sagte er einmal zu ihr.

›Dort bin ich auch nur eine Fremde‹, erwiderte sie.

›Das bist du da auch.‹

›So etwas dauert eben hier ein bisschen länger als in der Stadt‹, fügte sie hinzu.

Er nahm ihre Hände und sagte: ›Bitte, Anna, verkauf den Hof und komm mit mir nach Rom. Ich werde dich auf Händen tragen. Was willst du denn hier so allein?‹

›Wie stellst du dir das vor?‹, rief sie aufgebracht, ›ich kann nicht so einfach weggehen! Ich habe mir hier ein Zuhause aufgebaut, und das war verdammt hart! Es ist mein Grund und Boden! Und da gibt es auch noch Vinzenz, er war der Einzige im Dorf, der je zu mir gehalten hat. Ich mache mich nicht heimlich aus dem Staub, während er im Gefängnis sitzt.‹

Anna war hin- und hergerissen zwischen den beiden Männern. Sie schrieb Vinzenz Briefe, die er nicht immer beantwortete, sie besuchte ihn im Mailänder Gefängnis. Sie liebte ihn und fühlte sich ihm gegenüber verpflichtet. Aber sie war auch in Davide verliebt und war glücklich über seine Anwesenheit und seine Unterstützung. Er spürte, dass Anna diese innere Zerrissenheit sehr zu schaffen machte und sie verzweifelt war.

Als er sie kurz vor Weihnachten 1965 wieder zu überreden versuchte, antwortete sie: ›Weißt du, Davide, manchmal muss man auch den Mut haben zu bleiben.‹

Ein weiteres Jahr verging. Kurz vor Weihnachten 1966 brach sie weinend zusammen und sagte: ›Ich kann nicht mehr. Im Frühling verkaufe ich den Hof und gehe mit dir nach Rom.‹

Zwei Wochen später änderte sie ihre Meinung, sie würde Vinzenz sofort heiraten, falls er sie nach seiner Entlassung noch wolle. Ihren Hof gäbe sie nie auf. Darin stecke ihr ganzes Geld und das ihres Vaters und obendrein ihre ganze jahrelange Sehnsucht nach einer Heimat.

Im Februar 1967 wurde Vinzenz vorzeitig aus dem Gefängnis entlassen, und das Erste, was er tat, war tatsächlich, Anna zu besuchen und ihr einen Heiratsantrag zu machen. Im Juni heirateten sie.

Einen Monat vorher kehrte Davide nach Rom zurück, er war todunglücklich. Nach vier Jahren als Finanzbeamter quittierte er seinen Dienst und eröffnete gemeinsam mit einem Cousin eine Pizzeria im Zentrum der Stadt, in der Nähe des Trevi-Brunnens. Durch diesen Cousin entdeckte er auch seine Liebe zum Segeln. Er heiratete Sofia, und schnell hintereinander kamen zwei Töchter und ein Sohn.

Nach ein paar Jahren fingen Davide und meine Mutter an, sich ein-, zweimal im Jahr Briefe zu schreiben. Und einmal trafen sie sich am Gardasee.

›Das ging von mir aus‹, erklärte Davide, ›ich wollte sie unbedingt wiedersehen.‹

Er zeigte mir alte Fotos von meiner Mutter, auf denen ich sie kaum wiedererkannte. Das lag an ihrem Gesichtsausdruck, der so völlig anders war, als ich ihn in Erinnerung hatte. Ein Foto zeigte sie bäuchlings im hohen Gras liegend, sie kaute an einem Halm und lächelte glücklich. Auf einem anderen warf sie einen Pizzateig in die Luft und lachte ausgelassen. Auf einem dritten stand sie an einen Baum gelehnt da und warf dem Fotografen eine Kusshand zu. Es kam mir vor, als wäre das auf den Bildern nicht meine Mutter, sondern eine andere Frau.

In der Nacht wälzte ich mich auf meinem Bett in der Kajüte herum und dachte die ganze Zeit an meine Mutter. Ich vermisste sie wahnsinnig. *Warum musste sie so früh sterben?*, dachte ich, *warum durfte ich sie nicht besser kennenlernen?* Ich würde so gerne mit ihr reden, über mein Leben, über meine Pläne, nach Wien zu gehen, um dort zu studieren, über meine Träume. Wie ein Blatt im Wind fühlte ich mich, herumgewirbelt und ohne jeden Halt.

Dieses Gefühl hatte ich nicht zum ersten Mal, und es kam auch immer wieder.

In den ersten Wochen nach meiner Diagnose dachte ich viel an meine Mutter und ob sie ihre Entscheidung bereut hatte. Die Entscheidung zu bleiben, meine ich, und nicht nach Rom zu gehen. Ich sah sie vor mir, in der Küche am Herd, bei den Obstbäumen auf der Leiter, in der Waschküche am Bügelbrett, in der Gaststube die Teller tragend, immer herumeilend, immer arbeitend.

Wie wäre ihr Leben in Rom verlaufen? Ich sah sie vor mir in einem schicken Kleid und Stöckelschuhen, die Haare toupiert, mit Lippenstift, lachend bei Davide eingehängt und durch die Via del Corso bummelnd. Die Vorstellung fühlte sich gar nicht einmal falsch an. *Aber dann wärst du ja gar nicht auf der Welt,* dachte ich belustigt. Sie hat ihre Entscheidung getroffen, und deshalb gibt es dich.

Wie hatte sie ihr Leben gelebt, fragte ich mich, *in dem Bewusstsein, richtig entschieden zu haben oder falsch? War sie glücklich gewesen?* Ich hätte es so gerne gewusst. Warum hatten wir nie über solche Dinge geredet?

Und vor allem hätte ich sie so gerne bei mir gehabt, in der Zeit nach der Diagnose und auch jetzt. Ich stelle mir manchmal vor, sie sitzt neben meinem Bett und hält meine Hand. Bevor sie geht, macht sie ein Kreuzzeichen auf meine Stirn, und es fühlt sich gut an.

Wie lange ich mit Davide und Alessandro segelte?

Fast zwei Wochen lang. Ich half Alessandro, so gut ich konnte, und war ein interessierter Schüler, alles wollte ich über das Segeln wissen. An den Abenden legten wir in einer kleinen Inselstadt an und aßen in einem Restaurant, oder Davide bekochte uns. Untertags schwammen, tauchten und schnorchelten wir oder lagen einfach in der Sonne, dösten und redeten. Ich erzählte Davide, dass ich gerne in Wien studieren würde, aber mich bisher nicht dazu entschließen konnte, weil ich meinen Vater und Bruder nicht im Stich lassen wollte. Alessandro erzählte mir von seinem Traum, in ein paar Jahren, wenn er sein Studium abgeschlossen hatte, eine lange Segelreise zu machen.

›Warum versuchst du es nicht einfach für ein Jahr oder für ein halbes?‹, fragte Davide mich, ›dann siehst du ja, wie es dir dabei geht, und auch deiner Familie. Du kannst ja jederzeit abbrechen. Du kannst in den Ferien nach Hause fahren und mithelfen, so weit ist Wien auch wieder nicht entfernt. Du solltest das Ganze ein bisschen entspannter sehen, oft löst sich alles in Wohlgefallen auf.‹

Beim Abschied in Rom lud Alessandro mich ein, nächstes Jahr mit ihm wieder eine Segeltour zu machen. Davide brachte mich zum Bahnhof und umarmte mich fest.

›Du bist jederzeit bei uns willkommen‹, sagte er.

Übrigens behielt er recht. Womit? Alles löste sich in Wohlgefallen auf. Mathias und Sabine wurden noch in diesem Sommer ein Paar, und der Vater freute sich darüber. Er mochte die junge Frau. Ende September brachte mich mein Bruder mit dem Auto nach Wien, wo ich ein Zimmer in einer großen Altbauwohnung bezog, zusammen mit zwei anderen Studenten. Das Zimmer hatte mir ein Mann vermittelt, den ich im Nachtzug nach Rom kennengelernt hatte. Er hatte mir die Telefonnummer des Vermieters aufgeschrieben.

Eine Woche später begann ich Geographie und Informatik zu studieren. Ich lernte meine erste richtige Freundin kennen, Verena. Im darauffolgenden Sommer bestand ich am Gardasee den Segelschein, danach begleitete ich Alessandro bei einem zweiwöchigen Segeltörn um Sardinien, Elba und Korsika. Nach meiner Rückkehr fand die Hochzeit von Mathias und Sabine statt.

Vier Jahre später segelte ich mit Alessandro und Max von Australien aus bis nach Südafrika. Mit der *Marilyn*. Aber das habe ich dir schon erzählt.

Richtig, da kämpfte ich mit dem Hai.

Jetzt kämpfe ich tagtäglich mit etwas anderem.

September 2015
MAX

Zwei Monate und eine Woche lag Felix im Krankenhaus, dann wurde er entlassen. Es war schlimm, ihn dort zu sehen. So hilflos und eingeschränkt.

Er konnte nicht stillliegen, war rastlos und unruhig. Ihm war heiß, dann wieder kalt. Er zog das T-Shirt aus und wieder an. Setzte sich mühsam im Bett auf, weil er auf die Toilette musste, und sagte dann, dass er doch noch nicht so weit sei.

Musst du auf die Toilette? Weil du so unruhig herumzappelst. Geht es noch eine Weile?

Dann wollte er wieder stundenlang an seinem Laptop arbeiten, weil er glaubte, er müsse noch ein paar Websites fertig machen. Als ob das noch wichtig gewesen wäre. Er hatte eine Unmenge von Krimskrams auf dem Nachtschrank liegen: ein Schweizer Taschenmesser, Handy, Bücher, Medikamente, Klopapierrolle, Gläser, Thermoskanne, Teller, eine Schere, einen Nagelknipser, verschiedene Zettel. Und diese Gegenstände schob er permanent herum und ordnete sie neu. Es machte mich nervös, ihm zuzuschauen.

Bei meinen Besuchen brachte ich meistens einen Salat oder eine andere Kleinigkeit mit, weil er vom Essen im Krankenhaus nicht satt wurde. Oft schauten Felix und ich gemeinsam die Serie *Breaking Bad* an, jeden Abend ein oder zwei Folgen. Kennst du die, in der ein braver Chemielehrer zum Drogendealer wird, um sich die Krebstherapie leisten zu können? Passend, sagst du? Ja, das meinte auch Kurt, sein Bettnachbar. Mit dem er sich Gott sei Dank sehr gut verstand. Ein älterer Mann, so um die sechzig, er hatte

Nierenkrebs. Er hörte sich gern Felix' Geschichten an, war wirklich interessiert daran. Die beiden hatten irgendwie einen Draht zueinander. Ich war sehr froh deswegen.

Felix redete viel von seiner Kindheit, von Südtirol, seinen Eltern. Er verlor sich richtig darin! Er konnte sich nie völlig von seiner Heimat lösen, nie sagen: Mein Leben findet jetzt in Wien statt, das ist mein Zuhause, hier baue ich mir etwas auf. Es schien ihm nicht schlechtzugehen dabei, aber ich fand es manchmal eigenartig. So, als würde er ständig den Absprung planen zurück nach Südtirol. Sich wie zwischen zwei Stühlen fühlen und sich nicht entscheiden können. Er fuhr ein- bis zweimal im Monat zu seinem Bruder und blieb dann für ein paar Tage.

Als er Geburtstag hatte, holten Juliane und ich ihn für ein paar Stunden aus dem Krankenhaus. Wir wollten mit ihm in einer anderen Atmosphäre beisammensitzen und feiern. Hier bei mir. Sie holte ihn mit dem Auto ab, und ich kochte ein gebratenes Steak vom Kalb mit Butterreis, Brokkoliröschen und gemischtem Salat und als Nachspeise Topfenknödel auf Birnenmost-Holunderragout, weil ich wusste, dass Felix das gerne aß. Sie tauchten dann zu dritt auf, weil Juliane kurz entschlossen Kurt mitgebracht hatte. Aber der ganze Abend war eher bedrückend.

Felix gab sich große Mühe, uns nicht zu enttäuschen und fröhlich zu sein. Wir kauften es ihm aber nicht ab. Er konnte auch kaum etwas essen und wollte früh zurück ins Krankenhaus. Dafür stopfte Kurt umso mehr in sich hinein und blühte richtig auf. Übrigens starb er drei Wochen später. Nein, nicht im Krankenhaus, zu Hause, seine Frau holte ihn heim. Felix erzählten wir das aber nicht. Wir erfuhren es von einer Krankenschwester.

Unfassbar, wie sehr die Krankheit, die Therapien und starken Medikamente ihn verändert hatten, dachte ich an dem Abend. Ein komplett anderer Mensch saß da an meinem Tisch beziehungsweise lag auf der Couch. Felix war immer ein aktiver Mensch gewesen, lebensfroh. Mit seiner Euphorie, mit seiner positiven Einstellung riss er Leute mit. Man merkte ihm an, dass er das Leben liebte, er strahlte das einfach aus. Er lebte es, im Augenblick. Andere schlagen sich durch das Leben.

Zu mir sagte er einmal: ›Alle wollen sie den Sinn des Lebens ergründen. Meine Güte. Den Sinn des Lebens. Rennen angestrengt herum und schauen nicht nach links und rechts. Sehen nicht, wie schön die Welt und das Leben ist. Der Sinn des Lebens besteht darin, dass man erkennt, wie schön es ist. Aber darauf kommt niemand.‹

Juni 2015
PAUL

In welcher Angelegenheit ich Hofmann vertrat?

Vor acht Monaten kam er zu mir in die Kanzlei, ohne einen Termin zu haben, und es war wirklich reines Glück, dass ich Zeit für ihn hatte. Normalerweise empfange ich Leute ohne Termin nicht, weil es einfach ausufern würde.

Aber an dem Nachmittag klopfte Ines, meine Sekretärin, an der Tür, öffnete sie und sagte: ›Da ist jemand, der Sie unbedingt sprechen möchte.‹

Dabei rollte sie kurz mit den Augen, das war zwischen uns der Code, wenn sich jemand absolut nicht hatte abwimmeln lassen. Neben ihr stand ein Mann, groß, schlank, braun gebrannt, er trug eine Jeans und einen braunen Strickpullover, der aussah, als würde er entsetzlich kratzen. Er stellte sich vor und sagte, wir hätten vor zwanzig Jahren gemeinsam in einem Abteil gesessen, im Nachtzug nach Rom. Mein Erinnerungsvermögen, was flüchtige Bekanntschaften angeht, ist nicht gerade das beste. Ich brauchte eine Weile, bis ich mich vage an ihn erinnerte, den jungen Südtiroler, der in Bozen zugestiegen war und nach einer Weile zwei Flaschen Rotwein aus seinem riesigen Rucksack holte, sie öffnete und reihum gehen ließ. Ich reichte ihm die Hand und begrüßte ihn.

›Ich brauche deine Hilfe in einer bestimmten Sache‹, fuhr er fort und fügte hinzu: ›Es ist wichtig.‹

Er wirkte aufgewühlt und gleichzeitig erschöpft. Ich nickte und bat ihn, sich zu setzen, Ines schloss die Tür hinter sich, wir saßen uns gegenüber, und ich fragte ihn, wie ich ihm helfen könne. Die meisten Menschen beginnen dann umständlich, irgendeine Vorgeschichte zu erzählen, bevor sie endlich zum Kern der Sache kommen, aber Hofmann saß vornübergebeugt da, die Ellbogen auf die Oberschenkel gestützt, schaute mich von unten herauf an und sagte unvermittelt: ›Ich habe nicht mehr lange zu leben. Lungenkrebs im vierten Stadium. Nicht operabel.‹

Ich war überrascht und konnte nicht anders, als ihn mit großen Augen anzustarren, mir war zwar in meiner Karriere schon viel passiert, aber noch nie hatte ein Klient mir gesagt, dass er nicht mehr lange zu leben hatte. Ich fragte mich, ob er nicht eher einen Psychologen brauchte als einen Anwalt.

›Ich weiß es seit zwei Monaten. Vor zwei Wochen habe ich mit der Chemo begonnen‹, fügte Hofmann hinzu.

Bei dem Wort *Chemo* konnte ich nicht anders, als einen schnellen verstohlenen Blick auf seine dichten Haare zu werfen, ja, ich weiß, es ist mehr als dumm, gleichzeitig dachte ich mir das auch: *Meine Güte, wieso denken Leute immer automatisch, wenn sie das Wort Chemo hören, an eine Glatze, als ob in so einer Situation wichtig ist, ob man die Haare verliert oder nicht, als ob es da nicht ums Überleben ginge.*

Ich erwiderte schließlich: ›Das ist schrecklich, das tut mir leid.‹

Was anderes fiel mir nicht ein, ich wusste nicht, was ich noch sagen sollte. Es tat mir sehr leid für den Mann, das Ganze war furchtbar, aber ehrlich gesagt fühlte ich mich nicht richtig betroffen. Ob ich durch meinen Beruf abgebrüht bin? Natürlich bin ich das bis zu einem gewissen Grad, man muss lernen, sich abzugrenzen, sonst geht man zugrunde. Wenn ein guter Freund mir das gesagt hätte, oder du oder mein Vater, meine Mutter, meine Schwester, oh, mein Gott, das wäre etwas anderes gewesen. Ich kannte den Mann kaum, wir waren weniger als flüchtige Bekannte, hatten nur eine Nacht in einem Zug miteinander getrunken und geplaudert, vor Ewigkeiten.

Warum kam er her und erzählte es ausgerechnet mir?

Ich fragte ihn also, wie ich ihm helfen könne, und seine Antwort ließ mich regelrecht erstarren. Er erzählte, dass er nie geraucht und dass in seiner Familie und Verwandtschaft niemand Krebs gehabt habe und er bis vor ein paar Tagen geglaubt habe, er hätte einfach Pech gehabt.

›Aber einem guten Freund von mir hat es keine Ruhe gelassen. Er meinte von Anfang an, dass der Grund für meine Erkrankung eine krebserregende Substanz sein könnte, die in der Wohnung vorhanden ist‹, fuhr Hofmann fort, ›und er hatte recht. Er kannte einen Fachmann, der eine Raumluftmessung machte und die Wände untersuchte, wo er unter dem Putz eine dicke Schicht Teerkork fand.‹

Ich saß steif da und fühlte mich wie gelähmt, so als stände ich unter Schock. Hofmann redete weiter, nannte noch ein paar technische Daten und schloss mit den Worten: ›Und das ist erwiesenermaßen krebserregend.‹

Wir schwiegen eine Weile.

›Ich weiß nicht, was ich sagen soll‹, brachte ich schließlich hervor.

Daraufhin lachte er bitter und sagte: ›Du auch nicht? Alle sitzen sie da und starren mich an, meine Familie, meine Freunde, und wissen nicht, was sie sagen sollen. Ich weiß auch nicht, was ich sagen soll.‹

Er atmete hörbar aus, vergrub kurz das Gesicht in seinen Händen, rieb sich die Stirn und blickte wieder hoch.

›Entschuldige, dass ich so zynisch war‹, sagte er mit einer ruhigeren Stimme, ›wirklich, es tut mir leid, ich bin einfach völlig fertig. Gestern hat man mir ehrlich gesagt, dass ich noch ungefähr ein halbes Jahr zu leben habe.‹

Mir wurde heiß und kalt gleichzeitig.

›Ich brauche deine Hilfe als Anwalt, und da ich sonst keinen kenne, dachte ich mir, ich komme zu dir‹, sagte Hofmann, ›der Vermieter hat den Zustand der Wohnung nicht überprüfen lassen, bevor er sie vermietet hat. Früher war sie angeblich jahrzehntelang an einen Weinhändler vermietet, deshalb vermutlich der Teerkork, wegen der Feuchtigkeit.‹

Und dazwischen wohnte ich ein paar Jahre darin, dachte ich und musste schlucken.

›Max, ich meine, mein Freund meinte, ich sollte unbedingt vom Vermieter Schadenersatz fordern‹, fügte Hofmann hinzu, ›das Geld verlängert zwar mein Leben nicht, aber so kann ich wenigstens meiner Familie etwas hinterlassen.‹

Ich versuchte, mich zu fassen, und antwortete: ›Das finde ich auch. Der Besitzer hätte den Zustand der Wohnung überprüfen lassen müssen, bevor er sie weitervermietet. Es ist eindeutig sein Versäumnis.‹

›Ich kündigte der Vermieterin bereits telefonisch an, dass ich Schadenersatz fordere. Ich möchte allerdings eine schnelle und außergerichtliche Einigung, und deshalb brauche ich dich. Du verstehst wahrscheinlich, dass ich keine Lust auf einen monatelangen Prozess habe. Bitte berate mich, was die Höhe der Summe betrifft, und bitte formuliere für mich die Forderung‹, schloss Hofmann.

›Das mache ich gerne‹, sagte ich.

Wir besprachen kurz die Vorgehensweise, dann stand Hofmann auf, und wir verabschiedeten uns. Er sagte: ›Noch etwas. Du bist wirklich der einzige Anwalt in Wien, den ich kenne, das ist die Wahrheit und der einzige Grund, warum ich zu dir gekommen bin. Interpretiere meinen Zynismus von vorhin also nicht falsch.‹

In der offenen Tür drehte er sich noch einmal um und bat mich, Juliane schöne Grüße auszurichten, dann ging er.

Diese schönen Grüße irritierten mich etwas, aber ich konnte nicht klar definieren, was es war, und vor allem war ich noch ganz erschlagen von dem, was ich erfahren hatte. Deshalb dachte ich auch nicht länger darüber nach.

Am Abend erzählte ich es Juliane im Vertrauen, weil ich mit jemandem darüber reden musste, und bat sie diskret zu sein, Schweigepflicht und so weiter. Es nahm sie ziemlich mit, und das erstaunte mich, weil sie den Mann ja auch kaum kannte. Aber zwei Wochen später verstand ich ihre Reaktion. Und auch die *schönen Grüße an Juliane* und meine Irritation darüber, weil er immer noch ihren Namen wusste und obendrein, dass sie meine Frau war.

Ja, richtig, da kam ich mit den Papieren zu Hofmann in die Wohnung und sah die Dessertteller auf dem Tisch. Da fügte sich dann eins zum anderen.

Im Februar übrigens erzählte mir Juliane, dass sie eine Affäre mit ihm hatte. Sie kam spät in der Nacht heim, und ich war noch wach, weil ich nicht schlafen konnte.

Nein, ich fragte sie nicht danach, aber sie fing plötzlich zu weinen an und erzählte mir alles. Sie traf sich mit Hofmann ziemlich regelmäßig in seiner Wohnung, zuerst in der alten, jetzt in der neuen, seit Mitte Dezember. Wieder. Sozusagen Klappe die zweite. Oder Sexaffair reloaded. Schon im Frühling hatte sie ihn manchmal getroffen, dazu wollte sie aber nichts Genaues sagen, nicht wie lange, nicht wie oft, nicht wie intensiv. Ich bohrte auch nicht, mich interessierten Einzelheiten nicht.

Warum? Weil ich andere Probleme hatte.

Welche? Das sage ich dir.

Vorher bestelle ich mir einen Whiskey.

Willst du auch noch einen?

Dezember 2015
JULIANE

Sechs Monate lang traf ich Felix regelmäßig, von Mitte Jänner bis Mitte Juli.

Dieses Prickeln, wenn ich auf eine SMS wartete, wenn ich mich ins Auto setzte und losfuhr, wenn ich ihm in der geöffneten Tür endlich gegenüberstand, ich war süchtig danach. Die Kinder beobachteten mich hin und wieder kritisch, weil ich oft ohne Grund summte oder vor mich hin trällerte.

›Was ist los mit dir, Mama?‹, fragte Emilia ein paarmal mit einem skeptischen Blick.

›Früher hast du nie so schnell nachgesehen, wenn eine SMS gekommen ist‹, stellte Leon einmal fest, ›du hast immer gesagt, ist ja nicht nötig, sind ja nur Musikschüler, die ihre Stunde absagen.‹

Ob Paul etwas merkte?

Nein, ich glaube nicht. Er war wie immer.

Natürlich hatte ich ein schlechtes Gewissen! Vor allem, wenn ich abends zu Felix fuhr und ich mich von Paul verabschieden musste. Obwohl er nie danach fragte, es ist nicht seine Art, murmelte ich immer irgendeine fadenscheinige Erklärung, dass ich mit einer Freundin etwas trinken oder ins Kino oder in ein Konzert gehen würde. Es war furchtbar! Und das Schlimmste war nicht einmal das Wegfahren am Abend. Das Schlimmste war das Nachhausekommen in der Nacht.

Weißt du, normalerweise liebe ich das Heimkommen, und das vor allem von Oktober bis April. Warum? Durch die Glasfront an der Südwestseite kann man, wenn es dunkel ist, in die Küche, in das Wohnzimmer hineinsehen. Ich fahre durch die Dunkelheit, die Kälte, den Wind, den Regen oder das Schneetreiben, höre laut Musik und sehe schon, noch bevor ich parke, das hell erleuchtete Innenleben des Hauses. Ich sehe die Kinder, die entweder am Küchentisch sitzen und noch schnell eine Hausaufgabe erledigen oder auf dem Sofa liegen, ich sehe Paul, wie er in der Küche steht und kocht. Wenn er mein Auto kommen sieht, wendet er mir zur Begrüßung den Kopf kurz zu und hebt die Hand, auch die Kinder winken mir zu. Es ist der Augenblick am Tag, auf den ich mich am meisten freue. Das große Rechteck aus Licht, in dem ich die Menschen, die mir am wichtigsten sind, wie in einem Puppenhaus sehen kann, wirkt auf mich wie der Inbegriff von Sicherheit und Geborgenheit. Ich weiß dann: Das ist mein Zuhause, das ist meine Familie, da gehöre ich hin.

Aber wenn ich von Felix kam, fühlte sich das Heimkommen ganz anders an. Ich kam mir schäbig und schlecht vor, wenn ich mitten in der Nacht die Straße hochfuhr, mit Felix' Geruch an meinem Körper, in meinen Haaren. Ich sah die Glasfront vor mir, sie leuchtete schwach, weil Paul ein kleines Licht in der Küche für mich brennen ließ. Alle schliefen bereits, und ich schlich mich heimlich in mein Zuhause.

Mitte Juli flog Felix dann nach Indonesien.

In den ersten Tagen war ich fast ein bisschen erleichtert. Mein Alltag war wieder ruhiger und gleichmäßiger. Ich holte Schlaf nach und stürzte mich voller Elan ins Familienleben. Wenn ich mit Paul und den Kindern etwas unternahm, hatte ich nicht mehr ständig das Gefühl, wie auf Nadeln zu sitzen, weil ich ja woanders sein könnte. Dort, wo es aufregender war. In der Wohnung eines anderen Mannes.

Dann folgte die Ernüchterung. Was hatte ich mir dabei gedacht? Undenkbar, wenn Paul es herausgefunden hätte! Wie hätte er reagiert? Er wäre verletzt gewesen, gedemütigt, vielleicht hätte er mich auch verachtet, und das wäre das Schlimmste für mich gewesen. Das hätte ich nicht ertragen.

Erinnerst du dich, wie du einmal bei einem Besuch über das Fremdgehen gewitzelt hast: Sex mit einem anderen Mann zwischen Kindergeschrei, Schmutzwäsche, Großeinkauf? Zwischen Kochen, Lego-Barbie-Spielen, Arztbesuchen – ach ja, und den Beruf nicht vergessen! – und den ehelichen Pflichten, die man todmüde über sich ergehen lässt, weil man den Ehemann nicht ganz vergraulen will?

Du hast gesagt: ›Also ich hätte nicht die Zeit und schon gar nicht die Energie dafür. Ich bin froh, wenn ich mal für einen Tag die Wohnung für mich habe, weil mein Mann die Kinder zu seinen Eltern mitgenommen hat. Den meisten Frauen geht es doch so! Man genießt dann die Stille, sitzt wie tot auf dem Balkon in der Sonne, schaut am Abend einen schnulzigen Film, heult dabei wie ein Schlosshund und steckt sich in der Nacht im Gott sei Dank leeren Bett – hurra, heute schnarcht mir niemand die Ohren voll! – ein Kissen zwischen die Beine, schläft aber schon vorher ein, bevor man loslegen kann.‹

Ich musste damals lachen, weil du es so flapsig ausgedrückt hast. Aber ich wusste, dass es so für mich nicht zutraf. Der Grund, warum ich nie fremdgegangen war, war ganz einfach: Ich glaubte an die Ehe, an unsere Ehe, ich hatte sie nie in Frage gestellt. Die Vertrautheit zwischen meinem Mann und mir war für mich wie das tägliche Brot, ein Leben ohne ihn konnte und wollte ich mir nicht vorstellen.

Ich weiß, das klingt sentimental, aber für mich ist es das auch: Paul hatte sich meiner angenommen, vor zwanzig Jahren. Heute weiß ich, dass ich damals unbewusst einen reifen Mann gesucht habe, an dessen Schulter ich mich anlehnen konnte. Einen Beschützer. Er war der erste Mensch gewesen, dem ich von meinem kleinen Bruder erzählt hatte. Sämtliche Polizisten, Ärzte und Psychologen rechne ich jetzt nicht mit. Ich meine *freiwillig* erzählt. Und er wollte mich trotzdem! Paul wollte mich als seine Freundin, als seine Frau und Mutter seiner Kinder haben. Er hätte zig andere haben können. Natürlich war ich ihm dankbar. Ich bin es immer noch. Nein, ich verwechsle Dankbarkeit nicht mit Liebe. Ich liebe Paul und bin ihm dankbar. Das eine schließt das andere nicht aus.

Aber zurück zum Fremdgehen: Es gibt Paare in unserem Bekanntenkreis, die sich ihr Leben und das ihrer Liebsten mit ihren Affären schwermachten, und ich habe meine Nase insgeheim über sie gerümpft. Wie konnte man sich so gehenlassen? Es kam mir dumm und schwach vor, ohne jede Selbstdisziplin. Und jetzt war ich selbst sechs Monate lang dumm und schwach gewesen. Hatte Paul belogen und betrogen. Hatte meine Ehe aufs Spiel gesetzt.

Im Familienurlaub beschloss ich, Felix nicht mehr zu treffen.

Wir machten eine Rundreise in den USA, die Kinder hatten sich das gewünscht. New York, Washington, Florida, Chicago, Las Vegas, Grand Canyon, San Francisco, Los Angeles. Das volle Programm. Paul war mit dieser Art von Urlaub überfordert.

›Nächstes Jahr gehen wir wieder im Gebirge wandern‹, sagte er, und die Kinder maulten.

Zum Schluss blieben wir noch eine Woche in Mexiko, dort feierten wir meinen vierzigsten Geburtstag. Leon überreichte mir ein selbstgemaltes Bild, Emilia eine Bodycream, die sie selbst gerne verwendete, und Paul schenkte mir ein Jahresabonnement für die Staatsoper. Am Strand lag ich neben ihm und las, einmal trug er mich ins Meer so wie früher, was Leon sehr amüsierte und Emilia peinlich fand.

Am Flughafen saß ich da, mit meinem Handy in der Hand, und überlegte, wie ich es formulieren sollte, meine E-Mail an Felix. Ich schrieb keine.

Und schnell war der Herbst da, die Schule begann wieder. Der Monat September hat immer schon zu meinen Lieblingsmonaten gezählt. Ich mag es einfach, wenn nach der Hitze des Sommers und den langen Ferien wieder Struktur und ein bisschen Stille einkehren in meinen Alltag. Die Tage in den Sommerferien erscheinen mir manchmal fast anarchisch, am Anfang ist jeder atemlos und gehetzt, alles Mögliche zu tun und zu unternehmen, gegen Ende ist jeder nur noch träge. Mir gefällt es, wenn man spürt, wie die Leute wieder ruhiger werden. Ja natürlich, und auch, dass die Kinder am Vormittag in der Schule sind! Ich bin gerne in diesen Morgenstunden alleine. Und ich arbeite gerne. Jedes Jahr im September freue ich mich darauf, dass ich wieder unterrichten darf. Doch, ich übe meinen Beruf immer noch gerne aus! Ich könnte mir keinen anderen Beruf für mich vorstellen. Ich bin gerne Cellolehrerin, und ich mag meine Schüler, egal ob sie ehrgeizig oder uninteressiert sind, nur in die Stunde kommen, weil die Eltern sie angemeldet haben, weil für sie das Erlernen eines Instruments dazugehört, zur guten Erziehung.

Je näher der Tag rückte, an dem Felix von seiner Reise zurückkommen sollte, umso unruhiger und kribbeliger wurde ich. Ich hatte ständig Tagträume von ihm, von seinem Gesicht, seinen warmen Händen auf meinem Körper. Ich ging öfter joggen als bisher, ich kaufte mir neue Kleidung, weil ich meinte, in meinem Kleiderschrank nichts Passendes mehr zu finden, bei einer Shoppingtour landete ich in einem teuren Unterwäscheladen, den ich mit Push-up-BHs und Reizwäsche um mehrere hundert Euro verließ.

Ob ich eine E-Mail oder SMS an ihn schrieb und es beendete? Nein. Ich wartete auf ihn.

Ich dachte mir, ich sage es ihm persönlich. Ich dachte mir, nur noch ein paar Mal, nur noch diesen Herbst, vor Weihnachten mache ich Schluss. Na ja, eigentlich dachte ich nicht viel, ich wollte ihn einfach unbedingt wiedersehen.

Am Tag seiner Rückkehr rief Felix nicht an, auch nicht am nächsten oder übernächsten Tag. Meine Nerven waren zum Zerreißen gespannt. Vielleicht hatte er seinen Urlaub verlängert? Auf der Heimfahrt sah ich Licht in seiner Wohnung. Mein Selbstbewusstsein rauschte in den Keller, und ich fühlte mich elend und verzweifelt. Ständig sah ich auf dem Handy nach, ob ich einen Anruf oder eine SMS verpasst hatte. Aber da war nichts.

Warum ich ihn nicht anrief?

Weil er es gewesen war, der am Abend vor seinem Abflug gesagt hatte: ›Ich melde mich bei dir, wenn ich wieder da bin.‹

Und weil ich in dem Punkt altmodisch war und meinen Stolz hatte. Ich wollte, dass er wollte, nämlich mich wiedersehen. Manchmal fühlte ich mich schwach werden. Ich saß da, die eingespeicherte Nummer auf dem Display und mein Daumen schon gefährlich nah darüber, nur noch ein Millimeter fehlte. Aber jedes Mal atmete ich tief durch und drückte den Kontakt weg.

Eine Woche verging, noch eine. Das Warten auf die eine SMS war quälend. Die Tage vergingen wie in einem Nebel, in den Nächten konnte ich nicht schlafen und wälzte mich mit Magenschmerzen herum. Das Verlangen, ihn wiederzusehen, wurde unerträglich.

Dazu kam dann die Wut. Was fiel dem Kerl ein, mich derart abzuservieren? War er so feige, dass er mich nicht einmal anrufen und mir sagen konnte, was passiert war: *Tut mir leid, es war eine schöne Zeit mit dir, aber jetzt habe ich kein Interesse mehr.* Oder: *Tut mir leid, ich habe jemand anderen kennengelernt.*

Ja, das war meine größte Angst, dass er mich ersetzt hatte. Ich wusste ja, er war Single, und früher oder später würde es passieren, er würde eine kennenlernen, die nicht verheiratet war, und mit ihr eine Beziehung beginnen. Aber dennoch. Rational kann man sich viel einreden, aber wenn die Gefühle durchdrehen, ist man gegen die Ratio machtlos. Ich hatte Bilder im Kopf, von Felix und einer fremden Frau, ich konnte mich gar nicht dagegen wehren. Wie er ihr die Tür öffnete und sie strahlend anlächelte, wie er Spiegeleier auf Pizza für sie machte, wie sie gemeinsam auf dem Bett lagen, Musik hörten. Die Bilder taten mir weh.

Die Ungewissheit war schrecklich, ich brauchte eine Erklärung. Einen Abschluss. Einen, mit dem ich mich zufriedengeben konnte, der mir meinen Seelenfrieden zurückgab. Natürlich gibt es Varianten, die eine Frau lieber hört als andere, wenn eine Affäre zu Ende ist! Zum Beispiel, wenn Felix mir erklärt hätte: ›Es fällt mir so schwer, mich nicht mehr mit dir zu treffen, ich muss ständig an dich denken. Aber ich will einfach nicht mehr, dass du deine Ehe wegen mir aufs Spiel setzt. Es ist nicht richtig, was wir tun. Ich werde dich nie vergessen!‹

Pathetisch? Natürlich wäre es das gewesen. Aber auf alle Fälle hätte ich mich mit so einer Erklärung schneller abfinden können, als durch eine andere Frau ersetzt zu werden.

Ich verfluchte mich selbst, weil ich am Tag seiner Rückkehr an ihn nicht die SMS geschrieben hatte, wie eigentlich in den USA von mir geplant: *Ich kann dich leider nicht mehr treffen, meine Ehe ist mir wichtiger.* Dann wäre es von mir ausgegangen und jetzt nicht so demütigend.

Ich hoffte ständig, ihn irgendwo zufällig zu treffen, auf der Straße, beim Einkaufen, beim Bummeln in der Stadt, wenn ich mit Paul oder Freundinnen unterwegs war. Ich besuchte seine bevorzugten Restaurants und Bars, nur seinetwegen besuchte ich Diavorträge von Reisefreaks. Jeden

Tag richtete ich mich hübsch her, gab mich sexy und glücklich, ich flirtete mit jedem und lachte über alles, nur in der Hoffnung, er würde plötzlich um die Ecke biegen, mir gegenüberstehen und mich so sehen. Wie auf einer Bühne verhielt ich mich, mit Felix als einzigem Zuschauer. Er sollte sehen, dass ich nicht deprimiert war, und vor allem sollte er sehen, auf was er verzichtete. Aber Felix war nie dort, wo ich war.

Frustriert ging ich an den Abenden zu Bett. Ich fühlte mich müde und leer. Diese ganze Energie, verschwendet, wofür? Wenn ich meine Familie vor mir sah, schämte ich mich. Ich zwang mich, Felix zu vergessen. Es gelang mir zwar nicht besonders schnell, auch nicht gut, doch ich wurde mit der Zeit ruhiger.

Und eines Abends, es war ein Freitag Mitte Dezember, ja, vor einem Jahr, erfuhr ich den Grund, warum Felix sich nach seiner Rückkehr nicht gemeldet hatte.

Es war ausgerechnet Paul, der es mir erzählte.

Ich konnte kaum glauben, was ich hörte.

Mai 2015
FELIX

Vor einem halben Jahr bekam ich meine Diagnose. Da hieß es: *Herr Hofmann, ich habe leider keine guten Neuigkeiten für Sie.*

Nach dem Satz wusste ich alles. Dass die Hoffnung, an die ich mich drei Wochen lang geklammert hatte, umsonst gewesen ist. Zuerst Hausarzt, Radiologe, dann PET und Punktion. Ein Marathon an Untersuchungen und Befunden, die ganze Zeit ein Schimmer von Hoffnung dabei. Die Ärzte sagen das auch ständig, dass man Ruhe bewahren soll, dass alles noch offen ist. *Warten Sie die endgültige Diagnose ab. Alles ist möglich! Es ist vielleicht nur eine Entzündung, nicht Krebs.* Bis man eben die *endgültige* Diagnose bekommt.

Bei dir wird es ähnlich gewesen sein, nicht wahr?

Was für ein schreckliches Wort: endgültig.

Ja, das Ende *gilt* dann. Ist beschlossen, von irgendeinem Ungeheuer namens Krebs, das in dir wächst. Meine Krankheit stelle ich mir manchmal als unzählige kleine Krebse vor, unersättliche, die in meinem Körper herumkriechen und naschen wollen, von meinen saftigen roten Organen. Es sind Mistviecher. Habt ihr immer noch nicht genug? Wollt ihr denn nicht endlich weiterziehen? In meine Speiseröhre hinauf, sammelt euch schön alle auf meiner Zunge, damit ich euch auskotzen kann! Oder wandert ab in meinen Darm, damit ich euch geschlossen auskacken kann! Ihr habt die Wahl, nach oben oder nach unten! Aber einfach raus aus meinem Körper, der soll wieder sauber sein, sauber und gesund! Raus aus meinem Körper! Ich will meinen Körper zurück und mein Leben!

Entschuldige bitte.

Das gültige Ende kann sogar ziemlich präzise vorausgesagt werden. Bei der ersten Chemo fragte ich meinen Onkologen, Dr. Perthens, danach, wie lange ich noch hätte. Er wollte es mir zuerst nicht sagen, aber ich bestand darauf, und er redete dann vorsichtig von Statistiken, die gezeigt hatten, dass in meinem konkreten Fall noch mit einem halben, höchstens einem Jahr zu rechnen ist.

Beim ersten Gespräch war ich nicht in der Lage, danach zu fragen. Der Raum um mich herum schwankte, das weiß ich noch. Es war der schwärzeste Tag in meinem Leben, vergleichbar vielleicht nur mit dem Tag, an dem ich meine Mutter wachsbleich vor mir liegen sah, im Krankenhaus. Perthens erklärte mir, dass ich ein nichtkleinzelliges Bronchialkarzinom habe. Ein sogenanntes NSCLC: Non-Small Cell Lung Cancer. Es war zu groß, um herausoperiert zu werden, ich war zu spät zum Arzt gegangen.

Es kommt eine harte Zeit auf Sie zu, Chemotherapie, Bestrahlungen, Sie müssen jetzt stark sein. Das sagte er noch. Ich sagte gar nichts bei diesem ersten Gespräch, wirklich rein gar nichts, ich hörte mir an, was er zu sagen hatte, gab ihm zum Schluss die Hand und ging aus dem Besprechungszimmer. Wahrscheinlich war ich kreidebleich und meine Hände zittrig. Ich konzentrierte mich nur darauf, die Fassung nicht zu verlieren und vor dem Arzt nicht in Tränen auszubrechen. Das wollte ich auf keinen Fall, keine Ahnung, warum, als wäre es nicht völlig wurscht, wie man sich da verhält! Aber trotzdem war ich beschäftigt damit, mir zu denken: Reiß dich zusammen! Er saß mir gegenüber und starrte mir unverhohlen ins Gesicht. Richtig gespannt war der auf meine Reaktion, und er wirkte distanziert.

Ich weiß, was du sagen willst. Natürlich haben es die Onkologen nicht leicht! Sie müssen sich abgrenzen. Ist hart, ständig den Leuten sagen zu müssen, dass sie nicht mehr lange leben werden, und ihnen dann auch noch beim Sterben zuzuschauen. Aber ich hätte mir doch ein bisschen mehr Anteilnahme erwartet, irgendwie ein netteres, ein freundlicheres Gespräch. Es war einfach nur sehr sachlich.

Er sah in die Unterlagen und begann mit der Frage: ›Sie sind nicht verheiratet, oder? Keine Kinder?‹

Und dann folgte der Satz: ›Herr Hofmann, ich habe leider keine guten Neuigkeiten für Sie‹.

Im Nachhinein unterstellte ich ihm, dass er vielleicht mehr Mitgefühl gezeigt hätte, wenn neben mir eine Frau gesessen hätte und auf ihrem und meinem Schoß zwei, drei kleine Kinder herumgekrabbelt wären. Natürlich hätten wir sie vorher hinausgeschickt in den Wartebereich, damit sie nicht zuhören müssen, wie dem Papa gesagt wird, dass er bald sterben muss.

Ich bin ungerecht. Perthens ist ein guter Mann, er tut sein Bestes. Vielleicht unterstellte ich es ihm auch nur, weil mich das Thema selbst so beschäftigte.

Einmal erzählte mir Juliane, das ist die Frau, die mich immer besucht, dass das Lebensmotto ihres Mannes, er ist ein bekannter Anwalt, der sich auch sozial sehr engagiert, lautet: *Wenn ich für die Gesellschaft keinen Nutzen habe, ist mein Leben sinnlos.* Sie sagte das ohne jeden Hintergedanken, weil wir darüber sprachen, dass er sehr viel arbeitet und sie viel alleine ist. Aber bei mir hakte sich der Satz fest. Ich bekam ihn lange nicht aus dem Kopf.

Ist ein Leben mehr wert als ein anderes?

Wenn ich ein Familienvater wäre, mit mehreren Kindern, wenn ich zusätzlich noch einen verantwortungsvollen Job hätte, Lehrer oder Leiter einer Behindertenwerkstätte oder Besitzer einer Firma mit Hunderten von Angestellten, die ohne mich arbeitslos sein würden, oder Arzt oder was weiß ich, hätte dann Perthens mir die Diagnose anders mitgeteilt?

Wägen Ärzte ab? Die Menschen im Allgemeinen? Mein Gott, wie tragisch, sie haben kleine Kinder und gerade ein Haus gebaut und einen Kredit aufgenommen, und alte Eltern sind auch noch da, um die man sich kümmern muss!

Ist Tragik messbar, wenn man eine tödliche Krankheit hat?

Wer bin ich denn? Ein lediger Mann, der ein paar Websites gestaltet, damit die Urlauber im Internet darauf stoßen und buchen. Einer, der gerne viel Zeit auf dem Hof des Bruders verbringt, dort mithilft und an seinem Familienleben teilnimmt. Ein Familienlebenschmarotzer. Einer, der gerne in der Welt herumreist. Ich lebte ein Genussleben, im Grunde ohne Verantwortung und Verpflichtung. Ich lebte ein sehr freies Leben. Eigentlich verrückt, das wurde mir erst in meiner Unfreiheit, nach der Diagnose, bewusst, als Freiheit und Normalität mit einem Schlag weg waren.

Meine Devise lautete immer: *Ich bin für die Menschen in meiner Umgebung von Nutzen, wenn es mir gutgeht, wenn ich mit mir im Reinen bin.* Nicht dass mir diese Devise vorher bewusst gewesen wäre, ich dachte nie darüber nach, erst nachdem Juliane mir die von ihrem Mann mitteilte. Ich frage mich, ob es die falsche Devise war.

Ich wollte unbedingt Familie haben, und ich bin überzeugt, ich wäre ein guter Ehemann und Vater gewesen. Ich hätte dafür einfach noch ein bisschen Zeit gebraucht, bin eben auf diesem Gebiet ein Spätzünder. Die Zeit habe ich jetzt nicht mehr.

Gelegenheiten hätte ich genug gehabt, eine Freundin nach der anderen, einige darunter, die mich gerne zum Vater gemacht hätten. Vor allem eine. Mit ihr war ich lange zusammen. Eine Südtirolerin. Wenn es mit einer geklappt hätte, dann mit ihr. Bevor ich ins Krankenhaus kam, besuchte ich sie, das war vor zwei Monaten. Da sahen wir uns das erste Mal nach fünf Jahren wieder. Ich dachte, ich sterbe, als sie vor mir stand. Sie war seit kurzem verheiratet, und sie war schwanger, eine wunderschöne Schwangere. Nicht aufgeschwemmt, keine unreine Haut. Glücklich sah sie aus, sie strahlte vor Glück. Das könnte dein Kind sein, deine Frau, dachte ich, was warst du für ein Idiot! Ich hätte vor Wut schreien können. Aber dann wurde ich auf einmal ganz ruhig, während wir uns unterhielten auf ihrer Terrasse. Freute mich einfach darüber, dass es ihr gutging. Sehr sogar. Sie war einer der wichtigsten Menschen in meinem Leben.

Ich hinterlasse nichts.

Du fragst, ob mir das wichtig ist? Ich weiß es nicht. Vielleicht ja. Nichts habe ich geschaffen, nicht einmal Kinder habe ich! Wie lange wird man von mir reden? Habe ich Leute berührt?

An meine Mutter denke ich so oft. Ihr Tod riss eine gewaltige Lücke in unsere Familie. Sie fehlte uns so wahnsinnig. Wir reden immer noch von ihr, mein Bruder und ich, und mein Bruder erzählt seinen Kindern von ihr. Im Dorf sprechen noch viele Leute von ihr, wie stark sie war, als junge Frau einen komplett verwahrlosten Hof aufzubauen und nicht aufzugeben, wie schön sie war, wie fleißig. Was werden sie über mich reden? Wird mich jemand vermissen?

Genossen habe ich, jeden Tag meines Lebens, und wie.

Das ist doch nichts Schlimmes, sagst du.

Du hast recht.

Aber ich wollte dann wissen, warum ich so gerne genossen habe. War es das jetzt wert? War es sinnvoll gewesen, mein Leben? Ich dachte viel darüber nach und kam auf keinen grünen Zweig. Das war zu massiv, was da in mir passierte, ich konnte es nicht klären.

Ich weiß nur eines.

Ich finde das Leben schön. Und die Welt.

Ich möchte gerne noch bleiben.

September 2015
MAX

Felix hatte Lungenkrebs, bereits im Endstadium.

In den ersten Tagen nach der endgültigen Diagnose bewegte er sich und sprach wie ein Schlafwandler. Als wäre er gar nicht da. Man konnte ihm förmlich ansehen, dass er das Ganze noch nicht richtig begriff.

Die Ärzte konnten nichts für ihn tun, nur lebensverlängernde Maßnahmen setzen. Wie zum Beispiel eine Chemo, die er dann auch ein paar Monate lang machte. Lieber wäre ihm die andere Therapie gewesen, von der sein Arzt erzählte: Antikörpertherapie. Die neue Wunderwaffe gegen Krebs, angeblich. Soll die Lebenserwartung von ein paar Monaten auf ein paar Jahre verlängern, wenn der Patient darauf anspricht.

Wie sie funktioniert? Das ist komplex. Vereinfacht gesagt sind Antikörper Proteine, welche körperfremde Zellen, also Krebszellen, erkennen und markieren. Die Immunabwehr kann dann diese markierten Zellen gezielt bekämpfen und abbauen. Das Besondere an dieser Therapie ist, dass sie nur gegen Krebszellen aktiv ist und gesunde Zellen schont, im Gegensatz zur Chemo.

Das also erzählte der Arzt Felix und machte ihm so den Mund wässrig. Man hielt dem Hund das Würstchen vor die Schnauze. Der Clou an der Sache aber war, dass in Österreich diese Therapie noch nicht offiziell zugelassen war, nur in Studien. Felix wollte natürlich an dieser Studie teilnehmen, er versprach sich so viel davon! Alles. Vier, fünf weitere Lebensjahre waren in seiner Situation alles. Aber er kam für die Studie nicht in Frage, das entschied ein Computerprogramm. Das Würstchen wurde also wieder weggerissen.

Man kann doch einem Sterbenskranken nicht von einer derartigen Therapie erzählen und sie ihm dann verweigern! Besser wäre, sie gar nicht zu erwähnen, nur in dem Fall, der Patient bekäme sie tatsächlich. Mich regte das Ganze mehr auf als Felix. Er war es sogar, der mich beruhigte und sagte, die Studien wären so aufgebaut und die Ärzte verpflichtet, die Patienten vorher darüber zu informieren.

Aber das war alles erst später. Und dass ich mich so darüber aufregte, hatte, glaube ich, einen anderen Grund.

Ich regte mich darüber so auf, weil ich mich über mich selbst ärgerte. Den ganzen Winter lang und den ganzen Frühling. Maßlos.

Nachdem Felix mir von der Diagnose erzählt hatte, ließ mich der Gedanke nicht mehr los, dass krebserregende Substanzen in der Wohnung vorhanden sein mussten. Er hatte nie geraucht, sich gesund ernährt, war ein sportlicher Mensch, der joggen und wandern ging, Rad fahren, jährlich wochenlang am Meer gewesen war. Krebs hatte es in seiner Familie und Verwandtschaft nie gegeben.

Ich weiß nicht, was es war, was ich da spürte. War es eine Ahnung? Intuition? Einmal hatte ich für ihn ein Bild aufgehängt, ich schlug den Nagel in die Wand, der Putz bröckelte weg, und ich wunderte mich über die dunkle Stelle, die dahinter sichtbar wurde. Dachte mir aber nichts dabei. Vielleicht war es nur eine dunkle Tapete, über die man gepinselt hatte. Ich vergaß es gleich wieder, es war eine sehr alte Wohnung. Das fiel mir wieder ein.

Und ich Idiot hatte nichts Besseres zu tun, als herumzuschnüffeln! Dabei kommt selten etwas Gutes heraus. Die Wahrheit kommt heraus, ja, das stimmt. Aber ist es immer gut, sie zu kennen? In Felix' Fall war es das nicht. Davon bin ich überzeugt.

Die Wahrheit bestand aus einer dicken Schicht Teerkork, die sich unter dem Putz verbarg. Das ist ein Dämmstoff, der früher für Schall- und Wärmeisolierungen und mitunter auch gegen Feuchtigkeit benutzt wurde. Heute darf er nicht mehr verwendet werden. Teerkork enthält Polycyclische aromatische Kohlenwasserstoffe, abgekürzt sagt man PAK dazu. Benzopyren, Naphtalin, Fluoranthen sind zum Beispiel solche Kohlenwasserstoffe. Ich spare mir jetzt die chemischen Einzelheiten. Auf alle Fälle sind sie in der Lage, Estriche zu durchdringen, Beton und, wie in Felix' Fall, auch verputzte Wände. Und nicht nur das. Möbel, Türen, Parkettböden, das alles reichert sich mit dem Teufelszeug an und wird somit zu einer zusätzlichen Schadstoffquelle. Ja, es ist giftig. Beim Einatmen verursacht es Kopfschmerzen, Übelkeit und Schleimhautreizungen. Es schädigt die roten Blutzellen und kann Krebs verursachen, wenn man ihm lange ausgesetzt ist.

Das alles teilte uns Martin in sachlichem Ton mit. Außerdem formulierte er es in einem ausführlichen Bericht, den er uns überreichte. Er war ein Bekannter von mir, Sachverständiger für Baustoffe. Hatte mir ein Gutachten über dieses alte Bauernhaus hier geschrieben, bevor ich es vor drei Jahren gekauft und saniert habe. Ich hatte ihn angerufen und in Felix' Wohnung bestellt, wo er Material aus den Wänden schabte, für die Feststoffprobe, und bestimmte Messungen durchführte. Raumluft, Hausstaub. Nach ein paar Tagen kam er wieder. Samt Bericht, in dem alles schwarz auf weiß stand. Der PAK-Gehalt von 16 400 mg/kg in den Wänden und 1500 mg/kg im Staub war mehr als erhöht. Materialien mit einem Gehalt über 300 mg/kg PAK werden schon als gesundheitsschädigend eingestuft und dürfen nicht mehr auf einer normalen Deponie entsorgt werden. Stell dir das vor!

Felix stand die ganze Zeit daneben und hörte nur zu. Er sagte kein Wort. Ich war es, der mit Martin redete. Er empfahl Felix, so schnell wie möglich auszuziehen und bis dahin im Arbeitszimmer zu schlafen, dort war die Belastung am geringsten. Von der Diagnose wusste er nichts.

Die Kontaminierung im Schlafzimmer war aufgrund von Rissen im Putz am stärksten. Vor fünf Jahren war das Nebenhaus saniert worden, dabei waren diese Risse entstanden und trotz mehrfachen Übermalens immer wieder aufgetreten. Zum Schluss schüttelte Martin uns die Hände und ging. Felix saß an seinem Esstisch im Wohnzimmer, vor sich den Bericht, und war kreidebleich. Ich musste ihn fast zwingen, aufzustehen und mir zu helfen, das Bett in das Arbeitszimmer zu tragen.

Dann setzte er sich wieder an den Tisch und starrte auf den Bericht. Eigentlich schaute er ins Leere. Sein Blick. Furchtbar. Er verfolgt mich heute noch. Er bat mich zu gehen, weil er alleine sein wollte. Danach meldete er sich tagelang nicht. Am dritten Tag rief ich ihn an und bot ihm an, in meine Wohnung zu ziehen. Weil das am schnellsten gehen würde. Nach meiner Rückkehr aus Berlin hatte ich mir eine Wohnung im neunten Bezirk gekauft. Ich benutzte sie als zusätzliches Atelier oder zum Übernachten, wenn ich in der Nacht nicht mehr so weit fahren wollte. Außerdem gab ich ihm den Rat, beim Vermieter die sofortige Kündigung einzureichen und eine Schadenersatzforderung zu stellen.

Das tat er dann auch. Über den Bericht redeten wir nicht mehr. Ich glaube, er erhielt eine sehr hohe Summe, wie hoch, weiß ich nicht, aber er bekam sie ziemlich schnell und problemlos überwiesen. Ein Anwalt, Julianes Mann, half ihm dabei. Und in meine Wohnung zog er auch. Noch vor Weihnachten. Waren zwei stressige Wochen. Die alte Wohnung war riesig, und es dauerte eine Ewigkeit, sie zu entrümpeln. Auch ein anderer Freund half viel, und sein Bruder Mathias kam für ein Wochenende und half mit.

Felix fiel es schwer, Sachen herzugeben oder wegzuschmeißen. Einmal saß er ewig lang am Boden vor dem Bücherregal, das er eigentlich ausräumen sollte, und las das Logbuch unserer Segelreise. Und mehrmals musste ich ihn von seinen Fotoschachteln wegreißen. Sonst wären wir nie fertig geworden.

Gewissheit über Dinge zu haben, die um einen herum vorgehen, ist gut. Die Wahrheit zu wissen ist gut. Ich nahm das in Felix' Fall automatisch an. Aus verschiedenen Gründen. Erstens: Gefahrenzone erkannt und verlassen. Zweitens: Entschädigung erhalten.

›Wenigstens kann ich meiner Familie jetzt etwas vererben‹, sagte er darüber, ›dann war ich nicht ganz umsonst auf der Welt.‹

Drittens: weil man einfach nicht im Unklaren gelassen werden will!

Ich dachte, ich hätte meinem Freund etwas Gutes getan, mit meiner Besserwisserei, meinem Einmischen, meinem Bohren. Aber dann war ich mir nicht mehr sicher, ob es für ihn nicht doch besser gewesen wäre, im Unklaren zu bleiben. Zu sterben, ohne die Wahrheit zu kennen. Kein einziges Mal kommentierte er Martins Bericht. Aber er stand ständig im Raum! Durch ihn war plötzlich das Wörtchen *wenn* gegenwärtig geworden. Welche Gewissheit hatte es vorher gegeben? Dass eine gesunde Zelle mutiert war zu einer Krebszelle. Mehr nicht. So etwas passierte eben.

›Shit happens‹, hatte Felix zu mir gesagt, ein paar Tage nach der Diagnose.

Mit seinem typischen Grinsen, so als müsste er mich aufmuntern.

Einen Monat nachdem Martin den Bericht vorbeigebracht hatte, Felix war schon umgezogen, sagte er nicht mehr *Shit happens*, sondern: ›Wenn ich damals nicht so feig gewesen und mit Antonia nach Südtirol gezogen wäre.‹

Ich sah ihn erstaunt an. Da wurde mir bewusst, wie sehr es in ihm rotieren musste, dieses *Wenn*.

Wenn ich nach dem Studium nach Hause zurückgegangen wäre, wie mein Vater es sich gewünscht hatte. *Wenn* ich damals diese Arbeit in Salzburg angenommen hätte. *Wenn* ich vor zehn Jahren diese eine Wohnung gekauft hätte. *Wenn* ich vor sechs Jahren den Mut gehabt hätte, *ja* zu einer Frau zu sagen. *Wenn* ich – Herrgott noch mal! – nicht geblieben wäre in dieser alten Studentenbude!

Natürlich war er wütend auf den Vermieter! Besonders in den ersten Wochen. Es war eine Vermieterin, die Witwe des ursprünglichen Besitzers. Sie lebte seit dem Tod ihres Mannes in Schweden. Felix lieferte sich über Skype ein Schreiduell mit der alten Dame. Die Frau war aber völlig ahnungslos. Nach den Vorwürfen war sie komplett fertig, so dass Felix sicher war, sie hatte wirklich nicht Bescheid gewusst. Danach projizierte er, glaube ich, die Wut auf sich selbst. Auf sich und sein – wie er glaubte – vermasseltes Leben. Er redete nicht viel darüber. Er war kein Jammerer.

Es musste sich schrecklich anfühlen. Zu wissen, bald sterben zu müssen und dass man selbst es hätte verhindern können mit einer anderen Lebensplanung.

Miserabel ging es mir, das kannst du mir glauben. Was hatte ich mir dabei gedacht? Warum hatte ich Martin angerufen und ihn in die Wohnung bestellt?

Ich glaube, Felix hätte ohne die Gewissheit leichter gehen können.

Juni 2015
PAUL

Ich wusste davon. Von dem Teerkork. In der Wohnung.

Zwar nicht mit hundertprozentiger Sicherheit und auch keine Details, aber ich wusste, dass es ein Material in den Wänden gab, das höchstwahrscheinlich gesundheitsschädigend war.

Und ich ließ es nicht genau überprüfen.

Und ich informierte nicht den Käufer der Wohnung. Das kleine Detail am Rande verschwieg ich bewusst. Um einen so hohen Verkaufspreis wie möglich zu erzielen, die alte Wohnung war ohnehin nicht viel wert.

Und ja, das ist ein Delikt.

Das traust du mir nicht zu?

Doch, ich bin betrunken.

Es stimmt aber trotzdem.

Als Hofmann bei mir in der Kanzlei war und erzählte, dass er Lungenkrebs habe, stieg eine Erinnerung in mir hoch. An den schwärzesten Tag meines Lebens, nach ungefähr 1316 schwarzen Tagen.

Ich brachte Jade vom Schwimmen zurück, sie war müde und hungrig. Isabella kniete und wippte vor dem beschissenen Altar, gekocht war wieder einmal nichts. Mir platzte der Kragen, und ich schrie sie an. Griff nach der Statue auf ihrem Altar, Krishna oder Vishnu oder Scheißdreck, und schleuderte sie gegen die Wand. Der Putz bröckelte herunter, und eine braunschwarze Masse kam zum Vorschein. Was mir aber erst am Abend auffiel, als ich für Isabella und Jade Sachen holte, um sie ins Krankenhaus zu bringen. Ich schaute mir das Loch in der Wand genauer an und ahnte, dass es Teerpappe oder Ähnliches sein musste.

Ich war entsetzt. Wir waren dem jahrelang ausgesetzt gewesen, Isabella, Jade und ich! Das Kind war permanent krank gewesen. Meine ständige Müdigkeit, Isabellas Kopfschmerzen. Ich hatte die Wohnung einem alten Weinhändler abgekauft. Fast drei Jahrzehnte lang wurden in der Wohnung Weinflaschen gelagert und verkauft, es hatte also kühl sein müssen. Vielleicht deshalb dieses Material? Ich kannte mich ja nicht aus in solchen Dingen, ich war Jurist. Ich hoffte, dass es nur in dem einen Zimmer hinter dem Putz braunschwarz war.

Warum ich Sachen ins Krankenhaus bringen musste?

Weil Jade vor ein Auto gelaufen war. Während wir gestritten hatten, war sie aus der Wohnung auf die Straße gelaufen. Wir hörten durch die geöffnete Wohnungstür das Quietschen der Autoreifen. Sie war schwer verletzt, aber nicht lebensgefährlich.

Ich wäre in diesen Wochen fast durchgedreht. Die Sorge um Jade, die Angst wegen dieser Bausubstanz, der Wunsch, endlich wieder ein normales Leben führen zu können. Der Zorn und der Hass auf Isabella, die mich verklagen wollte, weil sie mir die Schuld an Jades Unfall gab. Ich musste handeln, bevor das alles noch mehr eskalieren würde.

Ich verlangte von Isabella die Scheidung, und sie willigte nur deshalb ein, weil ich ihr ein großzügiges Angebot unterbreitete. Ich sagte, dass ich ein Reihenhaus etwas außerhalb der Stadt kaufen und ihr schenken würde, trotzdem weiterhin Alimente und Unterhalt bezahle, mehr als genug. Jade sollte es gutgehen, und vor allem sollte sie keine einzige Nacht mehr in der Wohnung verbringen. Isabella unterschrieb noch im Krankenhaus die Papiere, vorher hatte sie einer Scheidung nie zugestimmt. Ja, wenn es um Geld geht, werden alle gierig.

Ich musste schnell handeln. Alles geschah in dem einen Monat, in dem die Kleine im Krankenhaus war. Das war im Mai 1994. Ich kaufte das Haus, den Bauunternehmer und sein Projekt kannte ich gut, und verkaufte gleichzeitig die Wohnung. An einen ehemaligen Klienten, den ich nur flüchtig kannte. Ein älterer Mann mit dem Namen Dafner, der eine nicht zu teure Wohnung kaufen wollte, als Investment. Er wollte sie an Studenten vermieten, um seine Pension aufzubessern.

Dabei verschuldete ich mich. Mein Vater weigerte sich, mir zu helfen, er sagte: ›Das, mein Lieber, badest du selbst aus.‹

Er war ein sturer Bock, meine Güte!

Hätte ich den Zustand der Wohnung ehrlich mitgeteilt, wäre sie nichts mehr wert gewesen, und ich hätte mir das Haus nie leisten können. Hätte ich sie vorher sanieren lassen, wäre es dasselbe gewesen. Außerdem wollte ich nicht, dass Isabella, ihre Familie, ihre Freunde Wind von der Sache bekamen, wer weiß, wie sie reagiert hätten. Vielleicht einen Skandal daraus gemacht. Den konnte ich nicht brauchen, ich kroch mittlerweile auf dem Zahnfleisch daher. Deshalb machte ich eigenhändig das Loch in der Wand zu, mehr schlecht als recht, und verputzte es gründlich, ein Maurer wäre nie aus mir geworden. Ich redete mir ein, dass die seltsame braunschwarze Substanz nur in dem einen Zimmer vorhanden war, dass es gar nichts Schlimmes sein musste, dass Studenten ohnehin immer nur kurzfristig einziehen würden. Vor allem trichterte ich mir ein: *Nimm nicht immer alles so ernst! Steigere dich nicht hinein! Achte einmal auf dich selbst! Du musst nicht immer der Held sein! Der Retter der Welt!*

Ich ließ einen Maler kommen, der die Wohnung strich, und übergab dem neuen Besitzer die Schlüssel. Er fragte mich, ob ich Studenten wüsste, die ab September einziehen könnten, und ich versprach ihm, mich umzuhören.

Die Scheidung fand statt, ich half Isabella beim Einrichten und Einziehen, bei der Suche nach der richtigen Schule für Jade. Erschöpft fuhr ich im Juli nach Rom, lernte Juliane kennen, half ihr beim Umzug. Die Sache mit der Wohnung vergaß ich schnell wieder.

Ich vergaß sie wirklich. Ich belüge dich nicht.

Es ist eine Beichte, schon vergessen?

Heute Nacht stirbt er.

Und meine Frau ist bei ihm.

Sie hat mir versprochen, eine SMS zu schreiben, wenn es vorbei ist. Ich hoffe, dass es schnell geht und dass er nichts spürt. Dass er einfach einschläft.

Nur sie? Nein, nein. Sein Bruder ist da und seine Schwägerin, und auch sein bester Freund, dieser Maler Max Bauer.

Wenn die SMS kommt, fahre ich zum Hospiz und hole sie ab. Ja, natürlich mit dem Taxi.

Und dann geht das Leben weiter. Muss weitergehen.

Ich brauche noch einen Whiskey.

Du meinst, ich hätte genug? Du täuschst dich.

Heute kann ich gar nicht genug trinken.

Dezember 2015
JULIANE

Was mir Paul vor einem Jahr über Felix erzählte?
Pass auf.
Als mein Mann an dem Freitagabend heimkam, merkte ich sofort, dass etwas nicht stimmte. Er war geistesabwesend und schlecht gelaunt mit den Kindern, was er normalerweise nie ist. Während er den Tisch deckte, sagte er zu mir: ›Du glaubst nicht, wer heute bei mir in der Kanzlei war.‹

Ich sagte noch so leicht dahin: ›Wahrscheinlich eine Menge anstrengender Klienten, wie immer.‹

Als er antwortete: ›Erinnerst du dich an den Südtiroler, der damals im gleichen Abteil saß, im Zug nach Rom?‹, spürte ich, wie mein Gesicht rot anlief und meine Knie weich wurden.

Felix! Was um Himmels willen wollte er in Pauls Büro? Hatte er ihm von der Affäre erzählt? Aber warum hätte er das tun sollen?

Paul wollte weiterreden, kam aber nicht mehr zu Wort, weil es an der Tür läutete und Jade und ihr Freund eintrafen. Ein- bis zweimal im Monat essen sie bei uns, entweder an einem Freitag- oder Samstagabend oder Sonntagmittag. Leon und Emilia lieben es, wenn die beiden zu uns kommen, sie vergöttern ihre große Halbschwester.

Es wurde also ein langer Abend. Und ich saß wie auf Nadeln, weil ich einfach nur hören wollte, was Felix in Pauls Kanzlei gewollt hatte. Damit musste ich bis nach Mitternacht warten. Nachdem der Besuch gegangen war, machte Paul es sich auf dem Sofa gemütlich und wäre fast eingeschlafen, weil er zu viel getrunken hatte. Ich musste ihn daran erinnern, dass er mir etwas erzählen wollte. Zuerst wollte er es auf den nächsten Tag verschieben, aber ich gab nicht nach: ›Sag doch kurz, worum es ging.‹

Da erzählte er mir alles. Dass Felix Hofmann an Lungenkrebs erkrankt war und nur noch ein halbes Jahr zu leben hatte. Dass angeblich in der Wohnung vorhandene krebserregende Substanzen die Erkrankung verursacht hatten und dass er ihn in einer Schadenersatzforderung gegenüber dem Vermieter vertreten soll.

Anschließend schlief er sofort ein und begann, leise zu schnarchen. Ich konnte die ganze Nacht nicht schlafen, durch den nächsten Tag schleppte ich mich wie eine Schlafwandlerin, ich konnte mich auf nichts konzentrieren.

Keine Frau war schuld daran gewesen, dass Felix sich nicht mehr gemeldet hatte, der Grund war ein ganz anderer gewesen, und ich konnte mich nicht einmal darüber freuen. Ein egoistischer Gedanke, sagst du? Da hast du recht, das ist er, ich dachte nur an mich! Ich hatte noch andere egoistische Gedanken. Ich wollte ihn unbedingt wiedersehen, ihn an mich drücken und festhalten, aber hatte gleichzeitig Angst, einem todkranken Mann gegenüberzustehen, mit dem ich nur noch Mitleid hatte.

Was noch? Dass es eben ungerecht war, das Ganze, weil ich die Affäre mit ihm so genossen hatte und ich sie noch gerne fortgesetzt hätte. Bis *ich* eben genug gehabt hätte! Selbstbestimmung wollte ich und nicht wieder irgendeinen gottverdammten Schicksalsschlag wie ein Damoklesschwert über meinem Leben schweben haben. Ich weiß, das sind schreckliche Gedanken, aber sie gingen noch weiter. Am Abend trank ich zu viel. Ich stellte mir vor, wie ich Felix gegenüberstand und zur Begrüßung zu ihm sagte: *Hey, tut mir leid, dass du bald stirbst, aber könnten wir vorher noch so oft wie möglich zusammen kochen, essen, Musik hören,*

Gitarre spielen, reden und vor allem miteinander schlafen, ich habe das so vermisst?

Danach ging ich unter die Dusche, um alleine sein zu können, und dort fing ich an zu weinen und zu schluchzen wie ein kleines Kind, ich konnte mich gar nicht mehr beruhigen. Ich schämte mich für meine Gedanken. Felix würde bald sterben, und was hatte ich im Kopf? Nur meinen Genuss.

Am übernächsten Tag wachte ich auf und wusste, dass ich ihn besuchen musste. Wenigstens einmal wollte ich ihn wiedersehen, um mich zu verabschieden und ihm zu sagen, dass die Zeit mit ihm schön gewesen war und er mir viel gegeben hatte. Ich war mir sicher, dass er mich nicht sehen wollte, ansonsten hätte er sich in den letzten Wochen gemeldet. Aber ich musste es zumindest riskieren, es hätte mir ohnehin keine Ruhe gelassen. Ich brauchte einen Abschluss.

Doch, ich konnte verstehen, warum er sich nicht gemeldet hat. Ich hätte, wenn es umgekehrt gewesen wäre, genauso reagiert. Dass Felix mich von einer schweren Krankheit gezeichnet sieht, womöglich ohne Haare, bleich im Gesicht, mit trockenen Lippen, mager, verfallen, das wäre für mich eine absolute Horrorvorstellung gewesen, das hätte ich nie gewollt! Die Eitelkeit, natürlich! Für Felix hatte ich mich immer besonders hübsch hergerichtet, es war mir wichtig gewesen, dass er mich anziehend fand. Nie wäre ich ungeduscht, ungeschminkt, mit fettigen Haaren und unvorteilhaft angezogen zu ihm gefahren.

Ich kann mir vorstellen, was du dir jetzt denkst, dass das dem Ehepartner vorbehalten ist. Nein? Ein zynischer Gedanke, nicht wahr? Aber glaub mir, auf mich trifft das nicht zu, nur wenn ich richtig krank bin. Ich laufe auch vor meinem Mann nicht so herum, ungeschminkt natürlich schon, aber ich lasse mich auch vor ihm nicht gehen. Ich bin nämlich der Meinung, wenn dir das Bild, das der andere von dir hat, nicht mehr wichtig ist, dann ist er dir nicht mehr wichtig.

Gut, ich gebe zu, bevor ich zu Felix fuhr, überlegte ich länger vor dem Kleiderschrank, was ich anziehen soll, und ich stand auch länger im Bad vor dem Spiegel als sonst. Du findest das normal? Vermutlich ist der Grund, eine Affäre zu haben, nicht die Verliebtheit, sondern der unbewusste Wunsch, von jemandem begehrt zu werden. Und dieser Jemand soll verrückt nach einem sein! Körperlichkeit und Affäre gehören zusammen, Krankheit und Affäre mit Sicherheit nicht. Mit einer solchen Diagnose hätte Felix mich keine Sekunde lang zu Gesicht bekommen, das wusste ich. Ich hätte gewollt, dass er mich gesund und attraktiv in Erinnerung behält. Deshalb verstand ich, dass er mich nicht hatte sehen wollen, weil er vermutlich ähnlich dachte. Und ich nahm an, als ich am Sonntag im Auto saß und zu ihm fuhr, dass es ein letztes Treffen und ein Abschied sein würde. Aber da täuschte ich mich komplett.

Ich fuhr also die Strecke, die ich bis vor vier Monaten so oft gefahren war, und parkte in der Nähe von Felix' Wohnung. Ich war sehr aufgeregt. Ich blieb im parkenden Auto sitzen, weil ich nicht wusste, wie ich mich verhalten sollte, und trommelte nervös mit den Fingern auf dem Lenkrad herum. Was sagte man zu einem todkranken Mann? Eine erste Frage *Wie geht es dir?* schien mir genauso unangebracht wie zum Schluss *Alles Gute!* zu wünschen.

Als ich vor seiner Wohnungstür stand und er sie öffnete, waren wir beide überrascht, wir standen da und starrten uns an. Felix war völlig perplex, mich zu sehen, das sagte er mir nachher, er hatte eigentlich Max erwartet, und ich war erstaunt, weil er aussah wie früher, nämlich verdammt gut. Und aus noch einem Grund war ich überrascht: Er ließ mein Herz höherschlagen, als ich ihm gegenüberstand.

Ich wusste sofort, dass ich immer noch verliebt war. Felix' Gesichtsausdruck schien einen ganz kurzen Augenblick lang so, als würde er die Fassung verlieren, dann streckte er abrupt die Arme aus und umarmte mich heftig. Er drückte mich so fest, dass mir die Luft wegblieb, vergrub sein Gesicht in meinen Haaren und murmelte: ›Tut das gut, dich zu sehen, Julie.‹

Er ließ mich lange nicht los. Ich atmete seinen Geruch ein und musste meine Tränen zurückhalten. Das klingt jetzt kitschig, ich weiß, aber es hatte irgendwie etwas Kinomäßiges an sich, dieses Festhalten aneinander. Etwas passierte, etwas ging mit uns vor. Nein, ich kann es nicht beschreiben, was genau es war, vielleicht spürten wir nur beide, wie sehr wir uns vermisst hatten, jeder den anderen, so heftig, dass es weh tat.

Ob er mir alles genau erzählt hat? Ja, er erzählte mir von den geschwollenen Lymphknoten auf der Schulter, die er schon in Indonesien spürte, von seiner Müdigkeit, von den Kopfschmerzen, dass er sofort nach seiner Rückreise zum Hausarzt ging, der ihn zum Radiologen schickte und so weiter. Es dauerte fast einen Monat, bis er die endgültige Diagnose hatte. Er entschuldigte sich auch, weil er sich bei mir nicht gemeldet hatte.

›Ich war viel zu sehr mit mir selbst beschäftigt‹, sagte er, ›und ich wollte dich damit auf keinen Fall belasten.‹

Während er mir das alles erzählte, saßen wir auf der Couch im Wohnzimmer und aßen eine Pizza, die wir bestellt hatten. Dabei trugen wir nur die Unterwäsche. Warum?

Weil wir uns vorher geliebt hatten. Im kleinen Arbeitszimmer, weil dort jetzt das Bett stand. Du hast richtig gehört. Ob er noch konnte? Was ist das für eine Frage? Gut, ich will sie dir beantworten. Ja, er konnte noch und gar nicht schlecht, er war nicht schwach oder so, erst im Frühling änderte sich das langsam.

Wer die Initiative ergriff? Felix. Er nahm mich an der Hand und zog mich ins Arbeitszimmer.

So war das, unser Wiedersehen vor einem Jahr.

Und dann trafen wir uns wieder regelmäßig.

Nach zwei Wochen zog Felix in eine kleine Zweizimmerwohnung um.

Und stell dir vor, was während meines letzten Besuchs in der alten Wohnung passierte!

Am letzten Tag in der alten Wohnung tauchte plötzlich mein Mann dort auf, weil Felix einige Papiere unterschreiben sollte und er ihn am Handy nicht erreichte. Es läutete an der Wohnungstür, und Felix dachte, es sei Max, der nur schnell ein Bild abholen wollte, und öffnete die Tür einfach so.

Wie er reagierte, als er mich dort sah?

Wir hatten ein Riesenglück! Paul sah mich nicht. Es war perfektes Timing auf die Sekunde. Wir hatten gerade gegessen, Felix hatte Gemüsesuppe gekocht und ich eine Nachspeise gemacht, ein Bananensplit, das lustig angerichtet war. Wie? In der Form eines Penis. Das Rezept? Dafür brauchst du kein Rezept, nur deine Phantasie! Felix fand es auch sehr witzig. Er wollte das Kunstwerk, so nannte er es, gar nicht essen, sondern schoss Fotos davon, während ich meines brav aß. Dann trat er hinter mich, küsste mich auf den Nacken, okay, die Details lass ich jetzt weg, auf alle Fälle gingen wir ins Arbeitszimmer. In dem Moment läutete es an der Tür.

Felix ging aus dem Zimmer und öffnete. Ich konnte an der Stimme sofort hören, dass es Paul war. Ich schlüpfte hastig in meinen Pullover, zog die Tür zum Wohnzimmer zu und wartete die ganze Zeit in dem kleinen Zimmer, bis er wieder gegangen war. Natürlich hatte ich Angst, dass er mich entdecken würde, was glaubst du denn, vor allem in den ersten Minuten, da versteckte ich mich sogar hinter der

Tür! Paul hätte nie von der Affäre wissen dürfen! Dachte ich zumindest. Gott sei Dank lagen mein Mantel, meine Stiefel und meine Tasche auf einem Stuhl im Arbeitszimmer, weil die Garderobe im Gang schon vor Tagen abmontiert worden war.

Das Arbeitszimmer grenzte an das Wohnzimmer, in dem sich Felix und Paul unterhielten, ich konnte jedes Wort hören. Allmählich beruhigte ich mich und legte mich aufs Bett, es war unwahrscheinlich, dass Paul die Tür aufreißen und nach mir suchen würde. Es war nicht seine Art, eine fremde Wohnung zu durchsuchen. Außerdem konnte er keinen Verdacht schöpfen, wie sollte er mich und Felix denn in Zusammenhang bringen?

Paul begann über Zufälle zu philosophieren.

›Fragst du dich nicht‹, begann er, ›was für ein Zufall es war, dass du dich damals ausgerechnet in dieses Zugabteil gesetzt hast? Denkst du dir nie, wenn ich nur ein paar Schritte weitergegangen wäre, die Tür eines anderen Abteils geöffnet hätte, dann wäre heute alles ganz anders. Kommt dir das nie in den Sinn? Wenn du jetzt nein sagst, glaube ich dir das nicht.‹

Das verstehst du jetzt nicht? Warte, ich erkläre es dir schon noch.

Eine Weile war es still, und dann hörte ich Felix leise sagen: ›Lass es gut sein, Paul, das bringt doch nichts, weder dir noch mir. Sollen wir im *Kosmos* noch ein Bier zusammen trinken?‹

Auf einmal fühlte ich mich hundeelend, wie ich so auf Felix' Bett lag und meinen Mann und meinen Geliebten belauschte. Schuldgefühle Paul gegenüber überkamen mich so massiv, es fühlte sich an, als läge ein schwerer Stein auf meiner Brust.

Und nicht nur Schuldgefühle hatte ich, ich empfand auch Mitleid mit meinem Mann, der sich immer so viele Gedanken um andere machte. Der sich das Gehirn zermarterte, weil er vor zwei Jahrzehnten einem jungen Mann in einem Zug eine Telefonnummer gegeben hatte. Einem jungen Südtiroler, der gesagt hatte, er werde wahrscheinlich im September nach Wien ziehen, um dort zu studieren.

Ja, Paul hatte damals Felix die Telefonnummer des Wohnungsbesitzers aufgeschrieben. Es war ein Bekannter von ihm, nein, gut kannte er ihn nicht, aber er wusste, dass er für die leerstehende Wohnung zwei oder drei Studenten suchte. Paul gab Felix die Nummer, er erfuhr aber nie, dass er den Mann tatsächlich angerufen hatte, dass das Zimmer noch frei gewesen, dass er tatsächlich eingezogen war, geschweige denn, dass er darin wohnen geblieben war, zwanzig Jahre lang! Das erfuhr er erst an dem Tag, an dem Felix zu ihm in die Kanzlei gekommen war und ihm gesagt hatte, dass er Lungenkrebs hatte und dass es mit neunundneunzigprozentiger Wahrscheinlichkeit an dem Teerkork in den Wänden lag. Dass Paul die Sache so mitnahm, war mir nicht bewusst gewesen. Mit mir hatte er nicht darüber geredet.

Eigentlich glaubt Paul ja nicht an den Zufall, sondern an eine göttliche Ordnung.

Felix und Paul verließen schließlich die Wohnung, ich wartete einige Minuten, zog Mantel und Stiefel an, lief zum Auto, das ich zwei Querstraßen weiter weg geparkt hatte, und fuhr nach Hause. Emilia lag immer noch vor dem Fernseher, ich schickte sie ins Bett und ging selbst schlafen. Eine Stunde später kam Paul, ich stellte mich schlafend. Ich weiß, dass das verlogen ist. Aber ich war zu aufgewühlt und hätte es nicht geschafft, mich mit ihm zu unterhalten.

Am nächsten Tag fragte ich ihn beiläufig beim Frühstück, ob ihn der Fall von Herrn Hofmann belasten würde, weil er ihm damals diese Telefonnummer gegeben hatte, aber er wollte nicht darüber reden und schaute nur in die Zeitung.

Was dann passierte? Ob ich sie beendete, die Affäre?

Nein, tat ich nicht. Weil ich es nicht schaffte. Ich wollte nicht darauf verzichten, ich wollte beides haben, mein Leben mit Paul, meine Stunden mit Felix.

Sie ging einfach weiter, unsere Affäre. So als hätten wir sie nie unterbrochen, als wäre er nicht todkrank. So als wollte Felix sich durch mich an das Leben klammern. Über die Krankheit redeten wir in den ersten Wochen wenig, und ich gebe zu, ich verdrängte sie.

Sie war sogar intensiver als vorher, würde ich jetzt im Nachhinein sagen, nein, nicht das Sexuelle, das Nebeneinander-auf-der-Couch-Liegen und Musikhören oder Sich-gegenseitig-aus-einem-Buch-Vorlesen, das Musizieren, zweimal nahm ich mein Cello mit, das gemeinsame Kochen, wobei auch Max manchmal kam und für uns kochte, das Spazierengehen, unsere Gespräche. Felix erzählte mir viel von seiner Kindheit, von seiner verstorbenen Mutter, von Antonia, die er gerne noch einmal sehen würde, die aber auf seine E-Mails nicht antwortete, von seinem Bruder und dessen Familie, von seinen Segelreisen.

Mitte März veränderte sich sein Zustand, und es ging dann sehr schnell. Ich konnte förmlich zusehen, wie er jeden Tag schwächer wurde. Es begann mit Hustenanfällen, die immer stärker und häufiger wurden und ihm Schmerzen im unteren Rücken bereiteten. Allmählich waren die Rückenschmerzen ständig da, das Gehen wurde mühsam, und er brauchte schließlich meistens Krücken. Dann war auf einmal seine Stimme weg, und er konnte nur noch flüstern. Er war müde und schlief viel. Auch launisch war er, manchmal schickte er mich schon grantig an der Tür weg, manchmal wollte er mich gar nicht gehen lassen. Ich erledigte mittlerweile seine Einkäufe und saugte hin und wieder seine Wohnung, Max bekochte ihn jeden Tag.

Am 10. April riet ihm sein Onkologe, Dr. Perthens, dringend, sich endlich stationär im Krankenhaus aufnehmen zu lassen, um die Schmerztherapie richtig einzustellen, die ambulanten Termine würden nicht mehr ausreichen. Felix wehrte sich dagegen, weil er Angst hatte, aus dem Krankenhaus nicht mehr herauszukommen. Am 15. April kapitulierte er.

Er war nur noch liegend, halb aufgerichtet, schmerzfrei, konnte sich nicht mehr bücken, kaum mehr sitzen. Gegen die starken Schmerzen im unteren Rücken bekam er zwanzig Bestrahlungen, das dauerte bis Mitte Mai. Die Hoffnung, dass eine Besserung eintreten und er danach entlassen würde, gab er keinen einzigen Tag lang auf. Ja, er war ein Kämpfer. Aber es trat keine Besserung ein, und zu einer Entlassung kam es nicht mehr.

Ich besuchte ihn jeden Tag. Ende Juni wurde er ins Hospiz überstellt.

Paul wusste zu diesem Zeitpunkt schon alles, weil ich es ihm im Februar erzählt hatte. Na ja, nicht alles, aber das meiste. Er unterstützte meine Besuche im Krankenhaus. Er hätte mir nie verboten, einen Sterbenden zu besuchen.

Warum hätte er das machen sollen?

So ist Paul eben. Für ihn war es ein karitativer Akt.

Ob er ihn auch besuchte?

Ja, einmal, an seinem Geburtstag.

Max war an dem Abend auch dabei. Es war das einzige Mal, dass wir zu viert waren: Felix, Max, Paul und ich.

So wie damals im Zug nach Rom.

Mai 2015
FELIX

Ist das eine verfluchte Scheiße! Ich will nicht sterben! Ich will nicht sterben! Ich will nicht sterben!

Warum ausgerechnet ich?

So denkt man am Anfang die ganze Zeit.

Das war bei dir auch so?

Man hadert einfach nur mit der Ungerechtigkeit.

Langsam wird man ruhiger. Findet sich damit ab. Nein, eigentlich finde ich mich nicht damit ab. Aber irgendwann kommen auch andere Gedanken. Nämlich der, wie man sterben will.

Ich bin nicht masochistisch veranlagt. Schön langsam ersticken zu müssen soll kein angenehmer, schneller Tod sein. Und vorher? Wochenlang, monatelang liegt man in einem Krankenbett, hat starke Schmerzen, kann sich kaum bewegen. Allein die Vorstellung drehte mir schon den Magen um. Darauf hatte ich keinen Bock.

Zumindest was meinen Tod betrifft, wollte ich frei, autonom das Wann und das Wie entscheiden. Ich schlage dir ein Schnippchen, Mister Sensenmann! Wenn du schon glaubst, du musst mich vor meiner Zeit holen, dann zu meinen Konditionen. Ich bin dir zu nichts verpflichtet.

Ja, ich dachte viel über Selbstmord nach. Dachte sogar an die Schweiz, an den Giftbecher, aber das verwarf ich sofort wieder. Weil es mir zu teuer ist! Wenn es ums Sterben geht, bin ich geizig! Die paar Tausend Euro vererbe ich lieber meinen Neffen und Nichten mit dem Auftrag, sie sollen eine schöne Reise damit machen. Oder ein Instrument erlernen. Das Geld soll für das Leben ausgegeben werden. Der Tod soll bitte schön seine Arbeit umsonst erledigen.

Ich überlegte mir Methoden. Soll ich mich vor einen Zug werfen? Nein, das finde ich zu grausig. Für den Lokführer und vor allem für diejenigen, welche die Reste wegputzen müssen. Ich glaube, das ist absolut kein schöner Anblick, da kann nicht einmal der Leichenbestatter viel richten. Für die Familie muss so ein Tod das Schlimmste sein. Sie kann nicht vor der aufgebahrten Leiche stehen und Abschied nehmen.

Tabletten besorgen? Mich aufhängen? Die Pulsadern aufschlitzen in der Badewanne? Wie kann man sein Abtreten inszenieren? Die Wohnung putzen, einen schmalzigen Abschiedsbrief formulieren und sich überlegen, wer einen dann auffinden soll. Ich stellte mir die Szenen bildlich vor, als Fotograf habe ich immer Bilder im Kopf. Ich blödelte darüber, mit Max und Juliane. Ich fragte sie, wer von ihnen mich denn finden möchte und wie. Die beiden fanden das gar nicht lustig.

Die schönste Variante wäre für mich das Meer gewesen. Noch einmal verreisen, segeln, direkt in einen Sturm hinein. Das Meer verschluckt mich, und es ist vorbei.

Aber bei Selbstmord hat man immer das Problem mit dem richtigen Zeitpunkt, weil nämlich die Hoffnung zuletzt stirbt. Auf einen schlechten Tag, an dem du denkst, *so, es reicht, ich kann nicht mehr,* folgt wieder ein guter Tag beziehungsweise ein besserer. Man hängt trotz allem am Leben, nicht wahr, auch wenn es immer eingeschränkter wird.

Natürlich würde es dann wieder heißen, wie feige man war. Dass man sich gedrückt hat. Vor dem Leid. Das Leiden gehört zum Leben dazu! Sagt uns die Kirche. Ein völliger Schwachsinn, ich kann mit so einer Lehre nichts anfangen. Weil viele in ihrem Leben so ein Leid nicht durchmachen müssen. Womit wir wieder bei der Ungerechtigkeit wären. Wer bekommt eine Portion Leid ab, wer nicht?

Juliane sagte einmal im Winter, dass das Sterben ein natürlicher Prozess ist, der zum Leben dazugehört, und dass in den letzten Wochen noch so viel Schönes passieren kann. An Gesprächen, an Aussöhnungen, an Beisammensitzen, an Abschiednehmen. Man sollte sein Leben auf keinen Fall abrupt beenden, ich hätte ja im Fall meiner Mutter gesehen, wie schlimm das für die Familie war.

Das klang so, als wollte sie mir zu verstehen geben: Du wirst wohl dein Ende aushalten können, die paar Schmerzen, so lang wird's schon nicht dauern.

Ich rastete ziemlich aus, und sie fing zu weinen an.

Die haben alle leicht reden! Niemand, wirklich niemand kann sich vorstellen, was es heißt, zu wissen: *Du trittst bald ab!* Jeder gesunde Mensch stellt sich vor, wie heroisch er reagieren würde in solch einer Situation, wie unendlich tapfer. Niemand kann die furchtbare Angst nachempfinden, die dir im Nacken sitzt, das massive Gefühl *Ich will das so nicht!,* das dich erdrückt. Dass sich alles in dir dagegen wehrt.

Max brachte es anders auf den Punkt, flapsiger, er ist auch nicht religiös wie Juliane: ›Lass es einfach laufen. Du solltest dich in deiner beschissenen Situation nicht auch noch mit solchen Fragen, wie bringe ich mich um, wann ist der richtige Zeitpunkt dafür, herumschlagen.‹

Ich ließ es dann wirklich laufen, wie du siehst.

Deshalb bin ich hier.

An guten Tagen habe ich die Hoffnung, dass ich noch einmal für ein paar Wochen entlassen werde.

Doch, ich habe Angst vor dem, was kommt. Dir gegenüber gebe ich es zu. Furchtbare, furchtbare Angst. Sie macht mich fertig. Man sagt, dass die Leute, wenn sie gestorben sind, glücklich aussehen und zufrieden lächeln. Bei meiner Mutter stimmte das überhaupt nicht. Sie sah gequält aus und wie ein Alien. Eingefallene Wangen, offener Mund, herabgefallenes Kinn. War kein schöner Anblick und verfolgte mich lange.

Du glaubst an Gott, an den Himmel, nicht wahr? Ich beneide dich darum. Ich wäre gerne gläubig jetzt. Die Vorstellung, dass es einen Himmel gibt, dass dort meine Mutter auf mich wartet, wäre für mich der größte Trost. Ich würde sogar die harfenspielenden Engel in Kauf nehmen. Ich kann Harfenmusik nicht ausstehen.

Eine richtige Qual ist sie, die Angst vor dem Unbekannten. Das Sterben, der Tod und das Jenseits! Die großen Geheimnisse. Lauert dort das Nichts auf uns, ein großes schwarzes Loch? Irren wir da dann verloren herum? Und was irrt dort herum? Unsere Seele? Haben wir überhaupt eine?

Max ist überzeugt davon, dass es keine Seele gibt, dass wir nur Materie sind. Das, was unser Wesen ausmacht, ist das Ergebnis physikalischer Vorgänge. Unser Gehirn ist eine komplizierte und raffinierte Maschine, sie lässt uns fühlen, erinnern, wahrnehmen. Die Seele ist eine Idee des Menschen, eine Illusion, damit wir uns einzigartig vorkommen. Wir diskutierten so oft darüber, früher noch, vor meiner Diagnose.

Im Grunde war ich seiner Meinung. Im Grunde. Ich hielt mich wie er für einen sogenannten modernen Menschen, der sich alles wissenschaftlich erklärt. Trotzdem fehlte mir irgendetwas. Ich fand die Vorstellung hässlich und traurig, dass mein Ich nur das Ergebnis biochemischer Vorgänge sein soll. Da muss doch mehr sein! Über dieses *Mehr* stritten wir manchmal. Aber ich konnte es auch nicht erklären! Das Wort *Seele* gefiel mir ja auch nicht! Und jetzt bin ich sowieso am Ende meiner Weisheit.

So viele Möglichkeiten werden einem angeboten, von den Wissenschaften und von den Religionen, verschiedene Existenzformen, die uns nach dem Tod erwarten. Vereinfacht gesagt wären das: Erstens, wir haben eine Seele, die a) entweder in den Himmel oder in die Hölle kommt, b) verloren im Nichts herumirrt, c) wiedergeboren wird, entweder als Mensch oder als Tier. Zweitens, wir haben keine Seele, also irrt dieser undefinierbare, nichtmaterielle Rest von uns auch nirgendwo herum. Wer tot ist, ist tot. Aus, gelöscht.

Je nach Tagesverfassung klammere ich mich an eine Variante. An Tagen, an denen ich das Gefühl habe, ich habe einen Draht zu Gott, gehe ich mit ihm und meiner Mutter auf den Wolken spazieren und schaue hinunter auf die Erde. Ein älterer Herr mit weißen Haaren, weißem Bart, langem Gewand. Wie in meiner Kinderbibel. Wir diskutieren über ethische Fragen, und er kann mir ganz gute Antworten liefern, der Typ ist gut. Sie werden häufiger, die Tage. Ganz spurlos ist die religiöse Erziehung meiner Eltern doch nicht an mir vorbeigegangen.

Dann wieder stelle ich mir vor, wie ich in der heißen Hölle schmore und dem lieben Gott meinen Mittelfinger zeige. Du hast mich elendig krepieren lassen, du! Wo warst du, als ich dich brauchte? Ich zeige dem Teufel, wie man Speckknödel macht, und amüsiere mich mit ihm, er ist ein lustiger Kerl. Das Himmelreich kann mir gestohlen bleiben, ich habe eine Stinkwut auf den Allmächtigen.

Manchmal segle ich leicht wie eine Feder durch das Nichts, das ich mir blau vorstelle wie das Meer. Andere Federn begegnen mir und winken mir zu. Gut, diese Version gefällt mir am wenigsten, im Nichts würde mir schnell langweilig werden. Es sei denn, man hat die Möglichkeit, im Nichts etwas aufbauen zu können, eine neue Welt zum Beispiel. Das wäre ein Auftrag, der mich interessieren würde! Ganz ohne Arbeit geht man ja zugrunde, auch als Feder.

Manchmal finde ich die Vorstellung gut, als Elefant wiedergeboren zu werden, oder als Ameise, als Kolibri, als

Pandabär. In den Tieren liegt so eine Unschuld. Ich will gar kein Mensch mehr sein, mit all den Abgründen in mir.

Oder ich werde als Mensch wiedergeboren, in Neuguinea oder Paraguay, also in einer völlig anderen Kultur. Das fände ich auch interessant.

Wenn ich total verzweifelt bin und ich dermaßen die Schnauze voll habe, ich nichts mehr spüren, nichts mehr fühlen, nichts mehr denken, nichts mehr wissen will von der Welt, dann wünsche ich mir die seelenlose Variante. Ich bin eine Festplatte, die radikal gelöscht wird und die nicht einmal mitbekommt, dass sie gelöscht wird. Weil sie ja kein Bewusstsein hat.

Man hat ja heutzutage die Qual der Wahl! War das früher leichter?

Eigentlich ist es ein Fluch, ein moderner Mensch zu sein, wenn es ans Sterben geht. Sei froh, dass du gläubig bist! Du stellst dir diese Fragen nicht. Für mich sind sie der reinste Horror. Die Gedanken donnern auf mich ein und zermürben mich. Ich weiß nur, dass mir die dritte Möglichkeit am liebsten wäre.

Nämlich hierzubleiben, auf dieser Welt.

Ich würde so gerne den Leuten zurufen, dass sie ihr Leben genießen sollen. Es ist großartig, auf der Welt zu sein! Es ist ein Wunder, dass es uns gibt, und dass wir da sein dürfen!

Du wirst heute entlassen, nicht wahr? Darin liegt die einzig gültige Wahrheit. Das, was wir wissen, du und ich. Es gibt dich, es gibt deine Frau, sie liebt dich und holt dich heute ab. Das ist schön.

Ich freue mich für dich.

September 2015
MAX

So kannst du bleiben. So ist es perfekt. Sehr schön.
Und wieder auf die Cellospielerin schauen!
Wie es weiterging, willst du wissen?
Du hast Glück, dass ich heute gute Laune habe und zum Reden aufgelegt bin.

Was seine Ex-Freundin betraf, Antonia, wurde für Felix das Wörtchen *wenn* am lautesten. Er steigerte sich da hinein. Nein, er jammerte nicht, aber er redete manchmal von ihr. Dass sie seine Traumfrau gewesen wäre, die er sich damals hätte schnappen sollen. Sie wollte damals mit ihm zusammenziehen, in Südtirol, vor sechs Jahren war das, glaube ich. Sie war auch Südtirolerin, aus Völs am Schlern. Sie erbte ein Haus dort von ihren Eltern und wollte es gemeinsam mit Felix umbauen und dort einziehen, heiraten, Kinder bekommen, glücklich werden. Frauen glauben ja, darin liege das absolute Glück. Im Sich-Reproduzieren, und das obendrein in den eigenen vier Wänden mitsamt einem entzückenden Garten, am besten umgeben von Rosensträuchern, und einem Grillofen.

Vom Griller träumt der Mann? Da irrst du dich. Davon träumt immer nur die Frau! Der tüchtige Vorzeigeehemann steht verschwitzt am Grill und begrillt sie und ihre Freundinnen. Und lächelt dabei immer freundlich. Während die Vorzeigekinder fröhlich lachend über den perfekt gemähten Rasen laufen – von ihm gemäht, selbstverständlich –, auf sie zu, geradewegs in ihre Arme. Damit alle sehen können, was für eine Vorzeigemama sie ist. Im Hintergrund natürlich das Vorzeigehaus, für das der Mann den Kredit immer noch abstottert. Was ihm den Schlaf raubt.

Ja, jetzt war ich zynisch.

Ein Klischee? Das bezweifle ich. Ich war auch verheiratet, ich weiß, wovon ich rede.

Interessant zu beobachten fand ich dann, dass Felix als Todkranker auch sein absolutes Glück darin sah, in einer Ehefrau, in der Reproduktion, im Eigenheim. Er, der sich so dagegen gewehrt hatte, gegen ein gewöhnliches Familienleben. Er wollte reisen und seine Freiheit. Als Mann muss man also im Sterben liegen, um dieselben Glücksvorstellungen wie eine Frau um die dreißig zu haben, das fragte ich mich ernsthaft. Hat da die Schöpfung eventuell etwas falsch programmiert? Warum lachst du?

Natürlich könnte man in Felix' Fall sagen, er bereute seine Entscheidung, sich von der Traumfrau getrennt zu haben, im Wissen, dann nicht so jung sterben zu müssen. Aber es war nicht nur das. Er war überzeugt davon, dass seine Entscheidung per se falsch gewesen ist! Im Nachhinein stellte er sich vor, wie glücklich er an ihrer Seite geworden wäre, mit Haus, Kind und Hund. Dass eben ihre Träume der richtige Lebensweg gewesen wären und er einfach zu feig dafür war. Deshalb meine zweite Schlussfolgerung: Ein Mann muss im Sterben liegen, um zu erkennen, dass die Frau recht hat.

Ob ich dich auf den Arm nehme? Nur ein bisschen.

Wie sie war, diese Antonia? Ich kannte sie nicht gut, zu der Zeit wohnte ich in Berlin. Ich habe sie nur ab und zu gesehen, wenn sie mich in Berlin besuchten oder ich nach Wien kam. Sie war sehr nett, und soweit ich mich erinnern kann, sah sie verdammt gut aus.

Sie stellte ihm ein Ultimatum, er müsse sich entscheiden. Felix trennte sich von ihr, verreiste für ein paar Wochen. Dann kamen sie doch wieder zusammen, und das Ganze wiederholte sich nach einem Jahr oder zwei. So genau weiß ich das nicht mehr, ich führe auch nicht Buch über das Beziehungsleben meiner Freunde. Ich weiß nur, als er sich das zweite Mal von ihr trennte, war sie extrem wütend und verletzt. Sie zog dann alleine nach Südtirol, und er sah sie nicht wieder. Obwohl er oft darum bettelte und alles versuchte, aber sie ließ sich nicht erweichen.

Felix wollte Antonia unbedingt noch einmal sehen. Er wollte sich verabschieden von ihr. Das war ihm wichtig, sich zu verabschieden, Dinge zu regeln. Im Krankenhaus, an seinem einundvierzigsten Geburtstag, lud er seine Freunde ein, auch Ex-Freundinnen, aber davon kam nur eine, und natürlich seine Familie. Die kam den ganzen Weg von Südtirol bis nach Wien. Der Bruder, die Schwägerin, zwei Neffen, zwei Nichten. Die jüngste, Marlene, war offensichtlich sein Liebling, sie hatte auch nicht so viel Scheu wie die drei anderen, sie hockte sich gleich zu ihm aufs Bett und fing an zu plaudern. Ein Freund aus Rom kam mit seiner ganzen Familie, er hieß Alessandro. Den kannte ich gut.

Felix wollte wenigstens ein bisschen mit allen feiern, und von den meisten verabschiedete er sich an dem Tag für immer. Weil er wusste, dass ihm nicht mehr viel Zeit blieb, und er auch nicht mehr so viel Besuch haben wollte. Besuche wurden für ihn immer anstrengender. In den letzten Wochen wollte er nur noch seinen Bruder, seine Schwägerin, Juliane und mich um sich haben.

Zu seiner Geburtstagsfeier kam sie auch, nein, nicht Antonia. Juliane. Sie brachte eine selbstgebackene Sachertorte mit, die hätte ich nicht besser machen können. An dem Tag sahen einige Freunde von Felix sie zum ersten Mal, und ich merkte, dass sie leicht irritiert waren. Juliane hatte ihr Cello mitgebracht, weil Felix sie darum gebeten hatte. Sie spielte ein paar Stücke vor, das gefiel dem Pflegepersonal so gut, dass sie die Tür weit öffneten, damit alle auf der Station es hören konnten. Später kam auch Julianes Mann vorbei, um Felix zu gratulieren.

Ich fand es schräg, wie beide so an seinem Bett saßen, der Mann rechts, seine Frau links. Ich stand am Fußende und hätte die Szene am liebsten gemalt. Ihr Mann heißt Paul und war nicht unsympathisch, aber er wirkte distanziert und abwesend. Sie wirkte verlegen, als wäre ihr das Ganze unangenehm. Ich fragte mich, ob der Anwalt wusste, dass seine Frau mit dem Patienten bis vor ein paar Monaten gevögelt hatte, bis es eben nicht mehr gegangen war. Was hatte sie ihm von Felix erzählt? Was dachte er, warum sie hier war? Warum war er überhaupt hier?

Felix? Er war weder distanziert noch verlegen, weder mit ihr noch mit ihm. Ich glaube, wenn man weiß, dass man bald stirbt, bekommt man ein ausgeprägtes Gleichgültigkeitsgefühl gewissen Dingen gegenüber. Außerdem war er mit Schmerzmitteln zugedröhnt. Mit seiner Flüsterstimme erzählte er Paul von der neuen Therapie, die er endlich erhielt, die Antikörpertherapie. Er hatte hart darum gekämpft und konnte doch noch an einer Studie teilnehmen. Ob sie half? Nein, er sprach nicht mehr darauf an. Der Zeitpunkt war zu spät, ist meine Meinung, das Ganze wurde dann auch abgebrochen.

Ich bin abgeschweift.

Ich wollte ja von unserer Fahrt nach Südtirol erzählen.

Felix überredete mich, mit ihm zu Antonia zu fahren, und ich ließ mich überreden. Ich konnte ihm ohnehin nichts abschlagen. Sie hätte endlich auf eine E-Mail geantwortet, sie hätten telefoniert. Sie würde ihn auch gerne noch einmal sehen, erzählte er mir. Er nannte mir ein Datum. Das war Anfang April, kurz bevor er stationär ins Krankenhaus kam. Alleine mit dem Auto zu fahren war für ihn nicht mehr möglich, er brauchte mittlerweile Krücken, um gehen zu können. Wir vereinbarten, ziemlich früh loszufahren, um am Nachmittag anzukommen. Am Abend wollten wir dann zu seinem Bruder weiterfahren und dort übernachten.

Ich spürte, dass Juliane gerne mitgefahren wäre, aber Felix blockte ab.

›Julie, ich habe ohnehin schon ein schlechtes Gewissen‹, sagte er zu ihr, ›weil ich deine Zeit so sehr beanspruche. Du hast Familie und Beruf und tust genug für mich!‹

Er hatte das schon manchmal zu ihr gesagt und sich dann doch immer wieder gefreut, wenn sie kam. Aber dann im letzten Moment darum gebeten, was er vorher aus Stolz abgelehnt hatte. In den letzten Wochen wurde das zum Spiel zwischen den beiden, wobei ich überzeugt bin, dass Felix natürlich nicht mit ihr spielte, sondern einfach hin- und hergerissen war zwischen: *Ich will dir nicht zur Last fallen, kann aber nicht auf dich verzichten.* Er brauchte sie. Am Tag bevor er ins Krankenhaus kam, bot sie ihm an, ihn zu fahren, er lehnte ab. Er würde ein Taxi nehmen, sie habe ja Familie, bla, bla, bla. Am Morgen schrieb er ihr eine SMS, dass er doch froh wäre, wenn sie käme und ihm beim Packen helfe, die Schmerzen seien gerade heute unerträglich. Dasselbe wiederholte sich dann im Krankenhaus mehrmals. Wir wussten, dass er von dem Essen im Krankenhaus oft nicht satt wurde, und wenn ich keine Zeit hatte, ihm etwas vorbeizubringen, fragte sie ihn per SMS, ob sie vom Asiaten noch schnell etwas bringen soll. Bis Mitte Juni war er ganz heiß auf asiatische Küche. Sie war meistens vormittags bei ihm, ich an den Abenden. Er schrieb dann: *Nein, nein, nicht notwendig*, und eine halbe Stunde später kam dann: *Bitte doch*. Und als er vom Rettungsdienst ins Hospiz überstellt wurde, bot sie ihm am Abend vorher an, zu kommen, seine Sachen einzupacken und mitzufahren. Natürlich lehnte er wieder ab, das bekam ich mit, weil ich da bei ihm war. Ich wusste, er würde ihr am nächsten Morgen eine SMS schreiben: *Bitte komm*. Das tat er auch, ich hatte sogar den Wortlaut genau erraten.

Er wollte nicht mit ihr nach Südtirol fahren, sondern mit mir. Um ihr nicht zur Last zu fallen.

›Sollen wir sie nicht doch auch fragen, ob sie Zeit und Lust hat‹, sagte er zwei Tage vorher, ›es wäre lustiger zu dritt. Was meinst du?‹

›Vielen Dank, dass du es mit mir langweilig findest‹, beschwerte ich mich, ›du wirst sie aber auf keinen Fall fragen. Sie hat Kinder. Einen Mann! Was bitte soll sie zu dem sagen? Dass sie mit einem Todkranken auf Krücken und einem durchgeknallten Maler durch die Gegend fährt?‹

›Warum nicht?‹, fragte Felix.

›Untersteh dich!‹, sagte ich, und er schrieb ihr keine SMS.

Aber sie wusste, zu welchem Zeitpunkt ich Felix abholen wollte, und kam. Und es war sogar ihr Mann, der sie brachte! Ich dachte, ich traue meinen Augen nicht. Ich fahre gerade an die Straßenseite, Felix steht ein paar Meter weiter vorne am Gehsteig mitsamt Krücken und Tasche, da rollt ein schwarzer Mercedes auf der anderen Straßenseite heran und hält direkt auf Felix' Höhe. Juliane sitzt auf dem Beifahrersitz, beugt sich hinüber, küsst den Mann auf dem Fahrersitz und steigt aus. Küsst, steigt aus und strahlt Felix an. Der strahlt natürlich sie an. Und was macht der Mann? Er winkt Felix zu. Nein, nicht fröhlich, das nicht, es ist mehr ein stummes Grüßen mit der Hand. Ich schaue ihn mir genau an, bevor er mit seinem Auto davonrauscht. Seinen Gesichtsausdruck kann ich nicht richtig deuten. Erschöpft? Erleichtert? Traurig?

Wiedererkannt hätte ich ihn auf keinen Fall. Aber ich erkannte ja auch Juliane vor einem Jahr nicht wieder. Von Felix weiß ich, dass sie den Anwalt, der mit uns im Zug gewesen war, kurz darauf heiratete. Richtig, wir vier waren in dem Abteil. Ab Bozen. Von Wien nach Innsbruck nur der

Anwalt und ich, und zwei Klosterschwestern. Die Cellospielerin stieg in Innsbruck ein, Felix in Bozen, dort stiegen die Nonnen aus.

Ich sitze da und denke mir, dass der Typ eine Geliebte hat und froh ist, dass seine Frau wegfährt. Anders kann ich mir das nicht erklären. Ich bin auch heute noch der Meinung. Wahrscheinlich verbringt er das Wochenende bei ihr und liefert vorher die Kinder bei Omi und Opi ab. Vielleicht haben sie sogar eine offene Beziehung, denke ich mir weiter, soll es ja auch in diesen Kreisen geben. Was Beziehungsformen betrifft, wundert mich rein gar nichts mehr, da habe ich schon so viel gesehen und erlebt. Aber interessiert hätte es mich, das gebe ich zu. Wie es bei der Cellospielerin und dem Anwalt so zuging. Aber sie hatte nie offen darüber geredet, sondern immer abgewehrt. Schien ein wunder Punkt bei ihr zu sein.

Im Auto konnte ich mich nicht zurückhalten und fragte sie: ›Für deinen Mann ist das in Ordnung, dass du mit uns einen Ausflug nach Südtirol machst?‹

Sie sah mich durch den Rückspiegel an und gab die übliche Antwort, dass ihr Mann es unterstütze, dass sie Felix so unterstütze. Von der Unterstützung vor der Krankheit schien der Mann also nichts zu wissen. Hätte er das auch unterstützt? Eventuell nannte man in ihren Kreisen eine offene Beziehung ein Sich-gegenseitiges-Unterstützen? Der vielbeschäftigte Ehemann, der spät in der Nacht vom Büro nach Hause kommt, wo er nicht nur die Akten, sondern auch die Sekretärin bearbeitet, der in seinem Freundeskreis immer wieder verkündet, wie sehr ihn seine Frau unterstützt und ihm den Rücken frei hält. Die gelangweilte Ehefrau, die von den Treffen mit dem Geliebten schnell nach Hause hetzt, um für die Familie rechtzeitig zu kochen, und die ihren Freundinnen immer wieder verkündet, wie sehr ihr Mann ihren Wunsch, bei den Kindern bleiben zu können, unterstützt, weil dann alles so stressfrei ist.

Entschuldige, meine Gedanken gehen mit mir durch.

Ich bohrte nicht weiter, im Grunde war es mir ja auch egal. Felix freute sich offensichtlich, dass sie an Bord war, und deshalb freute ich mich auch. Die beiden fingen dann sogar an zu singen, zu Songs aus dem Radio, und Felix bestand darauf, dass ich mitsinge. Seinen Lachkrampf hätte er sich sparen können. Meine Stimme ist grottenschlecht, aber das wusste er ja vorher. Sie übte mit mir ein paar Tonlagen, aber gab es dann auf, Felix kriegte sich gar nicht mehr ein. Er war so gut drauf, richtig aufgekratzt.

Ich war froh, dass sie dabei war, weil wir uns beim Autofahren abwechseln konnten. Wir waren insgesamt acht Stunden unterwegs! Normalerweise braucht man für die Strecke von Wien bis zum malerischen Touristenkaff Völs am Schlern sechs Stunden. Wir machten manchmal eine Pause, Felix tat das Sitzen weh. Weil ihm auch das Stehen oder Gehen weh tat und nur Liegen Erleichterung für ihn brachte, fuhr Juliane kurz vor Salzburg von der Autobahn ab und hielt am Mondsee an. Felix legte sich auf meine Picknickdecke, die ich Gott sei Dank immer im Kofferraum habe, und rastete. Weil es sich komisch anfühlte, um ihn herumzustehen, legten wir uns neben ihn, er in der Mitte. Er döste weg, und wir sahen ihm beim Schlafen zu.

In Innsbruck fuhr ich von der Autobahn ab, und Juliane lotste mich zu einem guten Restaurant, in dem wir zu Mittag aßen. Sie kannte sich in der Stadt gut aus, war ganz in der Nähe aufgewachsen. Ich fragte sie, ob sie ihre Eltern besuchen möchte, nur um hallo zu sagen, aber sie lehnte ab. Einen Vater hatte sie nicht, die Mutter würde wahrscheinlich arbeiten, sagte sie, anrufen wollte sie nicht.

Mittlerweile hatte es zu regnen begonnen. Was ich gut fand. Wir fuhren weiter Richtung Italien, und Felix wurde immer stiller. Ich dachte: Es soll regnen, düster sein, neblig! Das Haus ein Verbrechen des Architekten und ein Schandfleck in der Landschaft. Die Frau bitte, bitte potthässlich und mit einer anstrengenden keifenden Stimme. Damit Felix seinen Seelenfrieden finden und sagen konnte: Es *war* die richtige Entscheidung, das weiß ich jetzt, ich habe schöne, ungebundene Jahre genossen und kann jetzt in Ruhe sterben.

Auf einmal sagte er: ›Ich muss euch was sagen. Antonia weiß nicht, dass ich komme. Sie hat mir keine E-Mail geschrieben, und wir haben auch nicht telefoniert.‹

Wir waren natürlich entsetzt und redeten auf ihn ein. Wie kannst du das machen? Was, wenn sie jetzt nicht zu Hause ist? Er hätte die Strapazen der langen Fahrt umsonst auf sich genommen.

›Dann schlafen wir in einem Hotel und klopfen morgen noch einmal an die Tür‹, sagte er ungerührt.

›Und wenn sie morgen auch nicht da ist? Weil sie zum Beispiel über das Wochenende weggefahren ist?‹, fragte ich genervt.

›Dann kommen wir ein anderes Mal wieder‹, antwortete er.

Juliane rollte nur mit den Augen. Wir wussten beide, dass es für Felix die letzte Gelegenheit war.

Ich beruhigte mich schnell wieder. Eigentlich konnte es nur gut sein, wenn die Frau unvorbereitet war auf unseren Besuch, dachte ich mir, das erhöhte nur die Chancen, dass sie sich nicht im besten Licht präsentieren würde.

Natürlich war sie nicht potthässlich geworden innerhalb von fünf Jahren. Nur hochschwanger. Ausgerechnet. Sie war ziemlich erstaunt, als sie uns drei vor ihrer Haustür stehen sah, Felix auf Krücken gestützt. Sie bat uns herein, aber Juliane und ich lehnten ab, wir wollten in der Zwischenzeit spazieren gehen.

Da musste Felix alleine durch. Wir konnten ja nicht neben ihm sitzen, seine Hand halten und sagen: ›Stark sein, nicht zusammenbrechen!‹ oder gar ihre Hand streicheln und ihr einflüstern: ›Ja, damals verhielt er sich wie das reinste Arschloch, aber bitte, bitte kannst du uns jetzt den Gefallen tun und ihm verzeihen, du siehst ja, dass der Typ nicht mehr lange leben wird?!‹

Offensichtlich wäre das nicht notwendig gewesen, denn als wir nach einer Stunde Felix abholten, sahen wir, dass sie geweint hatte. Er übrigens auch. Sie umarmten sich und wollten sich nicht mehr loslassen. Von uns verabschiedete sie sich mit einem Händedruck, und zu Juliane sagte sie noch: ›Passen Sie gut auf ihn auf.‹

Sie glaubte wahrscheinlich, dass die beiden ein Paar waren.

Im Auto sprach Felix kein Wort, aber ich machte mir keine Sorgen, weil er entspannt wirkte. Gelöst.

Wir fuhren weiter zu seinem Bruder auf den Hof, wo alle wiederum glaubten, dass Juliane und ich ein Paar wären – da sahen sie sie zum ersten Mal –, und uns ein gemeinsames Zimmer angeboten wurde. Felix klärte das auf, ich gestehe, ich war ein bisschen sauer. Dass er gerne das Doppelzimmer nehmen würde, sagte er aber auch nicht. Er sagte, dass drei Einzelzimmer benötigt wurden, da wir alle einfach nur Freunde seien. Seine Familie wunderte das nicht einmal, in Felix' Freundeskreis gab es einige Frauen.

Er stellte Juliane nie als seine Freundin vor, auch nicht im Krankenhaus, er sagte nur manchmal, wenn eine Erklärung notwendig erschien, sie wäre eine Freundin oder eine gute Bekannte. Sie war erleichtert deswegen, glaube ich. Gerede konnte sie als verheiratete Dalberg nicht brauchen. Vermutlich wäre ihr das Gerede egal gewesen, so schätze ich sie ein, aber sie hatte einen Mann und zwei Kinder, die sie nicht verletzen wollte. Sie hatten eine Affäre gehabt, so etwas passiert, und dann hatte sich eine Freundschaft daraus entwickelt. Das war alles. Niemand braucht ein Drama daraus zu machen. Ich verstehe Menschen nicht, die wie wild um sich schlagen, wenn sie eine Affäre haben. Die alle hineinziehen, den Partner sowieso, die ganze Familie, den gesamten Freundeskreis, die nicht aufhören können, irgendwelche Schuldzuweisungen herumzuschreien. Was wollen die sich beweisen?

Wascht eure Schmutzwäsche in eurem Inneren, kann ich denen nur raten.

Felix und Juliane machten kein Drama daraus, er hatte sie nicht ihrem Mann ausspannen wollen, sie hatte ihren Mann nicht hineinziehen wollen. Eros hatte ihnen eine Zeitlang den Kopf verdreht, so what? Der Anwalt machte übrigens auch kein Drama daraus, was ich ihm hoch anrechne. Obwohl, eine schräge Konstellation war es natürlich schon. Ich weiß zwar nicht, was seine Motivation war, seine Frau bei der Sterbebegleitung zu unterstützen, aber die Tatsache, dass er es tat, fand ich stark. Da muss man schon sehr über den Dingen stehen können, finde ich, also mit Kleinlichkeit kommst du da nicht weit.

Am Samstag zeigte uns Felix die Orte seiner Kindheit: den Bauernhof, die Alm, das Dorf, das ganze Tal. Die zwölfjährige Marlene war auch mit dabei, sie hüpfte zwischen uns herum. Felix war fröhlich und ausgeglichen. Wir spürten, wie verbunden er mit seiner Heimat war. Er saß am Abend lange mit seinem Bruder zusammen, um die letzten Dinge zu besprechen.

Am Sonntag fuhren wir nach dem Frühstück zurück nach Wien.

Ein paar Tage später, am 15. April, kam er ins Krankenhaus.

Er blieb genau zwei Monate und eine Woche.

Weißt du was?

Für heute ist es genug.

Wir rauchen noch eine Zigarette auf der Terrasse, und dann fährst du nach Hause.

Zieh dich an.

Juni 2015
PAUL

Ob du der Einzige bist, der jetzt mein Geheimnis kennt?
Nein, es gibt noch jemanden, der davon weiß.

Felix.
Ich besuchte ihn im Krankenhaus, Ende Mai. Es belastete mich zu sehr, ich wollte reinen Tisch machen und ihm die Wahrheit sagen. Die letzten Monate waren die Hölle für mich gewesen. Es musste ein Ende haben, und ich wollte, dass er eine Anzeige machte. Fahrlässige Körperverletzung mit tödlichem Ausgang nennt man so etwas. Ich konnte nicht mehr! Mit der Schuld weiterleben schon gar nicht. Ich hatte nur noch Alpträume, konnte kaum mehr essen, war nervös und einem Burn-out nahe.

Er lag alleine im Zimmer, sein Bettnachbar war vor zwei Tagen entlassen worden, erzählte er mir. Während ich redete, hörte er aufmerksam zu, ohne etwas zu sagen. Er schien sich nicht zu wundern und auch nicht aufzuregen.

Zum Schluss sagte er: ›Ich habe mich schon gefragt, wann du hier auftauchst. Das ganze Geld ist also von dir?‹

Bevor er ins Krankenhaus kam, hatte er Frau Dafner in Schweden angerufen, um sich für die großzügige Summe zu bedanken, mit der er nie gerechnet hätte. Ein hoher sechsstelliger Betrag war auf sein Konto überwiesen worden, von dem die Frau aber nichts gewusst hatte, und Felix war ziemlich irritiert gewesen. Er hatte eine Eingebung und fragte sie spontan nach dem Vorbesitzer der Wohnung. Den nannte sie ihm am nächsten Tag, sie hatte zuerst die alten Kaufpapiere suchen müssen.

›Du hast ihrem Mann die Wohnung verkauft‹, fuhr er fort, ›das Geld musste von dir sein. Von wem sonst? Die Frau hatte keine Ahnung von irgendeiner Schadenersatzforderung. Die Tatsache, dass du mir ohne mit der Wimper zu zucken einen so hohen Betrag überweist, machte mich stutzig. Mich überkam die Ahnung, dass du Bescheid gewusst und den alten Mann beim Verkauf der Wohnung über den Tisch gezogen hast. Und jetzt bist du da und informierst mich persönlich über deinen Ablasshandel. Ich muss ehrlich sagen, dass ich darauf gewartet habe. Weil ich dich nicht so eingeschätzt habe, dass du die Angelegenheit unter den Teppich kehrst.‹

›Keine Sorge, niemand weiß es‹, fügte er hinzu, ›ich schweige wie ein Grab, in dem ich ohnehin bald liege.‹

Ich sagte ihm, dass er nicht schweigen müsse, er solle mich anzeigen oder eine Selbstanzeige verlangen.

Er lachte mich aus: ›Ich verklage dich sicher nicht, Herr Anwalt. Aber dein Geld nehme ich gern. Meine Familie wird sich freuen, wenn das Testament vorgelesen wird.‹

Ich bestand auf einer Anzeige, es wäre eine Straftat, wiederholte ich.

Er wurde ernst und sagte dann: ›Lass es gut sein, Paul. Wirklich. Lass es einfach gut sein.‹

Wir schwiegen eine Weile, und dann redete er weiter: ›Niemand hat etwas davon, wenn du vor Gericht musst und ins Gefängnis gehst. Du nicht, ich nicht, denn es macht mich nicht gesund, und deine Familie schon gar nicht. Du hast viel Geld überwiesen, dafür bin ich dir dankbar. Mehr kannst du nicht tun. Du kannst es nicht ungeschehen machen, auch wenn du es möchtest. Ich sehe es dir an, wie sehr du es möchtest. Du leidest, nicht wahr? Bist du religiös? Ja? Das freut mich für dich. Ich habe einmal irgendwo gelesen, dass Verzeihen nicht nur eine religiöse, sondern eine psychologische Handlung ist. Sie wirkt sich positiv auf die Gesundheit aus. Also: Ich verzeihe dir. Vielleicht lebe ich ja jetzt einen Monat länger. Spaß beiseite. Tu mir den Gefallen und hör auf zu leiden. Genieß dein Leben und liebe deine Frau. Spiel mit deinem Sohn Fußball und schau dir mit deiner Tochter einen Sonnenuntergang an. Arbeite weniger. Und noch etwas: Hilf meinem Bruder, nach meinem Tod die Dinge zu regeln, ich bitte dich darum. Sargüberstellungen von Österreich nach Südtirol sollen nicht so einfach sein, du weißt, Italiens Bürokratie ist unendlich. Nicht dass ich schon ganz verwest zu Hause ankomme.‹

Ja, und dann gab er mir die Hand, und ich ging nach Hause.

Ich habe gerade eine SMS von meiner Frau bekommen:
Felix ist vor wenigen Minuten gestorben. Bitte hol mich in einer Stunde ab.

Ich brauche frische Luft.

Bevor ich mir ein Taxi rufe, werde ich eine Weile spazieren gehen.

Nein, ich möchte nicht, dass du mich begleitest. Sei nicht beleidigt.

Lass uns austrinken und zahlen.

Ich muss jetzt alleine sein.

Aber ich danke dir von Herzen, mein Freund, dass du heute Nacht bei mir geblieben bist und mir zugehört hast.

Dezember 2015
JULIANE

Du brauchst dir um mich keine Sorgen zu machen.

Mir geht es nicht schlecht, nicht mehr.

Es ist jetzt sechs Monate her, und ich habe es einigermaßen verarbeitet.

Obwohl ich zuerst völlig zusammenbrach. Ich lag tagelang im Bett und fühlte mich erschöpft wie noch nie, immer wieder begann ich zu weinen. Paul nahm sich frei und blieb bei mir.

Ich hatte immer wieder Bilder im Kopf! Sie überfallen mich immer noch, aber zum Glück kommen sie seltener.

Felix, wie er schwungvoll die Tür öffnet und mich umarmt, wie er in der Küche steht, kocht und gleichzeitig mit mir plaudert, wie wir nebeneinander auf der Couch liegen und Musik hören, wie er mir auf der Gitarre etwas vorspielt, wie er mir zuzwinkert. Wie er im Krankenbett liegt und mir lächelnd die Hand entgegenstreckt, wenn ich das Zimmer betrete.

Die Bilder vom vorletzten Tag, als Felix noch bei Bewusstsein war und ihm buchstäblich die Todesangst ins Gesicht geschrieben stand, verfolgten mich lange.

Nein, er redete nicht darüber, nie. Über seine Todesangst, meine ich. Mir gegenüber verhielt er sich immer stark und gelassen, er war extrem tapfer. Max sagte einmal zu mir: ›Also ich würde in der Situation nur wehleidig rumjammern und vor lauter Selbstmitleid zerfließen.‹

Ich glaube, Felix konnte über seine Angst nur mit seinem Bettnachbarn im Krankenhaus offen reden. Mit uns nicht.

Vielleicht weil sie beide in derselben Situation waren. Für uns, seine Familie, seine Freunde wollte er stark sein.

Ich weiß nicht, wie ich mit so einer Krankheit umgegangen wäre. Nein, ich maß mir nicht an zu behaupten, ich wäre genauso tapfer wie Felix gewesen, wenn nicht noch mehr, ich will etwas anderes sagen. Das klingt jetzt vielleicht merkwürdig für dich, aber manchmal sah ich Felix an und wünschte mir, an seiner Stelle sterben zu dürfen.

Gut, nicht manchmal, nur zwei bis drei Mal. Ich erinnerte mich intensiv an meine starke Todessehnsucht in den ersten Jahren nach Andreas' Tod. Da wollte ich einfach einschlafen und nie wieder aufwachen, dieser Wunsch war so groß gewesen! Nichts mehr hören und sehen von der Welt! Nicht mehr empfinden müssen, wie sehr ich meinen kleinen Bruder vermisste, seinen warmen Körper neben mir im Bett, sein Kichern. Nicht mehr meine Schuld spüren, meine Scham. Nicht mehr meinen Eltern in die Augen schauen müssen. Ich kann meiner Mutter immer noch nicht richtig in die Augen schauen.

Doch, du hast recht, alles ist gut ausgegangen, ich habe ein schönes Leben, ich kann mich nicht beschweren. Aber sie schlummerte weiter in mir, die Todessehnsucht, ganz war sie nie weg. Früher hatte ich manchmal Tage, da schaffte ich es gerade noch zu funktionieren. Da zog mich die Erinnerung, die Depression so stark hinunter, dass mich diese Schwere kaum ein Bein vor das andere setzen ließ.

Ich redete mit Felix darüber, nachdem ich ihm von Andreas erzählt hatte. Das war noch in seiner alten Wohnung gewesen, nach seiner Diagnose. Er war interessiert daran und wollte alles ziemlich genau wissen, sagte dann, dass er jetzt einiges verstehen könne, im Nachhinein, meine Art, meine Reaktionen, damals im Zug und später. Er hielt mich im Arm, und wir redeten lange darüber. Er tröstete mich und sagte, dass ich ihm versprechen müsse, nie wieder

Todessehnsucht zu verspüren, sondern das Leben zu genießen. Weil es meinen Bruder auch nicht wieder lebendig mache und es niemandem etwas nütze, mir am allerwenigsten.

›Mit Andreas werde ich Fußball spielen, da oben‹, sagte er, ›und den Ball auf dich runterkicken, wenn du zu trübsinnig bist.‹

Da musste ich weinen.

Lassen wir das besser.

Nein, Felix vermittelte nie das Gefühl, dass er Angst hätte. Später im Krankenhaus machte er sogar Witze über sein Sterben, um mich aufzuheitern.

›Schwör mir auf diese Papaya, dass du dir mein Abtreten nicht zu nahe gehen lässt, Julie‹, sagte er, ›ich will dich nicht als heulendes Elend rumsitzen sehen, wenn ich dich von meiner Wolke aus beobachte. Hörst du? Versprich mir, dass du es dir gutgehen lässt, jeden Tag deines Lebens.‹

Ein anderes Mal sagte er: ›Na komm schon, schau nicht so bedrückt. Sterben müssen wir alle, ich gehe halt ein bisschen früher, weil ich mir einen Logenplatz sichern will. Von dort aus passe ich auf dich auf.‹

Nur als der Pfarrer ihn besuchte, im Mai, weil Felix in die Kirche eintreten wollte, seiner Familie zuliebe, die sich ein kirchliches Begräbnis wünschte, verlor er für einen kurzen Moment lang die Fassung. Ich war gerade im Krankenhaus, als der Geistliche mit den Papieren zur Tür hereinkam. Er wollte mit Felix über den Eintritt reden und auch beten.

Er eröffnete das Gespräch dann ziemlich direkt und fragte, ohne mit der Wimper zu zucken: ›Haben Sie sich schon mit dem Sterben auseinandergesetzt?‹

Ehrlich gesagt fand ich die Frage unsensibel. Mit was soll sich ein Sterbender denn sonst auseinandersetzen? Mit

Fußball? Felix' Gesicht fiel zusammen, und eine Sekunde lang dachte ich, er würde zu weinen anfangen, vor dem Pfarrer und mir. Aber er hatte sich schnell wieder unter Kontrolle, vor dem Mann hätte er sich sicher die Blöße nicht gegeben. Er tat es ja nicht einmal vor seinem Freund, seinem Bruder oder mir. Antwort gab er ihm keine, er griff nur nach dem Zettel und fragte, wo er unterschreiben müsse. Das Vaterunser betete er aber dann doch mit ihm, und ich betete mit. Ich fand das schön.

Ja, das wundert dich jetzt. Weil du weißt, wie es bei uns zu Hause zuging.

Ich freute mich damals darüber, dass Paul religiös ist. Und seine Familie.

Seine Eltern gehen regelmäßig zur Kirche und auch Paul, der nicht ganz so religiös ist wie sie. Er besucht nur an den Feiertagen und in der Adventszeit die Messe – und ich mit ihm –, glaubt an Gott, an Jesus und an die Kirche. Weihnachten, die Adventssonntage, Ostern, Pfingsten, Allerheiligen werden zelebriert, wir ziehen uns schön an, gehen gemeinsam in die Messe, und anschließend sitzen wir beisammen, essen gut, trinken Wein, feiern. Wirklich, ich mochte das gerne, vor allem in meiner Anfangszeit in Wien, und mag es immer noch.

Warum? Weil es mir Halt gab.

Ich lechzte richtiggehend danach.

Inhaltlich konnte ich zwar vieles nicht verinnerlichen. Ich glaube weder an eine unbefleckte Empfängnis noch an einen Heiligen Geist, der mittels Flammenzungen auf die Menschen herabkam. Aber die Traditionen gefallen mir, sie geben eine gewisse Struktur im Jahresablauf vor, an der man sich orientieren kann.

Ja, ich pickte mir sozusagen die Rosinen heraus.

Ich nahm sie damals gerne an, die Traditionen, und lebte sie mit Paul und den Kindern, obwohl ich völlig anders erzogen und aufgewachsen war. Das gefiel mir. Meine Eltern hielten ja, wie du weißt, religiöse Ansichten für verdummend, ein Tag war wie der andere, nur Heiligabend wurde gefeiert.

Religiöse Menschen finden nach dem Tod eines geliebten Menschen Trost darin, zu wissen, dass Gott ihn zu sich gerufen hat und er bei ihm gut aufgehoben ist. Sie hadern nicht, alles hat seinen Sinn und seine Ordnung. Wenn meine Familie religiös gewesen wäre, hätten wir vielleicht alle anders mit Andreas' Tod umgehen können. Dann wäre auch Trauer da gewesen, aber dieses Gefühl der Leere und Sinnlosigkeit hätte sich vermutlich nicht eingestellt, zumindest nicht so massiv. Es wäre nicht alles auseinandergebrochen. Meine Eltern hätten zueinandergehalten, weil die Ehe, die Familie etwas zählte.

An diesem vorletzten Tag im Hospiz war Felix schweißnass, ich wischte sein Gesicht und seinen Oberkörper ständig mit einem Waschlappen ab.

Seine Pupillen waren geweitet, sehr groß, und starrten die meiste Zeit ins Leere oder durch mich hindurch. Er döste immer wieder für zwei, drei Sekunden weg, und dann riss es ihn wieder hoch, mit einem ganz verschreckten, verwirrten, verängstigten Ausdruck in den Augen. Der tat mir so weh. Den ganzen Tag lang wollte er sich nicht ins Bett legen, er saß steif aufgerichtet im Rollstuhl, vor dem Tisch, nur mit einer kurzen Hose bekleidet, weil ihm so heiß war. Ja, in den letzten drei Wochen konnte er wieder sitzen, vermutlich wegen der starken Schmerzmittel, ich weiß es nicht. Er wollte ständig essen, trinken und sich krampfhaft beschäftigen, seine Hände wanderten permanent hin und her. Er schenkte sich Milch ein, schob das Milchglas zurück, wieder vor, steckte sich eine Erdbeere in den Mund, glättete die Tischdecke, naschte vom Schlagobers.

Er war so unruhig, und ich fühlte mich komplett hilflos. Der Betreuer sprach mit mir darüber. Felix spüre den Kontrollverlust über seinen Körper, und das versetze ihn in Panik. Er wolle nicht im Bett liegen, weil er Angst habe, dass er einschlafen und nicht mehr aufwachen würde. Alles in ihm wehrte sich gegen das Einschlafen, er wollte noch nicht loslassen.

Bis dahin hatte er nie todkrank auf mich gewirkt oder verfallen oder schrumpfend, wie angeblich sterbende Menschen aussehen sollen. Ja klar, die Stimme war nur ein Flüstern gewesen, die Arme und Beine schon etwas mager, und ohne Sauerstoffschlauch war es im letzten Monat nicht mehr gegangen. Aber dennoch war er braun gebrannt gewesen, seine Haare immer noch dicht, die Gesichtszüge hatten nicht anders als früher gewirkt, er war geistig fit gewesen und hatte seinen Sinn für Humor nicht verloren.

Bis zum vorletzten Tag.

Am Nachmittag fuhr ich nach Hause. Ich wusste, dass sein Bruder und seine Schwägerin auf dem Weg waren. Am Abend gegen neun schaute ich noch einmal kurz vorbei, blieb aber nicht lange, weil Mathias und Sabine noch da waren und er ohnehin müde war und schlafen wollte.

Am nächsten Tag hatte er losgelassen. Die Betreuer erzählten, dass er nach dem Aufwachen, er hatte gut und tief geschlafen, wahrscheinlich wegen der starken Schlafmittel, gesagt hatte: ›Heute ist der perfekte Tag zum Sterben.‹

Nicht schöner Tag oder guter Tag, nein, der perfekte Tag. Typisch Felix.

Wir trafen alle fast gleichzeitig ein, Mathias, Sabine, sie hatten in einem Hotel übernachtet, Max und ich. Felix war noch kurz bei Bewusstsein, verabschiedete sich von allen. Jeder sollte für eine Minute alleine zu ihm ins Zimmer kommen, das wünschte er sich. Wir sahen ihm an, dass er sich sehr konzentrieren musste, um das durchzustehen.

Was er zu mir sagte? Sei mir nicht böse, aber das möchte ich nicht erzählen.

Eine halbe Stunde später war er nicht mehr ansprechbar. Den restlichen Tag nicht, nicht in der Nacht. Wir saßen abwechselnd bei ihm. Einmal holte Max Pizzen für uns alle, einmal ging ich eine Runde spazieren.

Um halb drei holte uns die Betreuerin in sein Zimmer. Es gehe dem Ende zu, sagte sie. Wir standen um das Bett herum und sahen zu, wie er starb. Felix lag seitlich da und wirkte, als würde er schlafen, nur sein Atem rasselte noch lauter als in den letzten Tagen. Für mich klang es wie ein Röcheln.

Nein, er spürte nichts. Zumindest versicherten uns das immer wieder die Betreuer. Felix hatte am Arm ein Kästchen befestigt mit verschiedenen Schmerzampullen darin, deren Dosierung man je nach Bedarf einstellen konnte. Ich glaube, es waren verschiedene Opiate. Die Palliativmedizin ist Gott sei Dank heute sehr gut. Ich mag gar nicht daran denken, wie ein Lungenkrebskranker vor hundert Jahren sterben musste. Solche Sachen stelle ich mir immer vor. Wie wurden früher Kaiserschnitte gemacht, wie Glieder amputiert, wie Zähne gerissen, wie tiefe, offene Wunden behandelt?

Um zehn nach drei hörte er auf zu atmen.

Er sah aus, als würde er friedlich schlafen.

Und weißt du, er begann wirklich zu lächeln! Das ist kein Blödsinn!

Wir weinten und umarmten uns, blieben noch eine Weile zusammen sitzen. Gegen fünf holte mich Paul ab. Ihn nahm Felix' Tod auch ziemlich mit. Er wurde krank, was er so gut wie nie ist.

Dass ich eine Affäre mit Felix gehabt hatte, muss für ihn furchtbar verletzend gewesen sein. Auch, dass ich so viel

Zeit zum Schluss im Krankenhaus und im Hospiz verbracht hatte. Es war eine Belastung für unser Familienleben gewesen, trotzdem warf er es mir nie vor. Was wir den Kindern gesagt hatten? Nicht viel. Nur dass wir einen sehr guten Bekannten hätten, der sterben und der sich über ein bisschen Gesellschaft im Krankenhaus freuen würde.

Ob sie das geglaubt haben? Es hat sie nicht sonderlich interessiert. Emilia ist mit ihren Freundinnen beschäftigt, mit ihrem Handy, mit den Jungen, die ihr nachlaufen, Leon mit seiner PlayStation und seinem Fußballclub. Was die Alten machen, ist ja sowieso langweilig.

Paul nahm sich den Sommer frei. Wir wollten zuerst nicht verreisen, sondern zu Hause bleiben, weil wir uns zu erschöpft fühlten. Wir arbeiteten im Garten, lasen viel und gingen ab und zu wandern oder Rad fahren. Aber dann entschlossen wir uns spontan, mit dem Zug nach Spoleto zu fahren und zu Fuß bis nach Assisi zu gehen. Die Kinder ließen wir bei ihrer Tante.

Ich hatte das Cello dabei.

Wie vor einundzwanzig Jahren gingen wir nebeneinanderher oder suchten uns eine schattige Stelle, wo wir rasten konnten, lesen, schlafen, wo ich spielen konnte.

Welche Stimmung zwischen uns war?

Eine gute. Am Anfang sprachen wir wenig, jeder hing seinen Gedanken nach.

Ich dachte viel an Felix. Auch daran, wie ich ihn kennengelernt hatte.

Er hatte sich im Juli 1994 im Zugabteil mir gegenüber gesetzt und mich von der ersten Minute an nervös gemacht.

Warum? Weil er mir gefiel.

Er küsste mich dann, als wir nebeneinanderlagen. Vorsichtig. Es war keine wilde Schmuserei, nur ein paar sanfte Küsse. Ich hatte Angst, ich würde mich dabei dumm anstellen. Mike war der Letzte gewesen, den ich geküsst hatte, vor vier Jahren, im Schwimmbad. Ich hatte auch Angst, dass er mir anmerken würde, wie kaputt ich war. Das schien aber nicht der Fall zu sein. Vielleicht weil ich eine halbe Flasche Rotwein getrunken hatte. Er fragte mich, ob ich Lust hätte, mit ihm in Rom essen zu gehen, am nächsten Abend, und ich freute mich riesig, nannte ihm die Adresse meiner Pension. Er wollte mich abholen. Wir schliefen dann so ein, Gesicht an Gesicht, die Hand hatte er auf meine Hüfte gelegt.

Aber er kam mich nicht abholen. Eine Stunde lang wartete ich und verkroch mich danach in mein winziges Zimmer, in dem es stickig und modrig roch, obwohl das Fenster weit offen stand. Ich wollte mir nicht eingestehen, dass ich gekränkt war, sogar sehr. Andreas kam mir plötzlich in den Sinn, der als Fünfjähriger zu mir gesagt hatte: ›Wenn ich groß bin, will ich mit dir gehen und dich heiraten!‹

Ich brach dann völlig zusammen. Vielleicht waren auch die Hitze, der Hunger, die Übermüdung mit ein Grund, ich hatte ja in der letzten Nacht kaum geschlafen und war den ganzen Tag in Rom herumgelaufen und hatte mir eine Sehenswürdigkeit nach der anderen angeschaut. Ich lag auf dem Bett und schluchzte, zitterte und konnte mich gar nicht mehr beruhigen. Warum kam mir immer noch mein kleiner Bruder in den Sinn, zu jeder Tages- und Nachtzeit, an jedem Ort? Und was hatte ich mir dabei gedacht, alleine in den Zug zu steigen und nach Italien zu fahren? So grübelte ich. Ich heulte das ganze Kopfkissen nass, bevor ich einschlief.

Am nächsten Morgen flüchtete ich aus Rom, stieg in Spoleto aus und verbrachte dort eine Nacht. Am nächsten Tag traf ich Paul auf dem Pilgerweg. Als er mir entgegenkam, blendete mich die Sonne, so dass ich nicht sofort erkannte, wer es war. Ich weiß noch, dass ich ein paar Sekunden lang wünschte, es wäre Felix. Aber schon nach ein, zwei Stunden war ich froh, dass Paul es war. Mir gefiel seine reife Ausstrahlung. Dass er zuhören konnte und sich nicht immer in den Mittelpunkt drängen wollte.

Im Herbst zog ich nach Wien, Paul kümmerte sich rührend um mich. Ohne ihn hätte ich den Schritt nie gewagt und wäre wahrscheinlich den Rest meines Lebens bei meiner Mutter kleben geblieben, aus lauter Schuldgefühlen. Paul und ich steckten viel zusammen, es war schön mit ihm. Die Freundschaft war schön und das, was zwischen uns zu wachsen begann.

Dennoch wollte ich Felix wiedersehen. Ich hatte mir die Adresse gemerkt, die Paul im Zug gesagt hatte, zu Felix, während er ihm die Nummer des Vermieters aufschrieb.

Ich war neugierig, ob er wirklich nach Wien gezogen war. Ob er mir immer noch gefallen würde und ob ich mich in ihn verlieben würde. Deshalb stand ich im Oktober wirklich vor dieser Adresse und läutete an der Klingel, an der sein Name stand, neben zwei anderen. Er freute sich sehr, mich wiederzusehen, und entschuldigte sich, weil er an dem Abend in Rom nicht aufgetaucht war. Die Familie, bei der er zu Gast gewesen war, hätte ihn nicht gehen lassen.

Zwei Mal traf ich mich mit ihm und dann nicht mehr. Wir liefen uns danach auch nie über den Weg, wahrscheinlich weil Paul und ich ein ganz anderes Leben führten als er, in anderen Kreisen verkehrten. Falsch, einmal liefen wir uns kurz über den Weg. Da war Emilia sechs, sieben Jahre alt. Ich war mit ihr in der Kärntner Straße unterwegs, um etwas einzukaufen, als Felix mit einer Frau an uns vorbeiging. Nein, ich redete nicht mit ihm. Er erkannte mich nicht. Diese Frau besuchten wir in Südtirol, kurz bevor er ins Krankenhaus kam, Felix, Max und ich. Sie war seine große Liebe gewesen, und er wollte sie noch einmal sehen.

Zwei Mal gingen wir also aus, fast die ganze Nacht lang. Paul wusste nichts davon, ich hatte Angst, es würde ihn verletzen. Ich erzählte es ihm erst im letzten Sommer, auf dem Weg nach Assisi.

Wir waren in Bars unterwegs, Felix und ich, einmal waren auch Studienkollegen von ihm mit von der Partie. Ein paar Tage später fuhr ich abends zu Paul, kaufte vorher noch ein paar Lebensmittel ein. Bei ihm in der Wohnung kochte ich für ihn und machte diese Nachspeise, von der erzählte ich dir schon. Richtig, dieses Bananensplit. In der Nacht schliefen wir zum ersten Mal miteinander.

Bei Felix meldete ich mich nicht mehr. Er rief mich noch zweimal an, aber ich sagte ihm ehrlich, dass ich ihn nicht mehr treffen wolle. Er war enttäuscht.

Was passiert war?

Nichts Bestimmtes. Nur, dass ich mich eben für Paul entschied.

Weil ich neben ihm schwach sein konnte, ohne dass es ein Problem war. Es war in Ordnung so, wie ich war, es gab trotzdem kein Ungleichgewicht zwischen uns, im Gegenteil. Ich glaube, gerade deswegen liebte und schätzte Paul mich. Gab es ein Gleichgewicht. Neben Paul durfte ich kaputt sein, mich langsam erholen.

Mit Felix wäre das nicht möglich gewesen.

Du meinst, es muss etwas Konkretes vorgefallen sein? Natürlich gab es gewisse provokante Äußerungen, die mich verletzten. *Na komm schon, jetzt tanz du auch mal, sei nicht so fad!*, fiel einmal in einer Disco, in der die Musik so grauenhaft war, dass ich beim Betreten schon am liebsten geflüchtet wäre. Paul hasste wie ich Discos. Felix wollte mich zum Volleyballspielen mitnehmen, ich lehnte ab, die Verletzungsgefahr war mir zu groß. *Hast du Angst, dass du dir deine zarten Musikerfinger kaputt machst?*, war sein Kommentar. Er konnte ein *Nein* nicht akzeptieren, wollte mit dem Kopf durch die Wand. Einmal kamen Freunde zu uns an den Tisch, er diskutierte lautstark mit ihnen und ließ mich links liegen. Anschließend beschwerte er sich, weil ich mich an der Diskussion nicht beteiligt hatte.

Ich weiß, es sind alles lächerliche Dinge, wie sie üblich sind unter starken, selbstbewussten, gesunden Menschen, die sich aneinander reiben. Er hätte von mir Kontra erwartet, war dann leicht irritiert, weil ich still wurde und mich zurückzog. In das innere Exil, so nenne ich das.

Er war so jung! Unerfahren in der Liebe. Gierig, wild auf das Abenteuer Leben. Er wollte Erfahrungen sammeln. Erleben. War ständig in Bewegung. Er war wirklich interessiert an mir, aber ich hätte es nicht geschafft, eine Beziehung mit ihm zu leben, auch wenn sie nur kurz gewesen wäre. Und ein Beziehungsende hätte ich ja dann auch wieder verkraften müssen. Er brauchte jemanden, an dem er sich reiben konnte, der ihm Paroli bot, eine starke Frau. Ich wäre neben ihm untergegangen, und er hätte sich vermutlich gelangweilt.

Natürlich reflektierte ich das damals nicht so bewusst wie heute, es war einfach nur ein intuitives Gefühl: Mit Felix klappt das nicht. Mit Paul kannst du dich wieder an das Leben herantasten, du brauchst ihn. Vielleicht war es zwischen uns nicht die große leidenschaftliche Verliebtheit, die man sich zu Beginn einer Beziehung erwartet. Dazu waren wir beide zu traumatisiert, ich durch den Unfall, er durch seine erste Ehe.

Ja, so war das mit den beiden Männern.

Paul war ziemlich überrascht, als ich ihm auf dem Weg nach Assisi erzählte, dass ich mit Felix ausgegangen war, im ersten Herbst in Wien. Nein, die Gründe, warum ich ihn nicht mehr getroffen hatte, erklärte ich ihm nicht so genau.

Aber er fragte mich: ›Warum hast du dich für mich entschieden?‹, und ich antwortete: ›Weil du der Richtige für mich warst und bist.‹

›Und nie bereut?‹, fragte er.

Was ich sagte?

Dass ich es keinen einzigen Tag bereut habe.

Über so etwas hatten wir nie vorher geredet. Vor allem Paul war sehr aufmerksam mir gegenüber, fragte mich viel, wollte viel von mir wissen.

Über die Affäre mit Felix? Nein, überhaupt nicht. Meine Güte, das wäre ja schrecklich. Ich verstehe Leute nicht, die Details wissen wollen und sich dann suhlen in ihrem Leid. Paul ist weder der Typ dafür noch ein Masochist.

Er wollte wissen, wie es mir geht. Ob ich glücklich bin. Wir trauten uns in diesem Urlaub das erste Mal, offen zu reden, über unsere Erwartungen und Bedürfnisse, unsere Wünsche, unsere Liebe.

Ich bin ein bisschen müde. Lass uns zurück zum Auto gehen und nach Hause fahren.

Es hat gutgetan, dir alles zu erzählen.

Ich hoffe, dass wir uns jetzt öfter sehen, nicht mehr alle drei, vier Jahre. Mindestens einmal im Jahr! Wir könnten auch mal zusammen verreisen und einen Freundinnenurlaub machen.

Paul wird auch bald mit den Kindern vom Skifahren zurückkommen, dann können wir alle gemeinsam essen. Wir machen uns einen feinen Abend, mit einer guten Flasche Wein.

Oder mehreren.

Das Leben ist zu kurz, um schlechten Wein zu trinken.

Das sagte Felix oft.

September 2015
MAX

In der Nacht vom 27. auf den 28. Juni. Kurz nach drei Uhr war es zu Ende.

Richtig, es ist genau zwei Monate her.

Nein, er starb nicht in seiner Wohnung, sondern im Hospiz.

Die Betreuerin im Hospiz fragte uns, ob wir ihr helfen möchten, Felix *schön herzurichten*. Sie formulierte es wirklich so.

Sie sagte nicht: ›Wer hilft mir, die Leiche zu waschen, umzuziehen und zu kämmen?‹

Das Wort *Leiche* fiel überhaupt nie, sie sagte immer den Namen, auch nach seinem Tod. Das fand ich gut. Überhaupt waren die Betreuer in diesem Haus sehr gut, professionell, aber nicht abgebrüht. Liebevoll könnte man sagen. Die haben meine Hochachtung! Die Atmosphäre war angenehm. Man fühlte sich wohl. Fast hätte man den Grund vergessen können, warum man sich dort aufhielt. Zwei Tage vorher döste ich im Aufenthaltsraum einmal kurz weg, und als ich aufwachte, weil mich jemand fragte, ob ich gerne einen Kaffee hätte, dachte ich, ich wäre in einer besonders gemütlichen Hotellounge.

Mathias und Sabine fragten uns, ob wir das machen würden. Die zwei waren so fertig, dass sie nicht in der Lage dazu gewesen wären. Juliane suchte die Bettwäsche aus, und sie entschied sich für eine blaue, weil Felix die Farbe Blau so geliebt hatte, wegen des Meeres. Wir zogen ihm die durchgeschwitzten Sachen aus, wuschen ihn, zogen ihm ein frisches T-Shirt und Boxershorts an. Deckten ihn bis zur Brust zu, legten seine Hände übereinander, kämmten ihn. Als ihm die Betreuerin eine Rose zwischen die Hände steckte, nahm ich sie wieder weg. Felix und eine Rose? Das hätte nicht gepasst.

Ob ich mich ekelte?

Nein, überhaupt nicht! Im Gegenteil. Ich wunderte mich auch. Aber weißt du, es war einfach nur ein schönes Ritual. Da war nichts grausig. Ein Ritual des Abschiednehmens war es.

Eine Woche später fand das Begräbnis statt. In seinem Heimatdorf in Südtirol. Alle vier Dalbergs fuhren hin, ich fuhr mit meinem Auto und nahm zwei Freunde mit. Außerdem fuhren noch weitere vierzig Freunde und Bekannte hin.

Juliane spielte in der Kirche Cello. Das hatte sich Felix so gewünscht. Nein, er hatte es ihr nicht gesagt, er hatte ihr einen Brief geschrieben. Im Krankenhaus. Ich musste ihn schreiben, weil er schon zu schwach dafür war. Er diktierte ihn mir Satz für Satz, deshalb weiß ich ihn auch noch auswendig. Und den musste ich ihr dann vorlesen, und sie heulte die ganze Zeit.

Was er ihr schrieb? Das werde ich dir nicht alles sagen, meine Liebe.

Aber zum Beispiel schrieb er: *Ich bestehe darauf, dass du bei meiner Totenmesse mit deinem wunderbaren Cello mindestens drei Stücke zum Besten gibst. Die Auswahl der Stücke überlasse ich dir, aber bitte nur solche, zu denen es sich schön weinen lässt. Ich wünsche mir, dass das ganze Dorf an mich denkt und Rotz und Wasser heult. Das kriegst du doch hin, oder*?

Das gelang ihr tatsächlich, sie spielte phänomenal. Ausnahmslos alle weinten oder hatten Tränen in den Augen.

Wir schliefen in seinem Elternhaus, Juliane, ihr Mann und ihre Kinder, Alessandro und seine Familie und ich. Die anderen Freunde und Bekannten waren im Dorf aufgeteilt worden, auf Bauernhöfe mit Gästezimmern. Das hatten Mathias und Sabine organisiert. Niemand musste für die Übernachtung bezahlen, wir waren alle Gäste.

Am Abend saßen alle noch in der großen Stube zusammen, die Dalbergs, Familie Hofmann, Familie Bianchi und ich. Die Kinder saßen zusammen an einem Tisch, Alessandros Kinder, Julianes und Felix' Neffen und Nichten. Die verstanden sich gut. Der zweitälteste Hofmann, ich glaube, er heißt Alexander, und Julianes Tochter Emilia saßen nebeneinander und hatten offensichtlich ein Faible füreinander.

Wenn ich einen Skizzenblock mitgehabt hätte, diese Szene hätte ich gemalt. Ihre Verlegenheit und das Erröten. Wie das Mädchen die Augen niederschlug, köstlich war das mitanzusehen. Sie holten ihre Handys aus den Hosentaschen und befreundeten sich sofort auf *Facebook*. Alle zehn machten das.

Irgendwann fragte Mathias, wie wir Felix eigentlich kennengelernt hatten. Paul, Juliane und ich erzählten von der Fahrt nach Rom, vor einundzwanzig Jahren. Alessandro erzählte von Felix' erstem Besuch bei seinem Vater, der nicht mehr lebte, und dem Segeltörn zu dritt entlang der Küste Italiens.

Alessandro schlug auf einmal vor, dass wir ihn alle in Rom besuchen sollten, alle, die Dalbergs, die Hofmanns und ich. Ich könnte auch eine Freundin mitbringen, wenn ich eine hätte. Er würde uns die Stadt zeigen. Julianes Sohn rief sofort vom Nebentisch herüber, dass er dann aber auch mit dem Nachtzug fahren will, weil das so cool wäre.

Wir haben dann wirklich etwas ausgemacht, für Mitte Oktober. Ja, in einem Monat. Alles schon gebucht. Ehrlich gesagt freue ich mich darauf. Das wird bestimmt lustig.

Du würdest mitkommen? Das überlege ich mir noch, meine Liebe.

Aber ich glaube, eher nicht.

Es ist schon fast Mitternacht. Du bist müde, ich sehe es dir an. Ich bin es auch. Heute habe ich eindeutig zu viel geredet. Das ermüdet mich immer.

Morgen Nachmittag willst du wiederkommen?

Morgen habe ich keine Zeit. Da treffe ich mich mit der Cellospielerin.

Mit der ersten? Nein, mit der zweiten.

Ich habe sie zum Essen eingeladen.

Danksagung

An das Team im Verlag *Droemer:* Vielen herzlichen Dank für das große Vertrauen, das ihr mir entgegengebracht habt, für die Begeisterung für meine Bücher und die großartige Begrüßung im Verlag! Ich freue mich über die Zusammenarbeit und auf weitere gemeinsame Projekte.

Ein großes Dankeschön an meine Lektorin Andrea Hartmann nicht nur für das geduldige Warten auf *bleiben* (der Roman war nicht leicht für mich zu schreiben und brauchte deshalb länger als geplant), auch für deine Begeisterung für diese Geschichte, deine großartige Unterstützung vor, während und nach der Fertigstellung, deinen Einsatz für diesen Roman und besonders für den Feinschliff am Text. Ebenso an Alexandra Löhr für den genauen Blick während des Lektorats.

Danke an meinen Agenten Georg Simader für Managen der Verträge, lange aufmunternde Telefongespräche und köstliches Olivenöl.

Mein besonderer Dank gilt meinen Eltern. Danke für die aufregende, erlebnisreiche Kindheit in einem großen, stets offenen Haus voller Leben und Bücher! Ich ging mit Robinson Crusoe schlafen, träumte von Onkel Tom und wachte mit Huckleberry Finn auf. Am Fußende eine oder zwei Katzen, neben dem Bett die Schäferhündin. Im Stall ein Pferd, das gefüttert und gestreichelt werden wollte, am Küchentisch viele Kinder, Blödeleien und Speckbrote. Ich umarme euch.

Von ganzem Herzen bedanke ich mich bei meinem Mann Peter: für deine Liebe und dafür, dass du mir Halt gibst. Ohne dich wäre ich verloren.

Bei meinen drei Kindern Sophia, Helena und Philipp für das humorvolle Verständnis, wenn ich wieder einmal zu sehr in meine Geschichten eintauche und deshalb kaum ansprechbar bin.

*In Erinnerung an Julian
(April 1966 – Juni 2015)*

Ich bin dankbar, dass ich Dich noch kennenlernen durfte. Deine Geschichte hat mich sehr berührt. Du warst noch nicht bereit zu gehen, wolltest noch bleiben und hast dennoch Deine Krankheit mit so unglaublicher Tapferkeit ertragen.

»Die Schreibmaschine funktioniert noch einwandfrei.
Nur das U macht Faxen.«

Judith Taschler
Roman ohne U

Roman

So beginnt ein gebrochener Mann Mitte der sechziger Jahre, nach der Rückkehr aus der Kriegsgefangenschaft, seine Aufzeichnungen, den Roman ohne U. 1945 wurde er nach einem Dummejungenstreich in ein sibirisches Arbeitslager verschleppt. Mit der Pianistin Ludovica wagt er eine abenteuerliche Flucht.

Jahrzehnte später erhält die Biographin Katharina Bergmüller, Mutter von vier Kindern, den Auftrag, aus diesen Erinnerungen ein Buch zu verfassen. Lange kann sie die Zusammenhänge zwischen dem Roman ohne U und der Geschichte ihrer eigenen Familie nicht erkennen. Dann stellt der Unfalltod ihres Mannes ihr Leben völlig auf den Kopf …

Nach ihrem Bestseller *Die Deutschlehrerin* erzählt die preisgekrönte Autorin Judith W. Taschler von den großen Themen des Lebens in einem rätselhaften und spannenden Familienroman, in dem es um die Liebe geht, um das Leben, aber vor allem immer wieder um das Scheitern.

DROEMER